松田妙子エッセイ集＜改訂版＞

いつか真珠の輝き

松田妙子エッセイ集　いつか真珠の輝き　発行にあたって

エッセイ集を手にとっていただきありがとうございます。

松田妙子さんは多くの作品を残した漫画家です。残念ながら二〇二二年四月一二日、急逝しました。漫画以外にも文章を発表しています。その一部がここにまとめたエッセイです。

西本千恵子（松田妙子の姉）と飛田雄一が収集整理したものです。飛田は、松田妙子さんが『日本人的一少女』（二〇〇四年六月）を発行したとき、林伯耀さんと「松田妙子さんの漫画の自費出版を支える会」の呼びかけ人となり普及につとめました。

本エッセイ集は、松田妙子さんが、親交の深かった光円寺（兵庫県神崎郡市川町）の僧侶・後藤由美子さんからの依頼を受けて投稿したものです。二〇〇七年から二〇一五年の作品です。漏れているものもありますが、できる限り集めました。もっと完全なものを出したいのですが、四月八日、九日（二〇二三年）神戸学生青年センターで開催の「まつだたえこの世界展」にあわせて出版することにしました。後日、漏れているものを追加して増補改訂版をつくりたいと願っています。みなさんのご協力をよろしくお願いします。

文才もあった松田妙子さんのまとまった作品となります。松田妙子さんのことをよく知っていただくために冊子として発行します。手書きの訂正、追加があるのは、松田妙子さん自身によるものです。

このエッセイは、それぞれが基本的に一頁半のものです。残り半頁に別の原稿が入っていますが、関連するものもありますのでそのまま収録しています。ご了解をお願いします。

二〇二三年四月三日

西本千恵子
飛田雄一

松田妙子エッセイ集 いつか真珠の輝き＜改訂版・目次＞

水俣のお地蔵さん

松田妙子

2007、

縁あって光円寺の後藤由美子さんとの文通が始まり、この度光円寺報にも寄稿を、とありがたいお申し出を受けました。光円寺報の性格からして、「仏教」と「社会問題」の両方にわたるテーマが良かろうと思い、私の人生の引き出しから、まずはこのお話を取り出してみます。

熊本県水俣市。不知火海を臨む丘に、六十体余りのお地蔵様が建っています。「水俣病」の患者さんたちが一体一体彫られたものです。聞けば同じメチル水銀中毒症である「イタイイタイ病」の発生した、新潟県阿賀野川流域の石を使ったものだとか。

去年私はある友人から、そのお地蔵様の絵を描くよう頼まれました。その友人が水俣病の当事者であることを私は最近知ったばかりでした。その絵はあるNGO主催の水俣へのスタディー・ツアーのチラシに使われ、十月、その報告会が開かれました。その場にいた水俣病の当事者は、その友人だけでしたが、私はまるで自分が当事者であるかのような思いで、はらはらと涙をこぼしていました。

水俣病が公式に認定されてから、患者さんやその後家族たちが国と企業を相手どって訴訟を起こされた。その歴史とほとんど時を同じくする、一つの公害病事件があります。生まれたばかりの赤ちゃんたちを襲ったその事件に私も巻きこまれ、生まれたばかりの境をさまよいましたが、私は「認定患者」になれませんでした。紙面の都合もありましょうから、くどくど経緯は書きますまい。私は思春期に心身の病を発し、以来数十年経った今日も完治はせず、障害者手帳を持つ身となりました。病気であるということは、病気そのものの苦しみに加えて、周囲の無理解や偏見で傷つけられる苦しみもあるのだと知りました。

それすらも自業自得と言われれば、一体どこに怒りをぶつければよいのだろう?誰が見てもあいつが悪いと言われそうな者を悪者に仕立てて、全てをそいつのせいにしてやれば、せめて何かの足しにもなれただろうか——と思いつくまでに、私はあんまり長い間人から責められ、自分を責め続けることに慣れてきたので、「悪者」たちは皆、逃げてしまいました。「そうだあの公害病に認定されれば、それを引き起こした企業を公然と非難できるぞ」と気づいた時にも、証拠は全て失われ、「もはや認定は不可能」と言われました。あんまりぐずぐずしていたので、いつの間にか、そんな気持ちも逃げて行ってしまいました。

——今はもう、誰のことも恨んでいません——。

水俣病の「語り部」の方がおっしゃったというその言葉。それがストンと腑に落ちる自分に気づいて、もう「悪者」なんかいらなくなるまで生きてこられた自分に気づいて、とめどなく涙がこぼれました。

ああこの方は、こんな言葉が口をついて出るまでに、一体どれほどの思いを重ねてこられたことだろう。この方がここまで生きてこられて、本当に良かった!そしてこの私も。

誰かを恨んだり、誰かのせいにしたり、誰かを罰したりしたいと思わなくなるまで、私は生きてこられて良かった。途中で死ななくて良かった。心の底から、そう思って泣きました。

同時になぜ慰霊碑が水俣に建てられているのか、わかったような気がしました。そこまで生きのびることができなかった命のため。「怨」という一文字以外、何もないほどの苦しみの中で生を断たれた命のため。およそ世にある慰霊碑というものは、戦争であれ災害であれ事件であれ、そのためにあるのだと思いました。

そして、水俣のお地蔵様は、加害企業につながる人々をも見守っておられるのだと思いました。水俣市が「チッソの城下町」と呼ばれるほどであったなら、その関係者の数も半端ではありますまい。それらの人々はどんなに苦しんだでありましょう！罪をなした者を非難することはたやすいことです。罪を犯した者たちに、その魂よ安かれと願うことは、ことにその罪によって被害を受けた人々にとっては、膨大な時間とエネルギーを必要とします。はるか阿賀野川の石を切り出して水俣まで運び、こつこつと一体一体、お地蔵様を刻むという、気の遠くなるような作業の過程の中に、それがあったのではないか、と私は想像します。

「善人なおもて往生をとぐ。いわんや悪人をや。」

「石・かわら・つぶてのごとくなる我らなり。」

――そうだ。われらはみな、その通りの者なのだ。「宗門の外」にいる私の心にも、親鸞上人のお言葉は深く深く響きます。

数百人の命を乗せて、破局に向かって突進するしかなかった電車の運転士も、公衆の面前でひたすら頭を下げ続ける「関係者たち」も。何かを踏みにじる者は別の何かによって踏みにじられ、「我ら」はみな、「石・かわら・つぶての如くなる」点において、何の違いがありましょう。それぞれのなした行為の善悪・正邪の判断は別にして、石もて追われるごとき身である点では、一国の総理も、名も無き庶民も、なんらかわりはありますまい。

「安らかに眠ってください。過ちは繰り返しませぬから」という、広島の原爆慰霊碑の文言について、議論があることも知っています。けれども私が、慰霊碑というものを建てるとしたら、いったいこれ以外のなにを刻めただろう、と思います。主語がはっきりしないだって？「あやまちは繰り返しませぬから」と誓うのは「私たち」以外の誰だというのでしょう。

そして此岸に残った「私たち」はそれを誓い、実行するけれども、すでに彼岸に旅立ったものたちには、もう「私たち」の手は届かない。ならばせめてそれらの魂よ安くあれ、と祈る以外、どんなすべがあるのでしょう。私はそのように考えます。

水俣のお地蔵様たちは、猫や魚達のためにもおわします。水俣病の原因を突きとめるために、動物実験に供された猫たち。人や獣をそこまで苦しめるほどの有害物質を、身体にためこまされた水俣湾の魚介類。人間の犯した罪によって苦しみもがきぬいた、すべての生きとし生けるものたちのために。

水俣のお地蔵様を刻んだ人の中には、特に自らを仏教徒と意識してはいない人もあったかもしれません。けれども地蔵菩薩こそは、この日本の風土において、最も民衆のくらしに近いところにおわす仏様です。田んぼのあぜ道にも、交通事故で亡くなった子どものお墓にも、「お地蔵様」はいらっしゃいます。だから私は、水俣のお地蔵様の絵を描くことによって、私もまた私なりのお地蔵様を刻んだのだと思います。私の心の中の、不知火海のほとりに。

　そして此岸にいる私にできる、もう一つのこと。それは伝えることです。「水俣病」もその他さまざまの「人類の過ち」も、時と共に「風化」し、忘れられていくのが世の常ですから。かつてそのようなことがあったこと、そして今なお苦しんでいる人々がいることを、伝えるのが私の仕事だとおもっています。自分が生まれた時に何があったかを伝えることも、また私の使命の一つだと思います。

「森永ヒ素ミルク中毒事件」。

（つづく）

以前寺報でもご紹介しました松田妙子さんの四コマ漫画には、ユーモアと核心をついた表現にいつも感心させていただいています。お手紙で交流させていただき、漫画、絵本などを拝見し、妙子さんの宗教性に触れさせていただきました。ご自身の苦悩を生きぬき、展開され、自らの役割を自覚されるという姿には、念仏者と共通するものを感じます。これから連載(不定期)していただくことになりました。お楽しみに!

「日本人的一少女」ホームページより

　松田妙子さんは優しい人です。彼女の目はいつも澄んでいて、この複雑な人間社会を正面から見据えながらも、その視線はこの社会でもっとも日の当たらない人々に注がれています。社会のさまざまな理不尽に負けないで生きている人たちへの松田さんの優しい思いが、いきいきとした漫画になって表れてきます。障害者、在日の人たち、被差別部落の人々、ウチナンチュウー、先住民、・・そして、アジアから第三世界の人たちへと松田さんの共感はつづきます。それは憐憫でもないし、同情でもない、松田さんのことばを借りれば、いちばん郷愁を感じ、何かを与えてくれるなつかしい人たちなのです。松田さんはその人たちの中に飛び込んで、彼らと一緒に考え、一緒に怒り、一緒に喜ぶのがすきです。松田さんはその思いをタッチいっぱいに自分の好きな漫画であらわします。その漫画からわたしたちは未来を志向していくためのさまざまな啓示を見出します。

　松田さんの漫画には、町の書店で売っている漫画には見られないやさしさと厳しさがあります。それは松田さんの漫画をつらぬく命のようなもので、社会の過去から今につづく理不尽なるものへの怒りと、平和を求め、差別と抑圧に反対して闘いをいどむ人たちへの愛情と共感がみなぎっています。その分だけ、松田さんの漫画は商売ベースに乗らない漫画というわけです。それでも、わたしたちは、松田さんの漫画を通して、その優しい感性にふれ、同じように怒り、悲しみ、笑いながら、「未知との遭遇」にわくわくします。

　松田さんにもっと漫画を描いていただくために、ぜひともその自費出版にご協力お願いします。

　　２００４年６月　松田妙子さんの漫画の自費出版を支える会

第1部から第4部まで4冊セットをご希望の方は、本の代金３０００円＋送料３４０円＝３３４０円を、『日本人的一少女』全4巻希望」と明記の上、郵便振替〈０１１５０－４－４３０７４　飛田雄一〉〈連絡先〉〒657-0064 神戸市灘区山田町三-1-1 神戸青年学生センター℡078-851-2760）までご送金ください。

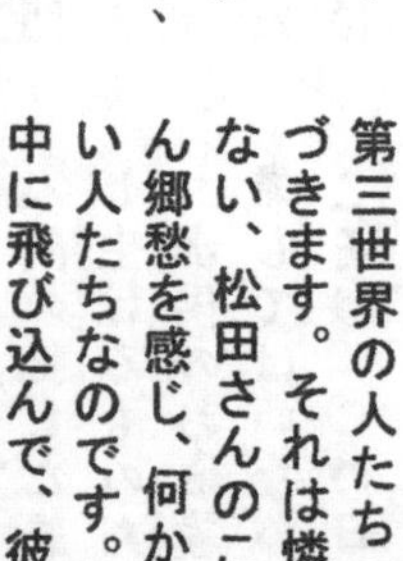

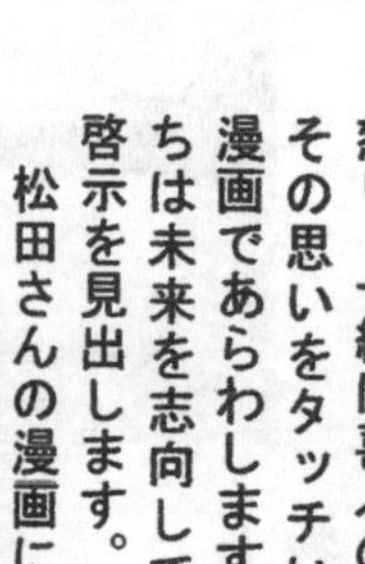

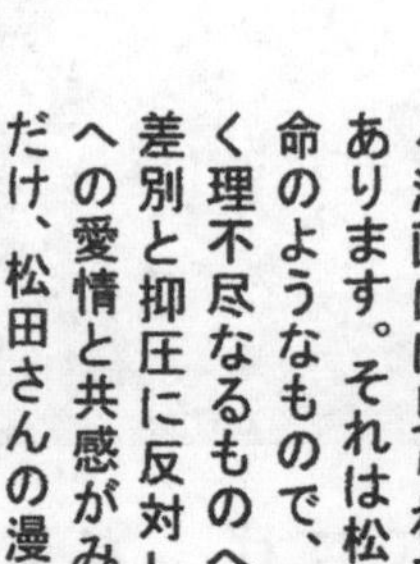

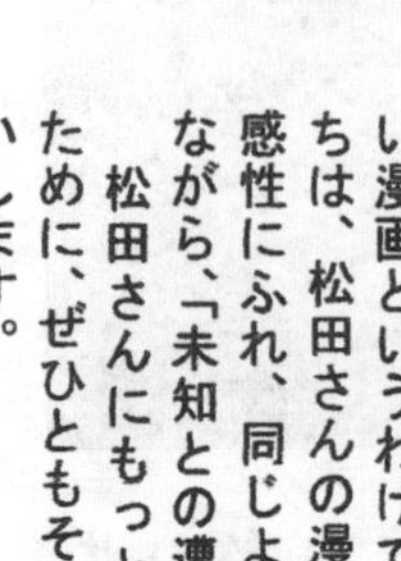

月の名を持つホールにて

松田妙子

芦屋市にあるルナ・ホールは、著名な音楽家の演奏なども行われる立派な文化ホールです。

5月、そこである市民団体が反戦平和の集会を開き、私も憲法擁護をテーマとする自作自演の紙芝居を披露しました。その後短いメッセージを私は述べました。

「私は〃敵〃という言葉が嫌いです。太平洋戦争中の新聞記事を、資料として読んだ時、〃アメリカ合衆国〃や〃アメリカ軍〃という言葉が一切なく、全て〃敵〃という一文字で表現されていることに、私は強烈な違和感を覚えました。そこには相手に対する理解も共感も一切、入りこむ余地のない、ただ相手への憎悪と攻撃意欲をかき立てるだけの言葉である、と私は感じました。

私は〃勝つ〃ことと〃負けない〃こととは別だと思います。私は勝つよりも負けないことを目指す人、怒るけれども憎まない人、悲しむけれども恨まない人になりたいと思います。だから私は、私の作品にも、そういうメッセージをこめているつもりです。大いに怒って下さい。悲しんで下さい。泣いて下さい。でも、憎まないで下さい。恨まないで下さい。勝たなくてもいい。負けないように、たたかい続けて下さい。

大ホールのステージで、ライトを浴びながら、自分がこういうことを述べる日が来ようとは。かつての私は、社会という劇場で、舞台に上がるどころか、劇場の中にすら入れてもらえない者でした。少なくとも自分をそう感じていました。

夕闇せまる駅前に、何時間も立ちつくしていたことがあります。列車の到着のたびに、次々と吐き出されてくる、何十人もの人の群れ。だがその中に、この私を知っている人はだれもいない。ここで私が突然倒れて死んだって、私がどこの誰かを知っている人は誰もいないのだ――――そう心につぶやきながら、いつまでも立っていました。

或いは疲れ果てて公園のベンチで横になっていたら、いきなり蹴られたこともあります。「何するの!」と叫んだら、中学生くらいの女の子が、笑いながら逃げていきました。「あんな人にかまうんやない!」と、親らしい声がたしなめるのも聞こえました。――ああそう。「あんな人」には、女の子でも足蹴にしてやろうという気がおこるもんなのね。そして「あんな人」だから、「怒ったら何をするかわからんから怖い」のね。――――なるほど。「石・かわら・つぶてのごとくなるわれらなり」ですね。これが。

数十年かかって社会復帰しても、長年の病が完治したわけではないから、私は今も月に一回は、かかりつけの病院へ通っています。先日私はそこの主治医の前で、「悲しみが爆発のように吹き上げる」という体験をしました。もう悪者たちは皆とっくに逃げ去ってしまったと思っていたのに、まだいたのです。誰あろう、私が最も信頼してきたその主治医です。「たとえ世界中が私を足蹴にしようとも、この人だけは私を裏切らない」と信じてきたその主治医の「治療」方針。それが「治療」どころか、私の病気をより重くさせる結果にしかならなかったことに、私はつい最近、気づいたのです。治療法も確立していなかった時代、与えられた「治療」を拒む権利も、他を選ぶ権利も、自分にあるとは全く思いもしなかった……そうやって費えていった私の青春の二十年を、今さら誰に返せと言えばいい?医師を恨む気持ちは全くありませんでした。たとえ「誤った治療」であっても、その医師を信じ続けることで、私は一度も自殺を図らずにすんだのですから。ただひたすら悲しかったです。もっと早くに、自分の回復した姿をその人に見せたかったと。

ははっ、何だあ。「社会問題」なんて、テレビニュースの画面にあるんじゃないんだ。「原爆」も「水俣病」も、みんな隣りにある。「在日」も『中国残留孤児』も、私の隣りにいて呼吸している。そしてこの私も、いろんなことの当事者として、ここにいる。みんなそれぞれ、重い荷物を背負って自分のコースを黙々と歩く。時々、隣のコースを歩いている人と顔を見合わせて、ニッ、と笑って、又前を見て歩く。時には泣いたり怒ったり、時々はケンカもやりながら、でも自分のすぐ隣りに、「仲間」がいることに安心して、自分のコースを歩いていく。――――そういうことなんだなあ、と思いました。

私の人生、「勝った」ためしはないけれど、でも負けてはいないよ。自信をもってそう言えます。「自分にも怒る権利がある」ことを知ったので、最近の私はよく怒るし、よく泣きます。でも「苦手な人」や「嫌いな人」は時々いても、「憎い人」や「敵」はいないと感じています。そして「好きな人」は、ものすごく多いです。5月、月の名を持つホールの舞台の上で、私が満場の観客に向かって発した言葉は、何よりもまず、私自身に聞かせるメッセージだったんだなあ、と思う私です。

BOOKS

「ハチドリのひとしずく
いま、私にできること」
辻信一監修　光文社
1，200円

この物語は南アメリカの先住民に伝わるお話です。

森が燃えていました
森の生きものたちはわれ先にと逃げていきました
でもクリキンディという名のハチドリだけは、いったりきたりくちばしで水のしずくを一滴ずつ運んでは火の上に落としていきます
動物たちがそれを見て「そんなことしていったい何になるんだ」といって笑います
クリキンディはこう答えました
「私は、私にできることをしているだけ」

この本の絵を描いてくれたのは、ぼくの長年の友人であるカナダ先住民族ハイダのマイケルです。彼との打ち合わせの中でこんなやりとりがありました。僕の最初の英訳の中に「普段大威張りの大きな動物たちが……ハチドリをバカにして……」という表現があり、彼はそれにひっかかったのです。「これではハチドリが正義で、他の動物たちが悪だという話になってしまう」と、彼は感じたというのです。先住民に伝わる元々の話にそんな善悪の区別などなかったのではないか、という彼の意見にぼくは心を開かれる思いがしました。又マイケルはこうも言いました。「怒りや憎しみに身をまかせたり、他人を批判している暇があったら、自分のできることを淡々とやっていこうよ。クリキンディはそう言っているような気がするんだ。」（辻信一）

森が燃えている…地球温暖化といういのちの危機にあって、私たちはどうすればいいんだろう。十六人の人の今私がしていることと、今すぐできるひとしずくを提案される素敵な本です。寺報を読んでくださっている方が寄付してくださいました。少しずつ紹介したいです。

いつか真珠の輝き

松田妙子

2007.12

前回私が「月の名を持つホールにて」で書いた、「怒っても泣いてもいいから、どうか憎まないで、恨まないで」というメッセージが通用しない人が、身近にいることがわかって、私はこの数週間ずっと悩んでいました。その人（仮にAさんとします）は、ある特定の職業についている人々に対し、「憎悪」「怨念」と呼んでもよいほどの感情を抱いています。「その職業」についている人は日本中に山ほどいるし、一般社会からさげずまれるような存在でもありません。でもAさんによれば「その職業」において施される教育は、人から人間らしい心を奪うものであるから、それを生業とする者は皆、「人間らしい心」を持たない『敵』だというのです。Aさんに限らず、「その職業」を敵視する人々の一群は、この社会に確かに存在しています。

しかし、そのような考え方に基くならば、例えば戦前の「軍国主義教育」を受けた一定以上の世代は、今も一人残らず「軍国主義者」であるということになってしまいます。私にはとうてい承服できない考えです。Aさんのこの憎悪がどういう所から来ているのか、私に詮索する権利もありませんが、ただ深い心の傷を抱えた人だとは思います。Aさんは今、ある活動を熱心に推進していますが、その「活動」を本当に社会に意義あるものにしていくためには、私にはAさんのような姿勢は疑問です。「その職業」に本当に問題があるとしても、「その職業」は社会に大きな位置を占めています。それを全て『敵』として排除することは、当事者だけでなく家族や、それに親近感を持つ人をも排除することになり、それでは社会を動かしていく大きな力は得られないように思えるからです。

怒りのエネルギーを持続させること自体は、必要であると思います。怒らずにはおれないような事がこの社会には満ちているし、人が人らしく、命が命らしくあるためには、その状況を変えていかねばならないと思うから。しかしバランスを欠いた怒りのエネルギーは、外に新たな憎しみや悲しみを生み出す元となります。イラクやパレスチナ、その他世界の至る所で繰り返されている悲劇のように。

私自身のことを少し述べます。私は幼い時、女の身体を持って生まれたことで、人間としての尊厳を踏みにじられる体験をしました。自分の名前に「女」という字がついているのを呪い続けたほどに。この男性中心の社会で、自分が踏みつけにされた怒りを持続させたいため、私は今も「男性」に対し、一つの誓いを立てています。それを破ることは、私の人間としての誇りが許しません。しかしその怒りは「男性というジェンダー」に向けられたものであって、男性と呼ばれるカテゴリーに属する個々の人々を恨むつもりは私にはありません。だから私は、男性である人々とも「友人」「仲間」になることができます。しかしAさんは、「その職業」にある人々と、友人には決してなれないでしょう。

私は今日も、「その職業」の人々が、寒空の下、一生懸命働いている姿を見ました。元来は人を傷つけるためではなく、守るために作り出された職業です。そしてAさんはこの人々を街で見るたび、憎悪の炎をたぎらせているのか、と考えました。それはとても哀しいことです。

Aさんは私より随分年上なのです。では私はAさんより少ない人生の時間内で浄化できるほどの、取るに足りない程度のルサンチマンしか持っていなかったのでしょうか?……否、私は私なりの「危険な時期」を幾つも乗り越えて、ようやく私なりのバランス感覚をつかんだはずです。それが私の誇りだったはずなのです。だから私は、私なりに命がけで形にできたメッセージが、自分の近くにいる人に届かなかったことを知って、激しく動揺したのです。

でも、「私の言うことが真実だからあなたも従いなさい」という声があたり一面にかますびしいのが、人の世というものです。私までもがそれに唱和することはやめましょう。私はただ、「私はこう生きてきた。そして今こう思っている」ということを発信していくだけです。希望はあります。Aさんは私の語ることを聞き、私の書いたものを読んで、涙したことがあるそうです。私の発信するものがAさんの心の闇を照らすことはできなくとも、いくつかはその心に届いたのです。

Aさんの考え方は、私にとって「異物」でした。でも私の誕生石は真珠です。あこや貝が、体内に入りこんだ異物が自分の身を傷つけるのを防ぐため、真珠質の物質で包みこんで、長い年月の間に輝く珠を作るように、私は私の心を傷つける「異物」を、長い時間をかけて幾つもの真珠に変えてきたはずです。だから今、私の心をちくちく刺しているこの「異物」をも、いつか小さな真珠に変えることができるかもしれない。そしていつかAさんの目にも、それが見える日が来るかもしれない、と思います。真珠を抱えていることは、実は貝にとって痛みでもあるのかもしれないけれど、きらきら光る鉱物質の宝石とは違う、ああいう真珠の輝きもまた、いいものです。

シリーズ「ハチドリのひとしずく」より

Shing02　シンゴ・ツー　ヒップホップ・ミュージシャン

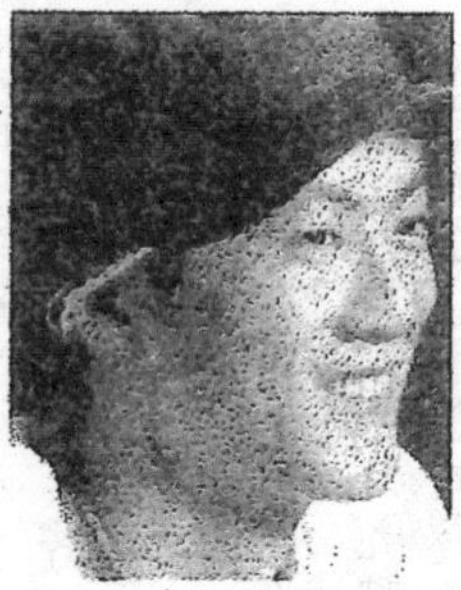

大きなことばよりも、何を食べるか何を買うかといったベーシックなところから変えていく。3年前にベジタリアンになりました。

2005年の夏至の夜。代々木公園で開かれた100万人のキャンドルナイトのイベントに、シンゴ・ツーが米国西海岸から海を渡ってきてくれた。そして9・11事件から3年をかけてつくったという自信作を聴衆にぶつけた。

「2005年／目を覚ませ／戦後チルドレン／2005年！」

1975年東京に生まれ、タンザニア、イギリス、日本に育ち、15歳で米国へ。学生時代を西海岸で過ごした彼は、全盛を迎えていたヒップホップ・ムーブメントの影響の下で、イラストやラップを始め、日米を股にかけるユニークなアーティストに育っていった。「ヒップホップとは、何でも自分たちで自主的にやってみるという態度。だからみんなプライドがあって個性的でカッコいい」。

米国のイラク派兵には、折り鶴を迷彩色の紙で作ることをウェブ上で呼びかける、「平和の鶴作戦」で応えた。

「肉を食わないでやれるか不安だったけど、野菜を食べだすとむしろ健康になるし、いい野菜を作る人をサポートしたくなるんです」。

ポトリ

地球を冷やすポトリ

一月、神戸から

松田妙子

2008.1

私は二才の時から神戸に住んでいるので、一月十七日は阪神・淡路大震災の発生した日として、特別な思いを抱きます。Sという音楽グループが被災後の神戸で盛んに慰問のための演奏をやったというのは結構知られた話らしいのですが、私はSの存在すら知りませんでした。Sも天皇ご夫妻も、歌手のIやMも、著名人の「被災地慰問」は長田区の方ばかりで行われていて、私の住んでいる東灘区には有名な人は来なかったからです。当時は停電でテレビも見られず、鉄道も不通で、私は歩いていける範囲以外のことは何も知りませんでした。それをO市在住の知人に言うと、「そらそうや！長田が一番ひどい目に遭った、弱者の町やもん！」と言われ、私は内心、少し傷つきました。「東灘区は被害の甚大さにおいては長田区と並ぶ『ひどい目に遭った街』なのに。この人はO市にいて、被災後の神戸に来たこともなく、単にマスコミの作り上げる『被災地・長田』のイメージを刷り込まれただけなんだろう」と思いました。この人に限らず、神戸市以外の地域に住む知人の多くが、『神戸市民ならSを知っていて当然だろう』というような態度をすることにも、少々の不快感を覚えました。皆、被災地の実情も知らずに、マスコミによる情報だけでわかったようなつもりになっているんだ、これが当事者とそうでない者との差か、と思ったのです。

別の機会に、今度は神戸市内に住むある人から、こういうことを聞きました。「私の住む区は、市内の他の地域に比べると、震災の被害はずっと少なかった。それが申し訳なくて、とても自分は神戸市民だなんて言えない」と。なるほど、その気持ちは分かるな、と思いました。たとえば戦争で生き残った人が、亡くなった人に対して「すまない」と思うような、自分の幸運を返って恥じるような思い。

私は東灘区に住んでいたから、震災の事は少しは語れる資格があると思っていたけれど、そこに変な思い上がりがなかったでしょうか？地盤や建物の状態の差ひとつで、私も震災で死んでいたかもしれないけれど、逆に、「申し訳なくてとても神戸市民だとは言えない」思いをしたかもしれなかったのです。

「仲間意識は仲間はずれを作る」という言葉を、光円寺報十月号で見ました。「被害者意識」「当事者意識」も仲間はずれを作る、と思います。「経験したもんにしかわからん」という言葉は、「経験しなかった人」を疎外し、排除する、非情な言葉でもあるのです。「被害者」「当事者」に対して、そうでない人は何も言えないことがわかっていて、「この痛みがあんたなんかにわかるか！」という言葉を投げつけるのは、一種の言葉の暴力になり得ます。一定の倫理観念を持つもの同士の間では、力関係は「被害者」「弱者」の方が、そうでない人々より上なのです。「この痛みがあんたなんかにわかるか！」と言われて、一言も返せないほど、「被害者」や「弱者」でない人々、つまりはある問題に関して当事者でない人々は、弱い立場なのです。一旦その「切り札」を使って、他人をひれ伏させることを覚えた人間は、『弱者』という名の強者になる可能性があります。

私の知っていた男性は、身体障害者であるという「弱者の立場」を利用して、「健常者」の上に権力をふるっていました。体の自由がきかない分、言葉で暴力をふるい、「相手が怒っても、障害者の俺に手を出せば、そいつは社会的に抹殺されるだけさ」と豪語していました。自分がセクハラを繰り返していることにも気づかず、「障害者には性的自由がない

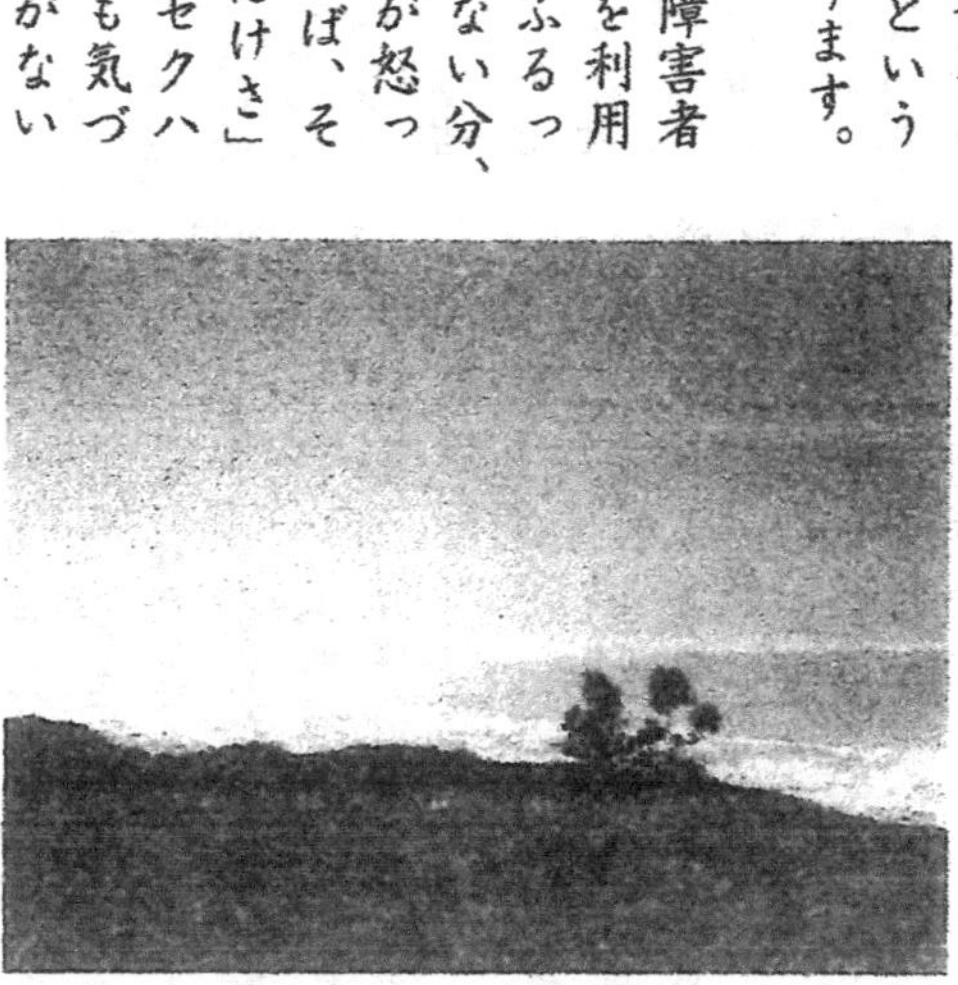

」と被害感情ばかり訴えていました。彼は金と権力を手にした後も、「弱者」「被害者」の椅子に座り続け、自己を正当化しては他人を攻撃していました。仏教的な「業」の考え方を待たずとも、「身体にハンディを持つ者がこの社会で生き抜くために、仕方無しに身に付けた逞しさだ」ということもできるでしょう。でも、私が、こと彼に関してはそういう弁護をしたくないのは私自身がさんざん不快な目に会ったからです。たまりかねて、私としては当然の権利、と思うことを口にしたら解雇されました。彼は私の雇い主であり、彼が欲していたのは「体の不自由な俺の手足となって働くロボット」であって、「自覚的な労働者」ではなかったのです。

嫌いな人間のことを第三者に語るのはむずかしいもので、彼の側から見ればこれは中傷でしょう。ただ私の目から見て、彼は「弱者の立場」という「権力」をふるって他者を支配しようとする人で、それは「人間としての品位に欠ける態度」だ、と思えました。これが例えば、元来は差別される側の人々の権利を守るために作られた団体が、やがては金と権力にまみれた事件を起こすようなことにつながったりするのだと思います。

「人間としての品位」を保ちつつ、「当事者」であることはむずかしいものです。私も幾つかの点では「当事者」である要素を持っていますが、それを売り物にして、人に影響を及ぼしてやろうとおもったことはなかったでしょうか?また、自分が当事者でない事柄に対して、不用意な態度で、当事者の心を傷つけたことはなかったでしょうか?嫌いな人には「業」の考え方でもっと寛大になるべきで、私自身は自らの心に恥じる生き方をしていないかどうか、常におのれに問わなくては、と、一月の神戸で私は考えています。

略(ありません)

2008.1

共生考 ②

岩崎 徹氏

左図は天保一四年(一八四一)製の江戸の絵地図(人文社、「御江戸大繪圖」)の一部ですが、真ん中の四角に囲まれた所が新吉原になり、新吉原の左下が山谷になります。小塚原はこの地図では地名表示が有りませんが、新吉原のほぼ真下に位置します。そして猿若町は左上になります。このように近世において、歌舞伎役者や門付け・大道芸人、遊女やヒニン、それにエタ身分の居住区が江戸の町屋や武家屋敷の「周辺」に置かれていました。この地理的関係は、遊女、芸人、ヒニン、エタと呼ばれた人々に対しての差別感や賤視感が存在したことを物語っています。また、遊女は中世の白拍子・あるき巫女《みこ》・傀儡女《くぐつめ》・傾城《けいせい》をその歴史の根に持つものであり、性と芸能いう最も神秘性と宗教性をもったことに関わるものでありますし、歌舞伎・能・狂言も猿楽から発生したものであり、きわめて宗教性を内在したものであることは明らかであろうかと思います。エタ身分のものやヒニン身分におかれたものも、乞食(ある種の布施行)や処刑に関わり、また動物を屠《ほ》うり(動物を殺すと言わず、屠うるというのは、その行為自体が宗教性を帯びているからである)、或いは動物の解体をし、皮革を含め内蔵・骨などに加工を施す、そういう動物の死から新たな物を生み出すという(死から生を生み出す)、きわめて宗教性を持ったことを為していたと考えられます。

また絵地図を見れば一目瞭然ですが、多くの仏教寺院がその地区に配置されていることも着目しなくてはなりません。寺院は申すまでもなく、民衆の祈りの場であり死者の葬送の場でもありました。民衆の祈りは、地獄のようなこの世から極楽浄土への渇望であったし、葬送は死者の極楽浄土へ生者が送る宗教的儀礼であったわけです。そういう意味で、寺院はこの世とあの世の境界でもあったわけです。

そしてそのような近世に於いて仏教教団のはたした役割は、宗門人別帳を管理することによって身分差別を固定化し、宗教理論(本願寺教団内部ではこれを江戸時代では宗乗と言い、現在では教学と言います)もそのような社会的役割を肯定する理論となってまいります。

ですから近世江戸期では、仏教界、或いは教団にとって、「現実」と言われるものはそのような身分制社会が、すでにして肯定されたところの思想で観たものであったのでしょう。

気づきの築き

松田妙子

2008.2

前回の「一月、神戸から」で、私はある身体障害者の男性について、随分厳しい書き方をしましたが、無論、自分に人様を値踏みできるような資格などないことは、知っているつもりです。単に私がその人を嫌いなだけであって、彼のアクの強さが、他の人には魅力的に映るかもしれないのです。「嫌いな人」と「憎い人」の、私なりの区別の仕方を言うと、「嫌いな人」にはそばにいてほしくないけど、幸せになってほしいのです。不幸になってほしいのが「憎い人」ですが、そのような人は私にはいないので、私には、「嫌いな人」はいても、「憎い人」はいない、と言えるわけです。

「嫌いな人」や「納得できないこと」は、私に何かを気づかせるために、私の前に立ち現れるのだと思っています。それによって私は学び、成長させて頂くのですから、全てのものに私は感謝せねばなりません。無意味なものは何もないと思っています。

私が1人の「Aさん」のために悲しんで、「いつか真珠の輝き」を書いたことで、社会には無数の「その職業」があり、無数の「Aさん」がいることに気づきました。その悲しみが尾を引いて、ある反戦平和運動に依頼されて描いたチラシ絵は、2回も書き直しを余儀なくされました。皆が、「さあ共通の敵への怒りを燃え上がらせて共闘しましょう」と訴えるような、「勇ましい」絵を要求しているのはわかっていました。でも私には、怒りより悲しみの方が近しい感情だったのです。なぜこの人たちは、いつも誰かのせいにして怒っていられるのだろう？いつもどこかに「悪者」を作り、それを攻撃することが社会正義だとして「闘って」いる人々は、「平和運動」を名乗っていても、少しも平和でないように私には見えるのです。

この違和感が、私を急速に仏教に近づけて行ったのですが、ある人から送られてきた、さる仏教団体の冊子を読んでみたら、また「納得できないこと」に幾つもぶつかりました。怒りは「悪」だから速やかに捨て去り、自分でさとりに達せよ、と教えているようなのですが、全体に「強者の論理」が感じられるのです。「社会の役に立たない種族」と「迷惑をかける種族」を「こころが汚れている」として切り捨てるのに至っては、「精神の格差社会」を作って良しとしているようにすら思えました。感情の制御のしようのない、認知症の私の母や、摂食障害という、煩悩具足の権化のような病気を何十年も背負っているこの私など、ここで言われる『仏教の正道』からはじきとばされた、救いようのない「心の汚れた人間」とゆうことになってしまいます。

これでも仏教なのだとすると、仏教とは、樹齢二五〇〇年を超す巨木なのだから、随分いろんな方向に枝分かれしているのだなあ、と思いました。大事なのは枝葉に惑わされず、自分にとっての根幹を見極めること。それを考えさせる材料としては、たしかにこの冊子は意味がありました。してみば、浄土真宗は、徹底した「弱者のための教え」だと思い当たりました。部落解放運動や障害者解放運動に、親鸞上人の思想が根づいていること。南京大虐殺に加担した罪を中国で告白された東史郎さんや、その支援者たちが、浄土真宗の信徒さんであったと耳にしたこと。それらがとても納得がいったのです。

「善人なおもて往生をとぐ。いわんや悪人をや」。

この「悪人」という言葉に、自分を重ねることのできる人たち。「お前なんか生まれてこなければよかったのに」と言われた人。「お前みたいな者を愛してくれる奴なんか、どこにもいやしない」と言われた人。おのれの犯した罪の大きさに、胸を叩いて慟哭した人。顔に唾を吐かれて、「死んでしまえ！」と罵られた人。――私も、そうでした。そんな、お荷物と呼ばれ害毒と呼ばれ、人の世の『正道』からはじきとばされた人々が、「私のような者でも、幸福になってもいいんだ！」と気づかされるのが、この教えなのではないか、と、私は実然気づいたのです。

かの冊子は、実は私が、自分の文章の掲載された光円寺報を送ったら、その返答として送られてきたものです。この人は、私の思い上がりを戒めるために、そうなさったのかもしれません。仏教について何もわきまえぬ初心者の分際で、厚かましくもお寺の発行物にページを頂いたといい気になって、好き勝手なことを書き散らしては、あまつさえ人に見せびらかしたがっている。その傲慢さに私が気づくようにと。いや、その人の意図はどこにあるのかわからなくても、結果的に、私は大きな気づきを得ました。「泥沼から自力でここまで這い上がってきた」とうぬぼれていた私が、仏の目から見ればただの凡夫に過ぎなかったこと。「たいていのことは自分で乗り越えてきた」と、自分の精神力にいささかの自信を持っている、私のような人間にこそ、他力の教えに接することが必要であったこと。

謙虚であることと卑屈であることとが別なように、自我の執着を離れることと、自己否定とは別だと思います。私は今の自分が好きです。長い長い自己否定と葛藤の後に、ようやく自分が好きになれたから、他の人々をも好きになれたのです。

私が光円寺報の原稿を、毎回毎回、「これ以上のものは書けない！」という思いで綴り上げるのも良し。寺報ができあがった途端、「これまでの文章では不十分だ！」と、次また書くのも良し。ものを創る人間として、「作品」は人様の批評を仰ぎたくなるのも良し。「もろもろのことがらは移ろいゆく。怠らず勤めなさい。」という、釈尊の最後のお言葉に、そむいてはいないはずです。

2008.2

共生

2007.11.28 岩崎徹氏より

つまり、遊女が川柳に「生まれては苦界、死しては浄閑寺」（浄閑寺は遊女の投げ込み寺と言われた）と詠まれたようなありようをしていても、奉行所がエタ身分の命は町人の十分の一だと言っても、無宿ヒニンが刈り込まれて佐渡金山送りになり、言語に耐えない苦痛のあげくに命を終えていても、そういったことが全く見えないようにされた仏教思想によって教育された僧侶にとっては、それは別に問題にすべきものでもない、完全肯定できる「現実」であったのでしょう。

そういった「現実」の中にある遊女が、僧侶に自らの苦しみや悲しさをどれだけ語ったとしても、遊女はそういうものだという、社会的身分差別観念とそれを肯定する思想に教育された僧侶にとっては、そういった苦悩や悲しみは決して響くことがないのでしょう。

そしてそのような遊女個人の深いこころを聞き取ることができない僧侶は、さらに遊女をそこまで追い込んでいく社会や歴史というものもまた決して観ることがないのでしょう。

このように僧侶のありようがそうなるのは、教理理論によって教育された結果と言っても良いと思います。もっと言いますならば、遊女の深いこころを、教理理論によって教育されたが故に、或いは宗教的確信や信念が有る故に、聞くことができないのだと言っても良いと思います。

「現実」とは遊女の深いこころであり、僧侶が聞き取ったものはもはや「現実」ではないのでしょう。しかし僧侶は自分が聞き取ったことを「現実」として主張するのです。

親鸞（真宗大谷派の開祖）は、「深心《じんしん》」と言う言葉を使います。文字通り深きこころという言葉ですが、この言葉は多くの教団内の先生方が、多くの時間を費やして御講義なされています。しかし私はいつも、それらの御講義を聴けば聴く程、何か自分の心に沈潜する重きものを感ずるのです。

「一体、こういう講義によって学ぶことが、本当の人間のこころを明らかにするのだろうか」、「こういう教理の積み上げによって、かえって見失うものはないのか」、「こういう勉強をしていて学んだことがあるとしても、だからどうしたというのか」。一向に変わるどころかかえって悪くなる社会状況を一方で考えながら、いやでもそういった思いが私を支配していくのです。どうしてそんなことになるのかと言うと、そこには何か重要なことが欠落しているか、見失われているからだと思えるのです。

ところで、親鸞が生きた中世鎌倉時代の歴史・文学についての勉強を重ねていくと、「鎌倉時代でも現代でも同じ日本だ」とか、「親鸞の宗教は普遍的であるから、いつの時代にも通ずる」といった類の主張が、いかに時代に対する無知からくる俗論であるかということが解ってまいります。

世の中に 絶えて桜のなかりせば

松田妙子

2008.3/4

十二月号の「いつか真珠の輝き」で、私は「ある特定の職業」を憎む「Aさん」のことを書きました。その後、「その職業」は一つではなく、それを憎む「Aさん」も一人ではないこと、「惑染」という点では、私たち皆が「Aさん」なのだと思い当たりました。仮にここに、xxという職業を憎む「Aさん」がいるとします。私は「Aさん」に「人間は一人一人違うのだから、職権を乱用して悪事を働くxxもいれば、誠実なあまりに病気や自殺に追いこまれるxxもいます」と言います。でも「Aさん」はいいえ多くの人がxxを憎んでいます」と反論されます。どちらもが、「自分は冷静な判断を下している」と思っています。さて。

xx憎悪するも、好意を持つも、仏の目から見れば、ともに惑染でしょう。私とAさんは、「惑染の凡夫同士の小ぜりあい」をしているに過ぎないのです。花粉症の人々は今、大きなマスクをして、不快な症状に苦しんでおられますが、私は花粉症ではありません。もし花粉症の人が私に「ほらほら花粉はこんなに人体に有害ですよ」と力説しても、私はその人と一緒に花粉症の症状に苦しむことはできません。それと同じで、xxへの強いアレルギー反応に苦しむAさんが、いかに「xxの罪深さ」を私に説いても、私はAさんの苦しみを共有することができないのです。さらに卵にたとえてみましょう。卵アレルギーに苦しむ人に、「卵は安価で栄養があって、素晴らしい食品です」と主張して、無理に卵を食べさせようとすれば、どうなるでしょう？それと同じで、強いxxアレルギーのAさんに、「人間一人一人の個性や人格を無視して、xxであるというだけで排除してはいけません」と、『正論』をぶったつもりになっても、それはAさんの心の栄養とはなりません。かえってAさんの苦しみが増すばかりです。

何にアレルギーを持つかは、人によって違います。かりにAさんが女性で夫と息子があり、私に、「あなたにも夫と子どもがあるんでしょう？」と言ったとします。すると私は全身総毛立つほどの侮辱を受けたと感じるでしょう。Aさんはxxは憎いけれども、夫と息子は愛しているので、私がおのが心身を削ってまで、「男性というジェンダーに対する怒り」を持続させていることを不可解と感じるでしょう。「この男性中心の社会で、自分が踏みつけにされた怒り」は、私が物心ついた時から持続していて、個々の男性と「友人」「仲間」にはなれるけれども、それ以上踏み込むことは、決して許さないのです。

自分が快と感じることが、他の人にとっても快であるとは限りません。その逆もしかり。もう桜の季節ですが、桜といえば思い出すのが、元・『従軍慰安婦』の過去を持つ韓国人女性の描いた、有名な絵です。咲き誇る桜の幹に重なる日本軍兵士と、その根元で、両手で顔を覆って横たわる裸身の女性。下には無数の頭蓋骨。日本人一般に愛でられる桜が、かくも忌まわしい記憶の象徴である人もいるのです。私はといえば、数年前の八月十五日、「悲戦」と題した集いで、「さくらさくら」のピアノ演奏に、あふれる涙をぬぐうこともできませんでした。敗戦の日に「さくらさくら」を聴いて、無条件に泣ける私は、つくづく日本人なのだと思ったことでありました。桜はただ桜なのに。

昨年私はある韓国人僧侶の即問即答会に参加し、こういう質問をしました。

――あるアメリカの小説で、虐げられた黒人女性が、神に祈ることを人から勧められて、『でも、神様って白人男性でしょ？』という場面があるそうです。確かに西洋のキリスト教絵画では、神もキリストも天使も、白人男性の姿で描かれています。しかしこの社会で差別され抑圧されている黒人女性にとって、いのるべき神でさえもが、抑圧者の姿をしているのか……！ということに思い当たって、私は愕然としました。その時私は、イスラム教がなぜ神の偶像を作るのを禁じているのか、わかったような気がしました。人間は、表面に表れたものに左右されます。目の見える人は見えたものに惑わされます。神の偶像を作れば、神とはこんなものかと思い込まされてしまうのです。『日の丸』は、単に白い布に赤い丸を描いただけのものですが、ある人はそれを賞賛し、またある人はそれを侵略の象徴として恐れ憎みます。……和尚様、私は絵を描く者として、どうあるべきでしょうか？」

和尚様は「業」を説かれました。日本人は日本人の業を、韓国人は韓国人の業を背負って日の丸を見、アメリカ黒人はその業を背負ってキリスト像を見るのだと。互いの業を理解できないところに葛藤が生まれると。そして、「あなたが絵を描く人なら、描きたいものを描けばいいのです。」とおっしゃいました。その会は仏教徒以外の一般の人にも開かれたもので、そしてその韓国人僧侶は『北朝鮮』への人道支援にも熱心な方でしたから、会がひけた後、和尚の解答に不満をもらす人々もいました。「日本のアジア侵略や、アメリカの人種差別など、もっと社会的な問題に言及してほしかったのに」と。

でも今の私にはわかります。一年前、私はまだ光円寺報にご縁をいただいておらず、今よりさらに仏教について無知でしたが、私のあの質問は、まさに「惑染」を言い当てたものだったと。そして和尚様の解答は、すなわち今の私に対するお答えになっていると。わかっていながらもどうしてもはずせない、悲しい色めがねをかけた人々でこの夜は満ちていて、そこには社会のひずみが深く関係しています。しかしそれをひずみと判断し、改善しようとする動きもまた、何らかの価値判断に基づくものである以上、惑染なのです。惑染を支えるのは人間一人一人が背負っている業であり、業と業とがぶつかり合うから、人々の涙は乾くことがない。では、どうすればいい？

「描きたいものを描けばよいのです。」業を背負い、惑いに染まった心を自覚しながら、その心の命ずるままに。

２００８．３．２４．７ＰＭ＊

カウンセリングと仏教

真宗カウンセリング一泊研修会
梶原敬一さん講義録　一冊300円

表明することによって表現していく。逆に、自分の気持ちというのは、そのままではなくって相手を通して表現されたことによって、それを見た時に、その言葉が自分を癒すということが起こってくるのだろうと思います。それは、何て言えばいいんでしょう、自分の思いが自分のままですと…、思いというものは、決して出そうがどうしようが、独りぼっちでいっぱいしゃべってみても救われないんですね。言ったものを誰かが見ていく。誰かに見てもらうことによって初めて、表現したことの意味が出てきますし、そういう作業によってしか、私たちは自分の気持ちというものを見出すことが出来ない。心というものは不思議なもので、一人だけで出すわけにはいかない。

そういう意味では、誰もいない所での表現を何というのか。それは「表出」です。これは心理学の用語で、「表出」「表現」というのをよく使い分けます。「表出」というのは、例えば、気持ちがばーっと出て行く。「表現」というは、もうちょっと違う形で出てきます。相手のいない所で出されるのが、「表出」ですね。相手を通して、相手と共に表されるのが「表現」。こういう違いをやっぱり考えておかなければいけないのですね。

「表出」は、すればするほど惨めになります。これは、泣けば泣くほどつらくなるというものです。「一人で悲しみなさい。」また、「一人で泣けばいい。」と言いますけれど、一人で泣けば泣くほど自分が惨めになってきて、死なければならないようになる。感情というのは、つらい気持ちを一人で出せば出すほどつらくなる。お酒が悪いわけじゃないですが、お酒を飲んで自分の感情を出せば出すほど、ますますお酒に溺れていく。お酒が何も解決しないのは、お酒は感情の表出でありますけれど、表現にはならないからです。

アスファルトに萌ゆる草

松田妙子

2008.5

私のこの連載は一ページ半という枠ですから、二ページ目の下半分には別の記事がのるわけで、先月号ではそこに「カウンセリングと仏教」という本からの引用で、「表現」と「表出」の違いが説かれてありました。私はそれに非常に納得し、ある嫌な経験の記憶を引き出されました。

私は十六才の時から二十年間、Tという女性の『カウンセリング』を受けていました。Tは古い精神分析学の型に私を押し込み、悪しき性的リビドー論というコンクリートを流し込んで、私が本来持っていたはずの自己回復力を足で踏みつけるだけの人でした。私がTの前でやっていたことは、他者を通じて自己というものに気づいていく「表現」ではなく、誰もいない所で愚痴をこぼすのと同じ「表出」でした。Tは私の話すことをただおうむ返しに繰り返すか、もしくは「人間の言動は全て性的本能の力学(しかも異性間に限る)で説明できる」という持論による解釈を滔々と並べ立てるだけだったからです。病気によって他者との関係をうまく結べなくなっていた私にとって、唯一の他者との出会いの場であったはずの『カウンセリング』は治療に名を借りた「支配」でしかありませんでした。「援助職」という言葉もなかった時代、私は自分に選ぶ権利があるとは思っていなかったので、二十年間耐えましたが、今もあちこちで「治療に名を借りた支配」は行われていると思います。

私が社会復帰したのは、自らTと決別してさらに数年後、阪神・淡路大震災によって「底つき」し、「ここでつぶれたら私の人生はもう後がない」と「背水の陣」をしいて以後です。それまでどんな仕事でも数ヶ月とはもたなかったのを、職場の人間たちの露骨ないじめに耐えぬいてやく七年間、非正規雇用の仕事を続けられたのが、私の自信となりました。今や私は、「何処に障害があるの!?」と会う人ごとに驚かれるほど「健康的」な人間となり、「社会派マンガ家」として表現活動を続けています。私は自分を、アスファルトを突き破って咲く雑草の花のようだ、と感じています。「治療に名を借りた支配」をも超える、人間の生命力の凄さを自分の上に見る思いです。

…と書いてくると、私は自分の「手柄話」をしているだけのようにも見えます。確かに私には、無視され放置され続けてきた人間の常として、〝恵まれなかった〟来し方を人に語りたいという欲求があります。それは「表現」を封じられていた数十年間に、積もり積もったマグマが今、火柱を上げて噴き上げているのだとも言えます。でも、それだけではないような気がするのです。

この連載では、私は自分の言いたいことに具体性を持たせるため、いつも私の知っている人を登場させますが、筆者の「松田妙子」も、「私の知っている人」の一人なのです。たまたまこいつが私なので、「私の一番良く知っている人」だから書きやすいのです。こいつが私でなくても、「私、凄いヤツを知ってるよ」と「松田妙子」の話を書いたと思います。

仏教、特に真宗では「自己を超える」ことが大きな意味を持っているようですが、「松田妙子」と「私」とが癒着して離れないより、「私は〝松田妙子〟を演《や》っているだけさ」と思っているほうが、「自己を超える」ことに一歩、近づいているように思うんです。「アスファルトを突き破ってきたぞ」と自分に自信なんか持っていたら、他力の教えに出会えないのかと思っていたら、そうでもないみたいなんですね。アスファルトを突き破るだけの力があれば、いつか自己を突き破れるだけの力もありそうな気がする、といったところでしょうか。

ある二十代の青年にこの連載のコピーを送ったところ、さんざんに酷評され、「僕は科学的に物事を考えたいから、松田さんのような『宗教的』な考え方は嫌いだ。科学は〝事実〟だけを見るが、宗教はそこに余計な解釈を施すから」と手紙に書き送られました。私は彼の、歯に衣着せぬ批判を「挑戦的」だと感じましたが、「挑発」とは感じませんでした。挑発とは、人を怒らせて喧嘩を吹っかけ、相手を打ち負かして自分が優越感にひたりたいためにやるものです。彼はそうではないと感じたので、私は八枚の返事を書きました。その一部を引用します。

「Tは古い精神分析学のセオリーにしたがって私を〃分析〃し、Tにとってはそれが〃科学的思考〃だったが、実はTの信奉する思想体系に都合の良い虚像を、私の上に創り出していただけだ。あなたも〃科学的思考〃を身につけていると自負しておられるらしいが、現にあなたの主観によって私の文章を解釈したではないか。私が、科学にも限界があると感じるのは、どれほど冷徹に〃事実〃だけを見ているつもりでも、それを人間が見ている以上、見る人間の価値観や思考のくせなどに必ず彩られるからだ。

私は、どこまでも有限なものとして人間をとらえているだけであって、科学と宗教とを対立するものとは思っていないし、どちらか一方に重きを置いて、一方を軽んじるつもりもない。宗教とは、有限でない〃超越者〃の存在を仮定してみることによって、人間の有限さを自覚しようという試みではないだろうか。それは例えば数学の幾何の問題で、補助線を引けば解答が得られやすくなるようなものであって、必ずしも〃超越者〃の存在を、実在するものと信ずる必要はないと思う。」

私は、科学と宗教とを対立するものとし、その上に立って科学に重きを置く若者を言い負かし、優越感にひたるためにこれを書いたのではありません。ただ自分が考えることを素直に言葉に表し、他者の前に提示することによって、私は今の自分が宗教をどうとらえているかに気づいたのです。これをこそ「表現」と呼ぶのではないでしょうか！　彼もまた、私宛の手紙という「表現」の中で、自分の気持ちに気づいて考えを深めていっているようです。「表現」にはリスクも伴うことも学びつつ、これからも私は他者と「表現」をかわし合うでしょう。

２００８．５．６．８ＰＭ＊

ハチドリなあなたへ

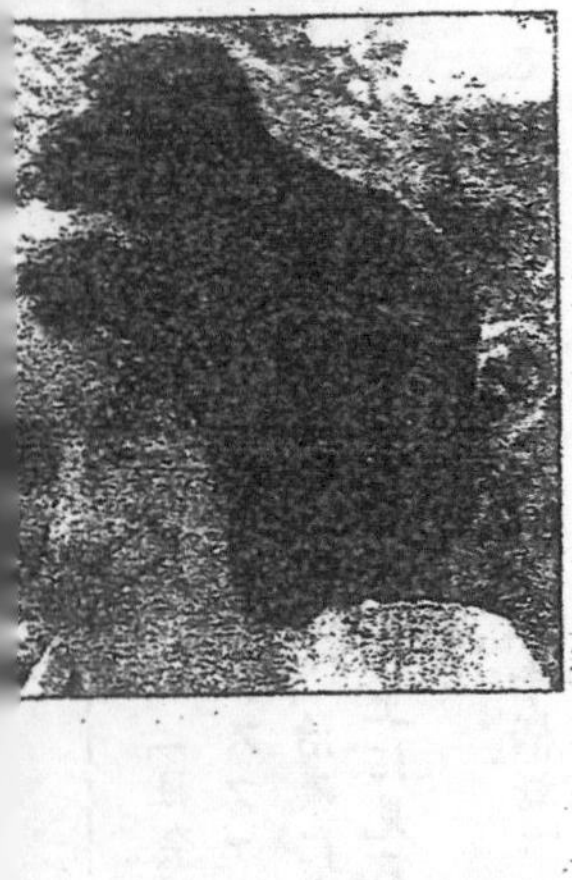

「私にできること」のキーワードは引き算の発想。暮らしの中から余分なものを引いていくと、「貧しさ」だと思っていたことが実は「豊かさ」だったことに気づかされます。

たとえば、私はできるだけ自分の庭で野菜を育てるようにしています。私や子どもたちが着ているものは、リサイクルされた誰かのお古です。

新しいものを次々に手に入れようとすると、たくさんオカネを稼ぐために働かなくてはならなくなり、どんどんいそがしくなります。

暮らしを引き算していくと、こういう悪循環に陥ることがありません。「収入のために働かないという選択もありなんだ」という「私にできること」です。

暮らしを引き算する

アンニャ・ライト（環境活動家）

http://anjaslowmotherdiary.blogspot.com/

心にいくたびかの雨

松田妙子

6月は私の誕生月です。私が生まれた年の6月は、森永乳業徳島工場で製造された粉ミルクを飲んだ赤ちゃんたちに、次々と「奇病」が発生していることが報告され始めた頃です。でも私の親はそんなことは知らないので、私は生後3日目から森永のミルクを与えられ、衰弱して死にかけたそうです。してみると私の人生にはまず「被害者」であることが最初に訪れたらしいのですが、私がずっと自覚していたのは「加害者」意識の方です。物心ついて間もなく、在日朝鮮人の子どもと遊んでいて親に叱られて以来、私は世の中に差別というものが存在すること、そして私は日本人として、在日の人を差別する「加害者」の立場にいることを知ったのです。日本がアジアを侵略したことを知って、自分が日本人に生まれたことの「原罪意識」は抜き去りがたいものになりました。長い闘病生活を経てようやく社会復帰できた時、私が最初にしたことは、日本のアジア侵略という「罪」と向き合うことでした。在日朝鮮人や中国人たちから、「日本の友人」と呼ばれるようになるまで、私は社会復帰後の大半の時間を、「加害者である自分」を意識して過ごしました。2年前、ようやく障害者手帳を取得して、「社会的弱者」のお墨付きをもらった頃から、私は後回しにしてきた、「被害者でもある自分」を意識するようになったのです。

私は自分が持つ「弱者」「被害者」の要素を、両刃の刃として恐れます。それは他の「弱者」の気持ちに共感できるというプラス面と同時に、「弱者の立場」という「権力」をふるいかねない危険性をも持つものだからです。

つい先日、私はある印刷物の記事を見て、非常に嫌な気分に襲われました。私はそれは、私が幼い頃遭遇したある“事件”の辛い記憶を呼び覚まされるからだ、と説明することができるし、その“事件”とは何なのかを告げれば、多分たいていの人は痛ましそうな顔をして黙ってしまうであろう・・・・・ことを知っています。それが怖いと思います。私は人を沈黙させる「切り札」を持っていると思うことが。相手が優しい人であれば、何とか私の気持ちに寄り添おうとしてくれるかもしれません。それに対して私は、「あなたなんか信用できないから、私は心を開いたりしない」と突っぱねることもできるのです。何て残酷なんでしょう！。逆の立場だったら、そんな風に拒絶されたらどんなに辛いか、よくわかっているくせに。でも、これまでにもまじめそうな顔をして、私の話を聞こうとする人は幾人もいましたが、たいてい「ふり」だけだったり、勘違いだったりしたので、私も慎重にならざるを得ません。

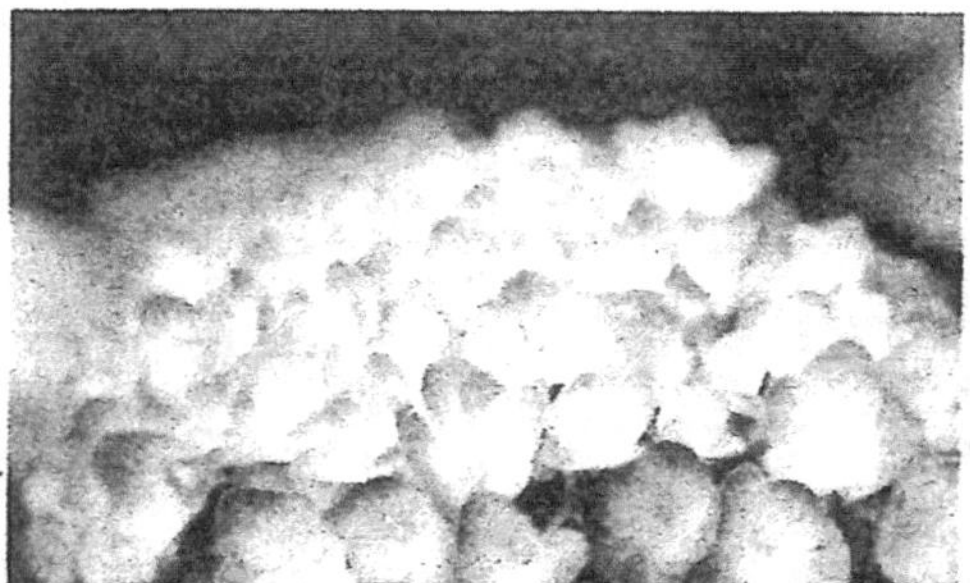

「水俣のお地蔵さん」で、私は「誰かを恨んだり、誰かのせいにしたり、誰かを罰したりしたいと思わなくなるまで、生きてこられて良かった」と書きました。なぜそう思ったかというと、私が遭遇した“事件”と共通点のある事件の裁判の報道を見たからです。犯人に非常に重い刑罰が下ったというニュースを見て、私は自分に問うてみました。

――「もしあの“事件”の“犯人”が捕まったら、私は“犯人”に厳罰を与えてやりたいと望むだろうか？」

――答えは、否。「そんな奴、今さら捕まえてほしいとも思わない。そんな卑劣な者が今頃どこでどうしていようと、何ら左右されない私になった。」

そう考えたことを、私は自分の恨みが浄化されたあかしと感じていたのですが、でも今、気づきました。「そんな者がどこでどうしていようと、私の知ったことではない」というのはつまり、「無視する」という形で、私は“犯人”に罰を与えているのではないか、と。前回書いた『カウンセラー』のTにしても、私の人生を台なしにされたことについて、「裁判など起こす筋合いではないけれども、もう二度と会いたくない」という「拒絶」によって、Tを罰しているのではないでしょうか。いじめでも、虐待でも、「無視」「拒絶」は、相手を深く傷つける行為として重要視されています。私は心の中でそれをやっているのではないでしょうか?。

法的・社会的に制裁を加えてもらったところで、私のこうむった被害は、何ひとつ修復されません。「あんな奴らを憎むエネルギーがあったら、他に振り向けた方がずっとまし」だと思っています。でも、行き場のない悔しさは、私の中に深く沈澱したまま、「憎んでやる値打ちすらない」と軽蔑することで、私は心の中で“奴ら”に復讐しているのではないでしょうか?自分に害をなした者たちを許すとは、何と困難なわざなのでしょう!!

“事件”からもう40年以上経過した今も、その後遺症は私を苦しめます。目を覆いたくなるようなむごい事件の報道は、後を断ちません。被害者の恐怖と絶望も、加害者の心の闇も、余人にはうかがい知れぬものでありましょう。裁判や、刑罰の問題についても、私などには何も言う資格はありません。ただ、私のささやかな体験から言えることがあるとすれば——

森永乳業から補償金をもらえなくたって、私は自分で障害年金を受けて自活している。“事件”の“犯人”が何の償いもせず、『善良な市民』のふりをして生きていようと、私を足蹴にした者たちが何の痛みも感じていなかろうと、私は私の人生を生きている。

——でも。それでも。「あんなことがなかったら、失わずにすんだもの」を悔やむ気持ちを、私は一生抱えて生きてゆかねばならないのだろう。——それが、「被害者」を生きる、ということなのではないかと思うのです。

2008.6.10.7:30PM*

家出と言いましても、決して自らの道を選びとって家を捨てたということではなくて、同じような感覚、同じような思いを持っている仲間のところに寄り添う。その仲間から離れられない。仲間たちから離れるのが寂しい。ただそれだけでいく晩も家に帰らない。けれども生活や、それこそ肌着などに困ると、携帯電話で家に「今から帰るから」と電話をしている。何かそこには寂しさのままに漂っている、そういう悲しい姿が映されておりました。まさにこれが現代における「地獄」と言っていいかと思います。

餓鬼

無三悪趣の第二は「餓鬼《がき》」(preta)です。逝くもの、逝けるもの。そこから転じて、いつも子孫の供養を待っているものというような意味が重ねられてきたそうです。要するに、自らの欲望を満たされないで苦しんでいるものです。これは決して何もないということではありません。餓鬼ということには、食べる物も飲む物もない、文字どおり「無財餓鬼」ということがありますが、同時に「有財餓鬼」ということが説かれています。有るということの中に、それも山ほどのものに取り囲まれている。

これはちょうどバブルがはじける直前でしたが、「未足《みそく》」という言葉を知りました。三菱電機では、年頭、迎える年を表す言葉をいろいろ出し合って決めるそうです。そしてその言葉をひとつの旗印として、どういう商品を作れば時代状況にあって購買意欲を引き出せるかを研究する。ちょうどバブルがはじける直前、ある意味でみんなが多財、いろんなものを買い揃えた時代ですが、そのときにこれから迎える時代は「未足」の時代だと。未足というのは、一応全部揃えてしまった。ないものは何もない。洗濯機もあるし、テレビもあるし、ガスレンジから何から欲しいものは全部揃っている。全部揃ったけれども何か物足りない、何か満たされない。そういう気分で暮らしていくのが、この一年のみんなの気持ちだと。

神戸学生青年センター出版部・出版案内　2024.9

＜ブックレット＞

成川順
南京事件フォト紀行
2011.12　A4　96 頁　560 円

宮内陽子
生徒と学ぶ戦争と平和
2011.12　A4　80 頁　560 円

浄慶耕造
国産大豆で、醤油づくり
2010.12　A4　24 頁　320 円

大森あい
自給自足の山村暮らし
2009.4　A4　36 頁　320 円

竹内康人編
朝鮮人強制労働企業　現在名一覧
2012.2　A4　26 頁　240 円

高作正博著・「高作先生と学ぶ会」編
ブックレット・高作先生と学ぶ会 NO.1
「2017 年通常国会における改憲論議―転換点としての 5 月 3 日」
2018.1　A5　56 頁　500 円

飛田雄一著
阪神淡路大震災、そのとき、外国人は？
2019.7　ISBN978-4-906460-50-2　B5　58 頁　410 円

神戸港における戦時下朝鮮人・中国人強制連行を調査する会編
＜資料集＞アジア・太平洋戦争下の「敵国」民間人抑留―神戸の場合―
2022.4　ISBN978-4-906460-62-5　A4　56 頁　600 円

松田妙子著／西本千恵子・飛田雄一編

中塚明・朝鮮語講座上級グループ
教科書検定と朝鮮（品切）
B5　148 頁　800 円

田中宏・山本冬彦
現在の在日朝鮮人問題（品切）
A5　94 頁　500 円

新美隆・小川雅由・佐藤信行他
指紋制度を問う―歴史・実態・闘いの記録―（品切）
A5　200 頁　900 円

梁泰昊
サラム宣言―指紋押捺拒否裁判意見陳述―
1987.7 ISBN978-4-906460-58-8 A5 92 頁 500 円

仲村修・韓丘庸・しかたしん
児童文学と朝鮮
1989.2 ISBN978-4-906460-55-7 A5 216 頁 1100 円

朴慶植・水野直樹・内海愛子・高崎宗司
天皇制と朝鮮
1989.11 ISBN978-4-906460-59-5 A5 170 頁 1200 円

金英達・飛田雄一編
1990 朝鮮人・中国人強制連行強制労働資料集（簡易製本版）
1990.8　B5　80 頁　400 円

金英達・飛田雄一編
1991 朝鮮人・中国人強制連行強制労働資料集（品切）
1991.7　B5　209 頁　1100 円

金英達・飛田雄一編
1992 朝鮮人・中国人強制連行強制労働資料集
1992.7 ISBN978-4-906460-61-8 B5 272 頁 1400 円

松田妙子エッセイ集（改訂版）「いつか真珠の輝き」
2023.4　ISBN978-4-906460-67-0　B5　123 頁　800 円

藤井裕行著
歴史の闇に葬られた手話と口話
関東大震災下で起きた「ろう者」惨殺の
史実を追う
2023.10　ISBN978-4-906460-69-4
B5　56 頁　600 円

神戸学生青年センター朝鮮語講座
ブックレット①
ハンサルリム宣言（品切）
B5　28 頁　100 円

在日朝鮮人運動史研究会関西部会編
シンポジウム＜在日朝鮮人史研究の現段階＞資料集（品切）
B5　52 頁　300 円

神戸学生青年センター編
11・27神戸朝鮮人生活権擁護闘争・資料集（品切）
B5　31 頁　300 円

ブックレット版はいずれも送料 250 円をあわせてご送金ください

●

梶村秀樹
解放後の在日朝鮮人運動
1980.7 ISBN978-4-906460-51-9　A5 103 頁 600 円

金慶海・洪祥進・梁永厚
在日朝鮮人の民族教育（品切）
A5　89 頁　600 円

金英達・飛田雄一編
1993 朝鮮人・中国人強制連行強制労働資料集（品切）
1993.7　B5　315 頁　1600 円

金英達・飛田雄一編
1994 朝鮮人・中国人強制連行強制労働資料集
1994.7 ISBN978-4-906460-26-7 B5 290 頁 1600 円

金英達編
朝鮮人従軍慰安婦・女子挺身隊資料集
1992.7 ISBN978-4-906460-60-1 B5 215 頁 1100 円

仲原良二編
国際都市の異邦人・神戸市職員採用国籍差別違憲訴訟の記録
（品切）　B5　192 頁　1800 円

朴慶植・張錠寿・梁永厚・姜在彦
体験で語る解放後の在日朝鮮人運動
1989.10 ISBN978-4-906460-53-3　A5 210 頁 1500 円

キリスト教学校教育同盟関西地区国際交流委員会編
日韓の歴史教科書を読み直す―新しい相互理解を求めて―
（品切）　A5　199 頁　2190 円

キリスト教学校教育同盟関西地区国際交流委員会編
【日韓合本版】日韓の歴史教科書を読み直す―新しい相互理解を求めて―
2003.12　ISBN978-4-906460-41-0 A5 427 頁 2500 円

韓国基督教歴史研究所著・信長正義訳
3・1独立運動と堤岩里教会事件
1998.5 ISBN978-4-906460-34-2 四六 252 頁 1800 円

金乙星
アボジの履歴書
1997.10 ISBN978-4-906460-33-5 A5 134 頁 2000 円

八幡明彦編
＜未完＞年表日本と朝鮮のキリスト教 100 年（品切）
B5　146 頁　1600 円
（簡易製本版）B5　146 頁　1000 円

八月の卒業

松田妙子

2008.7

　私は十四才で拒食症になり、現在に至るまで摂食障害の症状を持っていますが、私が発病した当時は、一般社会はおろか医学界にも、そんな病気がこの世に存在するという認識はありませんでした。異常なまでにやせるので私は内科をたらい回しにされ、十六才の夏に大学病院の精神神経科に連れて行かれ、そこでM医師に出会いました。その人の顔さえ忘れてしまったのに、「M先生」の名前だけは、私の心に焼きつけられました。その人は私の話すことを、ただ真剣な顔をして聞いてくれたからです。それまでどんな大人も、こんな小娘の言うことなど、うすら笑いを浮かべて聞き流してきたのに！

　それっきり、M医師とは十数年も会うことはありませんでした。私の病気は悪化しましたが、それが病気であることを誰も理解しなかったので、私は「けだもの以下」呼ばわりされました。家族にすら「死ね」と罵られ、殴られたり蹴られたり、顔に唾を吐かれたりしました。摂食障害の患者は近年とみに増えていますし、若い患者の多くはリストカット（手首を切ること）を繰り返します。でも私は一度も自殺を図ったことはありません。「死ね」と言われても死ねなかったのは私のプライドです。「けだもの以下」と罵倒され醜いまま死んでしまっては、私の人生は負けのままで終る。それだけは許せませんでした。死ねと言われても生きてやるのが私の意地だと思ってました。

　もう一つ、私が支えにしたのがM医師への信頼でした。「例え世界中が私に死ねと迫っても、あの人だけは私をわかってくれる」――この世のどこかにたった一人、そういう人がいるのだと、私はがむしゃらに信じました。それは殆ど信仰に近いものでした。現実のM医師がどんな人で、どこでどうしているかには関わりなく、ただ私には「信じられるもの」が必要だったのです。私は『カウンセラー』のTにも随分ひどい目に逢いましたが、なぜ二十年もがまんしたかというと、「M先生が紹介してくれた所だったから」なのです。

　現在、私がここまでに社会性を回復できたのを、医療のおかげとは思いません。拒食症で餓死寸前のところを、医療的処置でいのちを取りとめさせてもらう、ということは何度もありましたが、人間としての回復に関しては、病院や自助グループの助けは借りていない、と自負しています。それでも私にはM医師が必要でした。何もしてくれなくていい、ただ、存在していてくれることが私にとって必要だったのです。誰かがM医師の悪口を言えば、私は「あたかもコーランを破かれたイスラム教徒の如く」に傷つき、激怒しました。私にとってM医師とは、そういう存在であったのです。

　そのM医師が、医師として病院経営者として、信義にもとる行為をしたという話を、私はつい数日前に聞きました。それを、「何かの間違いだ。M先生がそんなことをなさるはずがない」とは思わず、「もしかしてそういうこともあるのかもしれない」という風に受けとめた自分が意外でした。「神様」の如くに信頼していた人に裏切られるのは、確かにとても嫌なことです。でも私は今度こそ、本当の大人になるのだな、と感じました。

　これまで、私の最終的な拠り所はM医師でした。その人に対する信頼を失った今、私はどこにも寄りかからず、自分の足だけで立って歩いて行かなければならないのだ、と。親はとっくにこわれて、私が守ってあげねばなら

ない、弱い老人になってしまいましたし、もはや外でいじめられても、泣いて帰って来れる所など、どこにもありません。私が持っているのは「対等な立場の友人」だけです。人間の世界では、人間同士の関係とは、結局それなんだと気づきました。

私は人生の早い時期から心身の病いに苦しんできたので、病んで異常なのは自分だけで、他の人たちはとても「まとも」で「健全」なのだと思いこんできました。社会人として世の中を渡って行ける人々は、中身も「大人」なんだと思ってきたのですが、自分もようやくこの社会の一員として認められるようになってみれば、そんな『立派』な人などいないらしいということがわかってきました。

「大量破壊兵器を隠している」という名目で、よその国に戦争を仕掛けたり、なかったからといって、武力をふるうのをやめなかったり。自国の「領土」内の一部の人々が自由を欲しているのを、「国家転覆を企む暴徒」と決めつけて弾圧したり。『えらい人』たちのやっていることも、充分ぶざまで矛盾だらけです。そういう人間たちの世界の中で、私もまた、ぶざまで矛盾に満ちた人間の一人なのだと思います。自分の限界、他の人間たちの限界を自覚するところから、限界のない存在――「超越者」――への思いも始まるのではないでしょうか。

「建国の父」などと仰がれていた人物の銅像をひきずり降ろす民衆のように、私は心の中の「M先生」の像を降ろします。「長い間、お守りになってくれてありがとう。でも私には、あなたは必要ありません」と言いながら。八月。生身の人間を「現人神」と呼んで、皆がそれに殉じて行ったことを、痛恨とともに思い出される季節。衆生を救済する音色を響かせるはずのお寺の鐘が、人殺しの道具に使われていったことを考えさせられる季節。

私にとっては、M医師に出会ってから数十年目の夏に、やっとひとつの「卒業」を迎えました。

２００８．７．２９．８ＰＭ＊

第七組女性会報告　08 8/4 10:00　西岸寺（加西）

年に五回七組十四ヶ寺から三人ずつ女性が集まって聞法、交流する会です。第一回は総会と光明寺住職 玉光順正さんのお話でした（以下要約）

仏教というものは、世間の常識や、覚えた知識とは違う。浄土真宗は一人になることのできる宗教だ。一人でもやる。一人でもやらない。人はもともと一人さびしい、苦しい　そういうことをしっかり感覚すべし

「支え合い」と「もたれ合い」は違う。教えを聞くとはそういうことを知っていく。新聞やTVはそれをさせない。死刑賛成80％　それは多くの人が「殺意」を持っているということ。常識的見方から、本願を通して見、聞くということをするときに、見えなかったものが見え、聞こえないものが聞こえるということが起きる。（天眼通 天耳通 を得るということ）

㊮「殺意」ではなく、自分を守るということではないか。

㊟私たちはほとんど被害者に感情移入している。悪人正機とは、善人が見えない＝善人意識　悪人のこともわかるということがあって往生するという

車中お見舞い申し上げます

松田妙子
2008.9

このところ、親の介護がとてもきつくて、何かを深く掘り下げて考える余裕がないので、今回は私がバスの中で出会った小さなエピソードをご紹介します。

8月のある夕方、たまたまバスで隣りの座席に座った年配男性が、非常に話し好きな人でした。私だけでなく、彼の目の届く範囲にいる人たちみんなに、やたら気さくに話しかけるのです。面白そうに会話に乗ってくる人もいれば、迷惑そうに顔をそむける人もいました。人生は一期一会というから、まあこんなこともあるのだろうと思い、私も適当に受け答えをしていました。いわゆる、他愛ない世間話のたぐいです。病院に6時の予約をしてあるんだとか、先日の豪雨の被害のことだとか、広島に兄が住んでいるとか、昔の映画俳優のことだとか、今の政治家の品定めとか。要するにどこにでもいそうなおじいさんで、病院に行くというのも、高齢者ならどこかしら体に不調があってあたり前、とは思いつつ、実は私にはある予感がしたのです。

降りる間際になってその人が、「こないだは甲状腺の検査したし、しょっ中あちこち検査しとる。ただやけどな」と言うので、私が何気なく「へえ、ただなんですか」と言うと、彼はぼそりと一言、「被爆者はただや」とつぶやくように言って、降りていきました。…ああ、やっぱり……。8月6日、広島に原子爆弾が投下されてからちょうど63年目の、暑い夕方のことでした。

私には、8月6日という日に広島の「被爆者」とバスで隣り合わせたことが、何か特別な意味があることのように感じられました。でも彼にとっては、63年前の「あの日」から、毎日ずっと「被爆者」であるのですから、8月6日にバスに乗ってたって、何も特別なことではないのです。そして私は、「被爆者」というのは、決して特別な人間ではなく、こんな風に、バスの隣の席で世間話をしていたりもするのだ、ということに、今さらのように気づかされました。63年前は少年であったろう彼は、おそらく原子の構造とか、核分裂と核融合の違いとかいったことを考えたこともないまま、人類最初の核兵器の光を浴びたのでしょう。それから今日まで、彼がどのような日々を過ごしてきたのか、行きずりの他人に過ぎない私には、知るよしもありません。

ただ私には、彼は「被爆者」という言葉を口にする機会を、ずっとうかがっていたような気がするのです。でも、その言葉の持つ重みを知っているからこそ、なかなか口に出せなくて、「広島にいる身内」のことを何度も話したり、「きょうは原爆記念日やな」とつぶやいてみたりして。それでもやっぱり誰かに聞いてほしくて、降りる直前、隣にいたこの私に、「被爆者」という重い言葉の置きみやげを残したのでしょう。

それを受け止めた私は、『中国残留日本人孤児』の訴えという重い荷物を運ぶ途中であり、私自身も「森永ヒ素ミルク中毒」だとか、いろいろ持っていたのです。もしかしてあのバスの中には、難病を抱えていたり、生活苦にあえいでいたり、大変な事件にまきこまれていたりする人も、乗っていたかもしれません。いえ、誰もが皆、何かの当事者であり、それぞれの荷物を抱えてバスに乗っていたのです。

いま生きているとは、そういうことかもしれないと思います。私よりずっと前からバスに乗っている人もあれば、私より後から乗ってくる人もいます。私より後

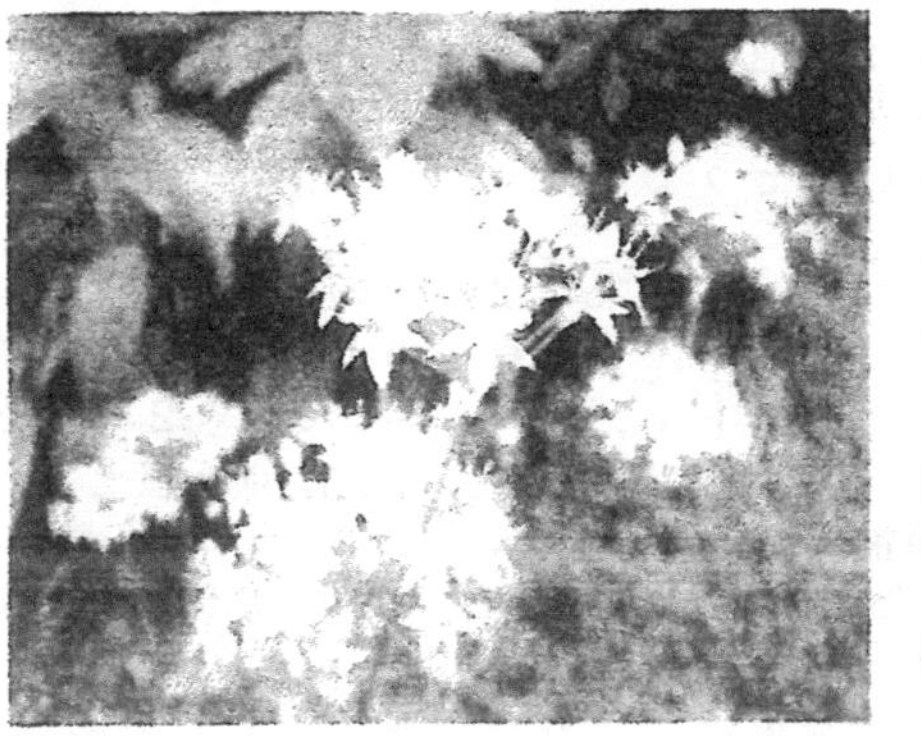

から来て、先に去る人もいます。私が降りた後も、人は次々と乗ってくるでしょう。そして皆、降りるべき所で降りてゆきます。いま、同じバスに揺られているこの束の間が、私が同時代を生きる人々と分かち合う時間です。私が降りれば、私にとっての「現世」は終ります。なるべくなら見苦しくないよう、そっと降りて行きたいけど、なかなかそうもいかないでしょう。何かの目的があって乗ったはずなのに、それを忘れてしまうことも多いでしょう。

私の親は今、車中で大暴れしているみたいです。一時期、ぬいぐるみのくまさんのようだった母は、前より一層獰猛なヒグマに変身したようで、人間はここまでこわれることができるのか、と途方にくれてしまいます。「どんないのちだって、生きているだけで尊いんだ」とカッコ良く言ってのけたいけれど、浅はかな凡夫の私にはむずかしいこと。私が私自身を守れなくなったら、親を守ることもできないので、親の介護以外のことを考える時間をわずかづつでも持つのが精一杯。この原稿も、そうやって毎晩、少しずつ書き綴ってきたものです。正直な所、「認知症のように脳の働き自体がこわれた人間にとって、宗教なんて何になるんだ」と思うこともあります。怒りやむさぼりをいましめたり、他者を愛することが説かれたりしても、脳の働きがこわれたは母には理解することも、実行することもできませんから。

もう少し人生のバスに揺られていたら、また違った景色が見えるかしら？、自分1人で抱えているにはいささか重い荷物は、チラリと隣りの乗客に見せたっていいのかも。あのおじいさんのように、他愛ない世間話の続きのようにして語れるほど、私は練れてないけど。もし、乗客が他に誰もいなかったら？――――運転手さんがいるじゃありませんか。何も言わないけれど、私のはじめから終わりまでを、見届けてくれる人が。

2008・9・8・　8：30　PM＊

イラク帰還兵アッシュ・ウールソンさん講演会報告

四国会場から、前田真吹《しぶき》さん

今、日本縦断スピーキング・ツアーを行っている イラク帰還兵のアメリカ人、２６才のアッシュ・ウールソンさんが 高松で、講演して下さいました。
アッシュさんは、大学の学費の為、陸軍に入り、行き先も告げられずに派兵されたのが、 イラクだったそうです。

アッシュさんの戦争体験の話は、 大変ショックであると共に、 私にとって、目から、うろこの体験でした。 そこには、人間性を全く無視した、 崩壊したアメリカの姿が、 恐ろしいほど、くっきりと、見えたのです。

アッシュさんは、Ｔシャツとショートパンツ、サンダルという、若者らしい姿で現れましたがそのＴシャツは、大きく日本語で 「９条を変えるな！」と書かれてました。
イラクでの戦争体験から、帰還後も、ＰＴＳＤに苦しむ人達が 多くいますが、アッシュ君も、その一人です。（帰還兵の自殺は毎日発生しており、多い日は、一日１７人を 記録したそう）

ときおり、言葉につまりながらも、辛い体験を話してくれました。

こんな事があったそうです。 アメリカ軍の軍用車が、イラク人の８才の女の子と、 ヤギ２匹を、ひき殺してしまったそうです。
その日、アッシュ君に果たされた任務は、「他の１３人の米兵と一緒に、 その女の子の家を訪ねて、代償を払う」というものでした。

その家は、地域の典型的な貧しい家で、部屋は１つしかなく、家族と家畜が１つの部屋で寝起きしていたそうです。

１４人の武装した米兵が、その家を包囲し、出てきたお父さんに、士官が行う事は、「女の子の死に１００ドル、、ヤギ一頭につき２００ドル」 （何と女の子はやぎの半分の価値とされた）の補償金を支払う事。 アッシュ君の任務は、「士官が、お父さんと話している間、お父さんに、銃を向け続ける」という事でした。
そして、米軍は、一言も謝罪せずに、その場を立ち去ったそうです。

異形のユートピア

松田妙子
2008.10

先日私は、「＊＊」という雑誌の取材を受けました。「＊＊」とは、ある国の言葉で「つながり」を意味するのだそうです。取材は私にとって大変意義あるものでしたが、そのこととは全く別に、「＊＊」という言葉の響きが、私に、ある奇妙なイメージをもたらします。

もう何10年も前に発表され、愛好家達の間で古典的名作と目されている、あるSF漫画に「＊＊」という言葉が出てきます。この場合の「＊＊」は銀河系内に現存する星の名で、ギリシア神話にちなんで名づけられたそうですから、「つながり」を意味する外国語とは全く関係がありません。随分昔に読んだので、細部の記憶など違っているかもしれませんが、ざっとあらすじをご紹介します。

地球外の星「＊＊」探索から帰還した宇宙飛行士が、ある特殊な物質を地球にもたらします。それに触れた物は人間であれ動物であれ無生物であれ、どろどろに溶けてくっつき合い、1つらなりの物体と化してしまうのです。すわ地球外からもたらされた「宇宙毒」によって地球は汚染され、滅亡してしまうのか、と、人々は大恐慌におちいって逃げまどいます。しかし次々と「それ」にからめとられ、どろどろに溶けた都市の一部となってゆきます。

ところがここで衝撃的な事実が明らかになります。体は溶けて融合し合っても、人々の意識は元のままを保ち、しかも1人1人では数10年しかない寿命が、半永久的に続くことになります。病気の苦しみも、自分の肉体と溶け合った建物の壁や柱が引き受けてくれるので、苦痛を感じることもありません。全てのものが1つに溶け合い、都市全体が1つの巨大な生物になってしまったので、争いも分断もありません。戦争もなければ犯罪もなく、老いも病の苦しみもなく、半永久的に命を分かち合う、いわば究極のユートピアが、突如として出現したのです。

しかしそれは異形のユートピアです。人間も犬も鳥も自動車もビルディングもどろどろに溶け合って巨大な塊となり、そこここに人間の顔が浮き出しているというのは、不気味きわまりない光景です。漫画ですからそれを絵で表現しているわけで、1度見たら忘れられないような、奇怪な物語世界でした。「＊＊」という言葉が、私にそれを連想させるのです。何もかもが1つにつながり合った異形のユートピアをもたらした地球外の天体の名が、ある国の言語で「つながり」を意味する単語と同じ発音だったというのは、不思議な暗合に思えます。

私はこの漫画を20代の初め頃に読みましたが、1つだけ納得のいかなかったことがあります。この漫画のラストシーン。天体「＊＊」からもたらされた「宇宙毒」に染まるまいと、からくも逃げのびた男が山奥の川辺でのんびり釣りをしています。同じように逃げのびてきた少年がそばで見ています。そこでこの漫画は終るのですが、初めて読んだ時私は、「この2人は何てもったいないことをしているのだ。全ての人類共通の願いである、不老不死のユートピアがすぐそこに実現しているのに、なぜそれに参加しないのだ。」と思いました。でも、今の私ならこう思います。「たとえ不老不死のユートピアが実現しようとも、老いて病んで独り死んでゆく道を選択する権利だって、人間にはあるのだ」と。

私たちが生きているこの世界では、老いも病いも死も、全ての者が等しく逃れることのかなわぬ運命とされています。人々はそれを恐怖し、

「穢れ」として忌み嫌ったり、文明を発達させて、できるだけそれを遠ざけようとしたりしてきました。でも、老いや病いや死を、汚らわしいもの、恐ろしいものとして見ないようにするだけではなく、これらに積極的な意味を見い出すことも、時には必要ではないでしょうか。でなければ、「病気や障害を持つ人は生まれてきてはいけない」とする優生思想や、人や動物の排泄物や遺体を処理する職業に就く人への差別を許したりすることにつながるのではないでしょうか。

それともう1つ。たとい100人中99人が是とすることにも、同調しないで我が道を行く「あまのじゃく」は、必要ではないでしょうか。ものごとは、いろいろな角度から見なくてはなりません。あの漫画の「異形のユートピア」だって、対立も分断もなく老いも病いもない地上の楽園かもしれないし、もしかしたら、おのれの意思で自由に動くことも許されない、永遠の牢獄かもしれないのです。あの「異形のユートピア」を解放と見るか、束縛と見るかによって、山奥に逃げこんだ2人が「叛逆者」であるか、それとも勇気ある独立者であるか、その意味も全然違ってきます。現実の世界でも、そうした多様な見方、多様な価値観が存在することを許されてこそ、その社会は健康的に機能していると言えるのではないでしょうか。「ユートピア」とは、「どこにもない国」という意味だそうです。それを実現させようと、終わりのない努力を続けることに、人間が存在する意味もあるのであって、もしも「どこにもない国」が実現するとしたら、あのように奇怪きわまりないものかもしれません

2008・10・7、9PM＊

イラク戦争は誰のお金でやったんだろう…アメリカ？ じゃないの？

図⑩　米国債購入国比率

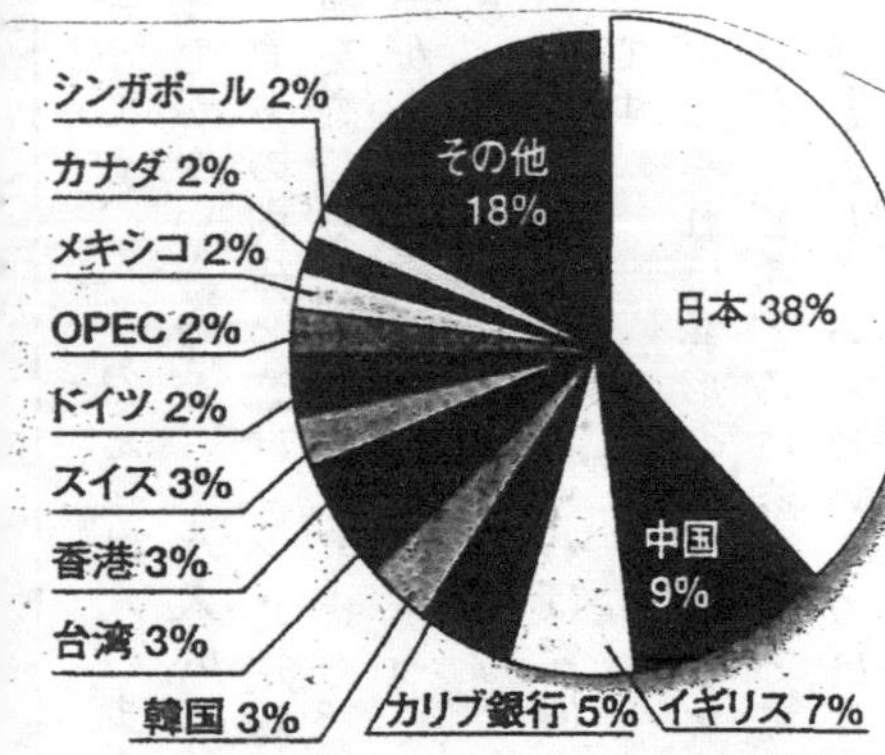

図⑨　世界軍事費ランキング（文献：24）

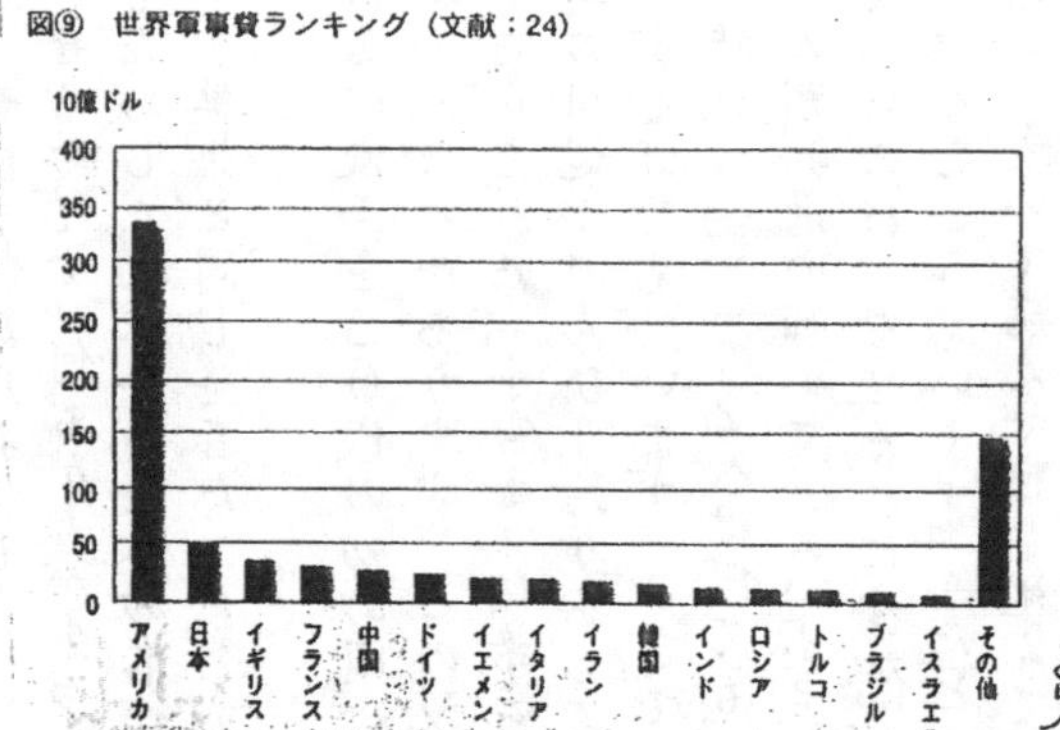

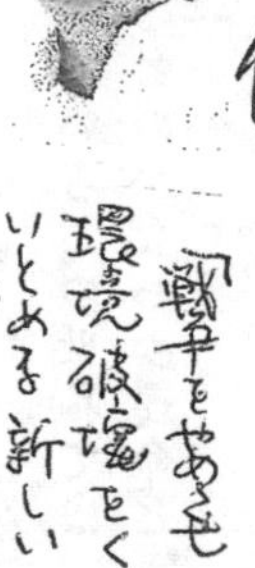

田中優さん

「戦争をやめさせ環境破壊をとめる新しい社会のつくり方」より

アメリカの軍事費は、巨額の国債によって調達されている。しかしアメリカ人は貯蓄が少なく、国債を買い支えられない。その分、海外の投資家に買ってもらうことになる。しかしユーロという対抗する通貨がある現在、かつてのようにドルを印刷すれば外貨準備金として各国に引き受けてもらえるという時代ではない。現にアジア各国はドルからユーロに外貨準備金をシフトしている。

ではどこがアメリカの国債を買い支えているのか。米国債を買い支えている資金の出所を示したのが図⑩の円グラフだ。[25] 圧倒的に日本の購入によって支えられているのが分かる。しかもアメリカとの貿易黒字額と対比してみると、日本は84～86年の3年間を除いて、80年以降一貫してアメリカからの貿易黒字額以上のカネをアメリカに貢いでいる（図⑪）。

このアメリカに貢がれるカネの流れは、日本政府が米国債を買うことで完結する。米国債は外貨準備金によって買われ、外貨準備金は日本政府が発行する政府短期証券から充填される。その政府短期証券をせっせと購入しているのが、融資先が見当たらないため資金運用に困っている日本の銀行である。その銀行の資金は、私たちの銀行預金だ。このように私たちの銀行預金は、間接的にアメリカの軍事費となり、イラクの人々の頭の上にミサイルを届けていることになるのだ。

～を見たかい？

松田妙子

先月号の私の原稿は、他のことで心も時間も奪われている中を、慌ただしく書き送ったものですが、できあがった光円寺報を見ると、私の書いた「異形のユートピア」と、ご住職の「仏教徒宣言」をはじめとする他の記事とに、不思議に重なり合う部分が多いのに驚きました。そして私の文章の前後には、石田雅男さんのお話と、西畑亮一さんの「耕縁自豊」が載っていて、これまた私の心に感ずる所多く、不思議なご縁を感じました。

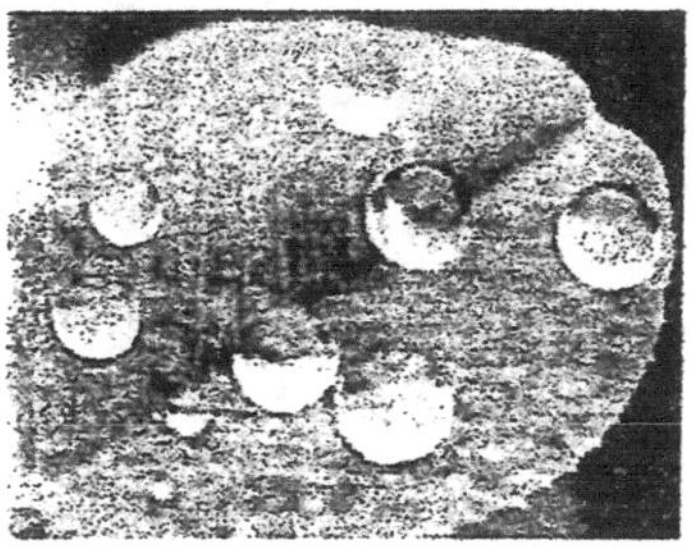

「雨を見たかい」という歌は、私も昔、聴いた記憶があります。ベトナム戦争のナパーム弾だとはつゆ知らず、ただ「雨を見たかい」という題名そのものに、何かしら詩のようなものを感じていました。――〃君は「雨が降っている所なんか、何度でも見たさ」と言うだろう。でも天から落ちてくる雨粒の一滴一滴を、目をこらして見たことがあるのかい？君は本当に雨を見たと言えるのかい？〃――と、いうような。実は反戦歌だったと、「耕縁自豊」のおかげで知ることができたのは大きな収穫ですけど、私流の「雨を見たかい」の解釈も、それなりに気に入ってるんです。だってこの「耕縁自豊」自体が、「君は『雨を見たかい』という歌を聴いたことがあると思っている。でも、本当に聴いていたと言えるのかい？」という、私への問いかけになっているのですから。

実は「雨を見たかい」という歌を耳にしたのは、私の人生の最も苦しい時期で、それは石田雅男さんのお話ともつながってゆくんですけど、その話は別の機会にゆずりましょう。

十月の雨降る日、私はある映画を観ました。隣りの市の公民館で無料の上映会があるのを知り、親の介護漬けの日々の一時の慰めにと、私は出かけて行ったのです。東西冷戦時代のある国で、国家の監視と迫害の元にある芸術家たちの苦悩。それにも増して、彼らを監視し弾圧する立場にありながら、彼らの作る芸術に魂をゆすぶられ、運命を変えられていく一人の軍人の姿に私は心打たれました。自殺した芸術家の遺した一冊の楽譜。仲間の死を悼み、劇作家がピアノで奏でるそのしらべを、盗聴器のマイクを通して聴き入る軍人の頬をつたう涙。そして軍人は軍人は芸術家たちを守るために国家の命令にそむき、職を追われます。冷戦終結後、公開された機密資料によって、私生活を全て盗聴されていたことを知った劇作家は、同時に、盗聴者である軍人が上司に嘘の報告をすることによって、自分たちを守ってくれたことを知ります。数年後、劇作家の新作がベストセラーになり、うらぶれた生活をしていた元軍人は、書店でその著書を手にとって見ます。そこには、彼への献辞が書かれてありました。「ＨＧＷ（その軍人のコードネーム）に捧ぐ」と。

私は、芸術家の使命とは何か、教えられたような気がしました。たった一人の読者、たった一人の聴衆、たった一人の観客のためにそれは生まれるものかもしれない。自殺した芸術家の遺した楽譜だって、盗聴する軍人のために書かれたものではありますまい。でも、思いもよらぬ所で誰かが心動かし、一人の人間の、ひいては多くの人々の運命を変えてゆく。それが芸術というものかもしれない、と。

先日、ある集会で、私は自分の描いた絵をロビーに展示してもらいました。大抵の人はステージを見ただけで帰ってしまうので、ロビーは閑散としていました。でも一人だけ、私の絵の前にじっと立ちつくす老人がいました。私が作者だと知るとその老人は、「無言館（太平洋戦争の戦没学徒の遺した絵を展示してある所）で見た絵を思い出す。」と言いました。たった一人でも、そのようなことを言ってくれる人のあったことで、私は自分の絵を展示してもらった価値はあったと思いました。それを、映画を観て思い出したのです。自分の作るものが「芸術」だなんて、おこがましいことは言えない。でも、「たった一人でも心を動かしてくれる人があったら」。その願いをこめて作品を創ろう、と思いました。

芸術がその力を発揮するには、時機というものがあります。光円寺報十月号の表紙には、金子みすゞさんの詩が載っていますが、私の若い頃には、金子みすゞという詩人の名など、語られることはありませんでした。最近になって~~やっと~~その名を聞くようになり、最初私はデビューしたての新人かと思ったくらいです。時代がやっと、彼女の詩を必要とするようになった、芸術にはそういう所があるのです。逆に今もてはやされている人が、瞬く間に世間に忘れ去られていくのも、よくあることです。でも真実たらんことを求め続けた人の足跡は、きっとどこかに残ると思います。百年後、二百年後のある日、誰かがそれを見つけて涙をこぼすかもしれません。

真実たらんことを求め続けるならば、雨空を見上げて、「雨を見たかい?」と自分に問い続けることは大切だと思います。「君は、ものを見たつもりになっているが、本当に見たといえるのかい?」と。映画を観て出てきた公民館の垣根に、秋になっても朝顔が幾つも青く澄んだ花を咲かせていました。朝顔たちは私に、「私をもっとよく見て!それで見たといえるの?」と問いかけているようでした。朝顔たちが私を見るほどには、私は朝顔を見ていないのかもしれません。一つ一つ、全部違う朝顔なのに、「朝顔たち」とつい、一くくりにしてしまうような私ですから。

2008・11・9
7:30PM*

願というのは、たとえ不可能と知っても、なお願わずにおれないことが願というものです。存在を推し出すものが願です。できるできない、効果があるあがらない、そういう判断のところで立ち止まるものならば、それは願といわないのでしょう。

ただ、やはり成就しないのなら、願はやはり虚しいのではないかと思われますけれども、実は本当に願心に目覚めているということがあるならば、人を立ち止まらせないということがある。自分に満足し、自分に閉じこもるということを許さない。そういう力を私の上に及ぼすものが願なのでしょう。

どこまでも願が力になることが成就である。願っていたことが実現したことが願の成就ではない。親鸞聖人は二度にわたって引いておられますが、『浄土論註』の「不虚作住持功徳」の言葉です。「願もって力を成ず」、そして「力もって願に就く」、これを成就と。願が力となり、その力の歩みの一歩一歩において願がいよいよ明らかにされてくる。

そういう展開が成就であって、そこに、

願徒然《とぜん》ならず、力虚設《こせつ》ならず。力・願あい府《かの》うて畢竟《ひっきょう》じて差《たが》わず。かるがゆえに成就《じょうじゅ》と曰《い》う。

(「行巻」真宗聖典一九九頁・「真仏土巻」三一六頁)

とあります。願が成就するということは、願が私を歩ましめるということにあるわけです。願っていたことが実現したということをもって成就というのではない。そういうことをあらためて思うことです。(終)

次回から 藤元正樹さん「私たちにとって今何が大切な課題なのか」です

その旗の下《もと》に

松田妙子

2008.12

足尾銅山事件を描いた映画の上映会に参加しました。冒頭、鉱毒被害を明治政府に訴えるため、貧しい身なりの農民たちが「請願」と書いたむしろ旗を立てて、延々と列をなして歩いて行くさまに胸を突かれました。そして先頭の農民が「南無阿弥陀仏」と書いた旗を背にくくりつけているのを見て、「ああ、浄土真宗は虐げられた民衆の教えなんだ」と実感しました。その上映会に来ていたのは殆ど、労働組合や「××闘争」といった社会運動で鍛えぬかれた「闘士たち」でした。いつの間にかこういう場になじんでいる自分が不思議です。病気のため、人生において「労働者」だった時期がわずかしかなく、むろん組合運動などとも縁のない私だったのに、何となく居心地がいいのは、父が私にもたらした原風景のせいもあるかもしれません。

父について書きたいことは一杯あるけど、ここでは父が鉄鋼会社の労働組合の委員長だったことと、寡黙な人であったことだけを述べます。仕事が忙しい上、大層感情表現の下手な人だったので、私は父とろくに口をきいたこともありませんでした。父が会社で何をしているのかも知らず、ただ「お父さんは鉄を作る会社で働いている」と母に聞かされていたので、真赤に焼けた鉄塊の流れてくる溶鉱炉のそばで、滝の如く流れる汗と共に黙々と働く人々の姿を想像していました。私にとって労働とは、そういうイメージだったのです。

戦争体験世代であることは確かなのに、父の口から戦争の話は一切、語られたことはありません。父が戦争中何をしていたのか、家族も親族も、誰も知らないのです。最近、その理由について、思いあたることがあったのですけど。とにかく、「大東亜共栄圏」の旗印の下、幾百万の寡黙な男たちを戦場に送り出したいくさを、「労働者の権利を守る闘い」に変え、父は戦後を生きてきました。父の口からは聞かずとも、私は幼い頃から「メーデーの歌」を知っていました。平和行進などで、「団結」と染めぬいた旗が風に翻るさまを見れば、何か血湧き肉踊るような思いがします。それは確かに遠い昔、父のまわりにあったものでしょう。

ただ私はこの「血湧き肉踊るような思い」の中にひそむ危うさも、自覚していなければならぬと思います。同じような思いを、かつて日の丸の旗の下、幾多の「大日本帝国の臣民」たちも味わったはずです。その果ての無残な結末を、私たちは歴史的事実として教えられています。そして二度とそれを繰り返してはならない、と言い合うのですけど。

私の周囲には、「闘争」という言葉を好んで使う人々がいます。階級闘争、民主化闘争、糾弾闘争・・・等々。でも私は「闘争」という言葉は『我々の正義』しか認めないもののような気がして、好きではありません。この場合、『我々』に対峙するものは『敵』です。『我々』に正義があるなら、『彼ら』にも彼らなりの義があるはずだ、などと考えていては、『敵』との『闘い』に勝つことはできないのでしょう。こういう『闘争』の姿勢が、私には合わないのです。

先述の上映会で、私は「請願」のむしろ旗を掲げて歩く農民たちの姿に感動する一方で、ちょうどその頃マスコミを騒がせていた外国の『テロ』事件のことを頭に浮かべていました。『テロ』とは一方からの呼び方に過ぎず、当事者たちにとってはこれも「虐げられた民衆の怒り」に他ならないのでしょう。そして「神は我らの側にあり」と信じていることでしょう。同じ会場で後日、今度はアメリカ黒人の公民権運動を指揮したキング牧師の話を聞きました。ああ、ここにも「虐げられた民衆の怒り」がある！

「神は我らの側にあり」と信じた人々がいる！――――キング牧師は「立派な人」で、『テロリスト』は「怖い人」でしょうか？「神風」が吹くことを願ったかつての日本国民をわらいながら、「南無阿弥陀仏」の旗を背負った農民に感動の涙をこぼしていればいいのでしょうか？暴力的であるかどうかで一線を引けばいいのでしょうか？目に見えない暴力があるのに？

「闘う労働者」や「怒れる民衆」の行動と「テロ」や「暴動」との間に、どれほどの距離があるというのか。私如き者にはとうてい答えは出せません。でも、神の愛や仏の慈悲が広大無辺であるならば、『我々の正義』からはずされた者たちの声にも、きっと耳を傾けておられるだろうな、とは思うのです。

私も、『闘病』生活だった頃には病気を『敵』と見なし、闘って勝つ、すなわち病気を体から追い払うことばかり考えていました。でも、何十年もするうちに病気は私の一部となり、「闘う」必要を感じなくなりました。さりとて私が完全に病気をコントロールして、支配下におくことで、「勝った」わけでもありません。猛獣を家の中に飼っているようなもので、時には大変危険です。私は病気に勝っても負けてもいないで、ただ「一緒にいるなあ」と思っているだけです。

『闘争』好きな人々とも、私にとっては時には危険だとも感じつつ、「一緒にいるなあ」と思っています。戦争や差別を許さない、という点では一致しているのだから。それでいいんじゃないかな、と思うんです。「一緒にいるなあ」で。

2008・12・9　0：20pm

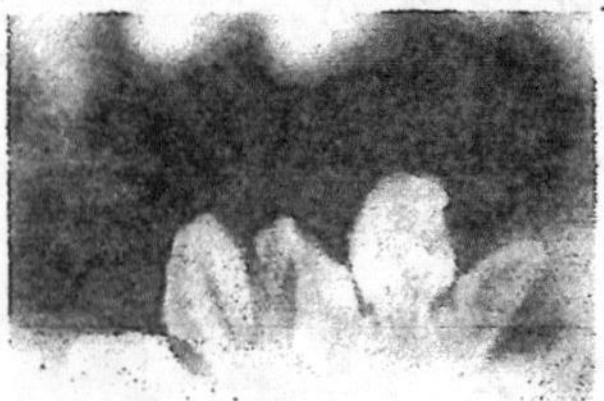

田中優さん エコとピースのオルタナティブ

「限りない発電所建設はピークのため?!」

「電気が足りない」のではなく、業務用電気料金の価格設定が、「使えば使うほど単価が安くなる」ようになっているから、節約がとっても難しいというわけ！

さて、この電気は保存できないという性質が、電力会社に電気需要のカーブに合わせて発電しなければならないという宿命を負わせる。発電所を限りなく造り続けなければならない事情は、この需要ピークのためなのだ。電気は保存できないから、ピークに電気が足りなくなれば電気の周波数が落ち、やがては停電してしまう。一方で、このピークが伸びれば発電所の増設につながるから、それだけ電力会社の存在基盤を大きくすると、電力会社が考えていた時代があったのも事実だ。政府や電力会社にその残りかすのような政策がまだ残っていて、無理な発電所増設をさせようとする。

たとえば電力料金の体系がそうだ。家庭の電気料金は、3段階の価格設定によって、同じ月の中で使えば使うほど単価が高くなるように設定されている。だから家庭は電気を節約する。しかしその一方で、事業系の電気料金は、基本料金が高い代わりにキロワット時当たりの単価が安いので、使えば使うほど電力単価が安くなっていく設定になっている（図⑩）。これでは一時に集中して電気を使わない限り、電力消費の多い月は、より多く使った方が単価が安くなり、電気料金が節約できる。このように事業系の電気料金の価格体系は、限りなく電力消費を促進させる形になっているのだ。

もし事業系の電気の節約をさせたいのなら、右肩上がりのカーブにすればよい。使えば使うほど単価が高くなるように電気料金を設定すれば、誰もがなるべく使わないように努力するようになる。右肩上がりの電気料金の体系を採用すれば、工場、オフィスビルも省電力に努力せざるを得なくなる。逆にもっと電気を消費して欲しいなら、どのような形の料金体系にするのがいいだろうか。右肩下がりのカーブ。そう、まさに今の事業系料金のカーブがその形なのだ。この電気料金体系が電力消費を増大させているのであって、「ピークのために発電所を造らなければならない」のではない。原因と結果が逆転してしまっているのだ。

図⑩　電気料金単価比較（文献：43）

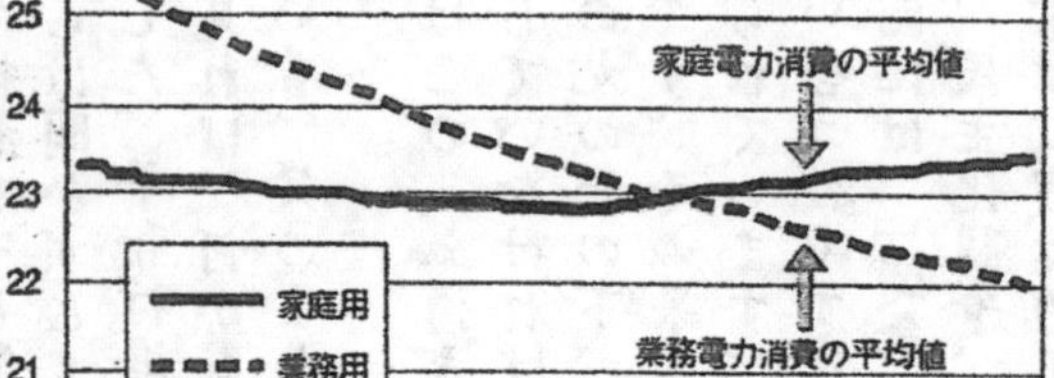

渡る世間の鬼たちよ

松田妙子

2009.2

今、非正規雇用労働が大きな社会問題になっています。私が「労働者」として経験してきたのも非正規雇用の、それもビル清掃や食品包装などの単純作業・肉体労働が殆どでした。学校も中退で、何の免許も資格もない私はそういう形でしか職に就けず、しかも「病気と闘う」ことにエネルギーの大半を取られていたので、単純作業すらこなしきれず、次々とクビになりました。大抵の職場で、私はいじめやからかいの的でした。私は『まともな社会人』の仲間には到底入れてもらえず、さりとて障害者の作業所に通うことも考えられず、四十過ぎまで悪戦苦闘していました。

私がようやく漫画家として認められるようになってきた頃、人にこう訊かれました。「今のあなたは充分に社会に適応していて、とても重い心身の病気で苦しんでいた人のようには見えない。何があなたを変えたのか。」私はこう答えました。「それは最後に勤めた職場で徹底的にいじめられて、それに対し、良心に恥じることのない態度で対処したからでしょうね。」と。

それはスーパーマーケットの、豆腐の製造・販売の仕事でした。売り場の店長は中年女性でしたが、私は彼女好みの若い男性でも、ごますりのうまい女でもなかったせいか、「お前」呼ばわりされて絶えず罵倒されました。同僚のパート主婦は、強いものにこびへつらい、陰でさんざ悪口を言うのを処世の極意と考えているような人でした。私はそういうのが大嫌いだったので、「私に不満があるなら私に言えばいい。でも店長の悪口は私に聞かさんといて。」とパート主婦に言いました。その瞬間、彼女は私を『敵』と認識したようで、店長の完全な腰巾着となり、私への陰湿ないじめに精出すようになりました。店長の「お気に入り」の若い男性アルバイトは、いくら無断で欠勤しようが遅刻しようが、店長の笑顔で迎えられました。かわりに怒鳴られるのは私です。『悪いことはすべて松田のせい』にして、この『標的』を共通の攻撃目標とすることで、彼女らは『仲間意識』を固めているようでした。私は毎日出勤する職場で、彼女らの嘲笑・罵倒・無視を一人で浴び続けました。

私が今でも誇りとするのは、この露骨ないじめに対して「報復」しようとか、他の誰かをいじめることで代償にしようとかは微塵も考えなかったこと。そして豆腐売場で行われているこの陰湿ないじめを、他の売場の人には一切、もらさなかったことです。それは人の悪口を言うことになるから卑怯なことだ、と私は考えました。かわりに私は接客に精を出しました。一日の大半を一緒に過ごす同僚や上司に一切、口をきいてもらえないなら、お客さんに話しかける他はありませんでしたから、店長らがお客さんに背を向けて『楽しいおしゃべり』に興じている時も、私はお客さんに一生懸命商品説明をしたり、世間話の相手をしたりしました。今の私が、見知らぬ人とも気軽に世間話ができるくらい、社交的になれたのは、この時の努力のおかげです。

ストレスは私の体を蝕み、結局は退職せざるを得ませんでしたが、何ら悔いはありません。私は接客業として、最善の方法で卑劣ないじめに対処した、自分はベストを尽くしたのだと、胸を張って言えるからです。「私は絵や文章で身を立てるべき人間だ。スーパーの豆腐売場など、私が本来いるべき場所でない」などと自分に言い訳をして、逃げたりしませんでした。自分が今いる場所で、降りかかってくる問題に、全力で立ち向かったのです。私が自分を、アスファルトを突き破る雑草のようだと感じるのはそこです。生活破綻者、社会不適応者として、どこにいても周囲のお荷物でしかなかった私は、自力で逆風をはね返し、人間としての生命力の強さに眼を見張る思いです。

しかしここでこの文章を終れば、ただの私の自慢話に過ぎません。私はたった一人で立ち向かえた分、あの店長たちより強い人間だと自分を思っているけれど、彼女らは自分こそ強くて賢いと思っているでしょう。この世には、自分を実際よりも大きく見せることで相手を威嚇する生物もいれば、他の生物に寄生して生きる生物もいます。それがその者たちが生きのびるための手段ならば、それを愚劣だの卑劣だのと批判しても始まらないと私は彼女たちを思うようにしています。でも彼女たちにしてみればそれは『負け犬の遠吠え』なのでしょう。就業時間中に、自分たちがどんなに残酷なゲームをしていたか、という自覚もなかったでしょう。実際、お客に尻を向けて私をいじめる相談をしていたって、会社は彼女たちに給料を出していたのですから。（その会社は倒産しましたけど。）

でも、あの時の私だから耐えられたのです。もし他の誰かが『標的』にされていたら。特に若年層の間でこういう残酷なゲームが行われていたら、『標的』は自殺したかもしれないし、突然刃物をふるって、無関係な人を殺傷していたかもしれません。現実に、その種の事件は後を断ちません。私も含めて、皆、自分が正しいと思っています。他人が物の道理をわきまえていないと感じたら、『正道』に還らせてやりたくなります。でもその時、あの店長のように、力ずくで相手をねじふせようとするなら。あのパート主婦のように、打算と興味本位で、それに追従する者たちがいるなら。スーパーの豆腐売場のいじめと、国家や民族間の残虐な殺戮との間にすら、それほど、大きな距離はないような気が、私はしてくるのです。

２００９・２・５・９ＰＭ＊

七組女性会報告　09.1.14（真行寺）

伊賀百代さん（光法寺坊守）お話より

幼い頃「私はどこからきて、どこへ行くのか」疑問に思った。様々な現実の苦悩の中で、必死の聞法を重ねた。ある時「つけてもつけてもつかへんで」という言葉が自分の心の奥の方から聞こえた。つみ上げてきた私の努力が崩れ、心が軽くなった。それを回心《え》というのか……。

「人間のいのちがいかに大事か。自分の聞いていることかいかにまちがうか」を知るためには、仏法を聞かねばならない。聞けば必ず出遇《あ》える。聞くか聞かないかは雲泥の差。しかし自分自身の悲しみの中でしか聞くことはできない。その時は不思議に聞こえる。

「私たちは自分のあらゆる力を使って「私かわいい色」の色眼鏡をかける。それは毒を含んだ善であり、どれだけ生きても流転空過。仏法を聞いて下さい。

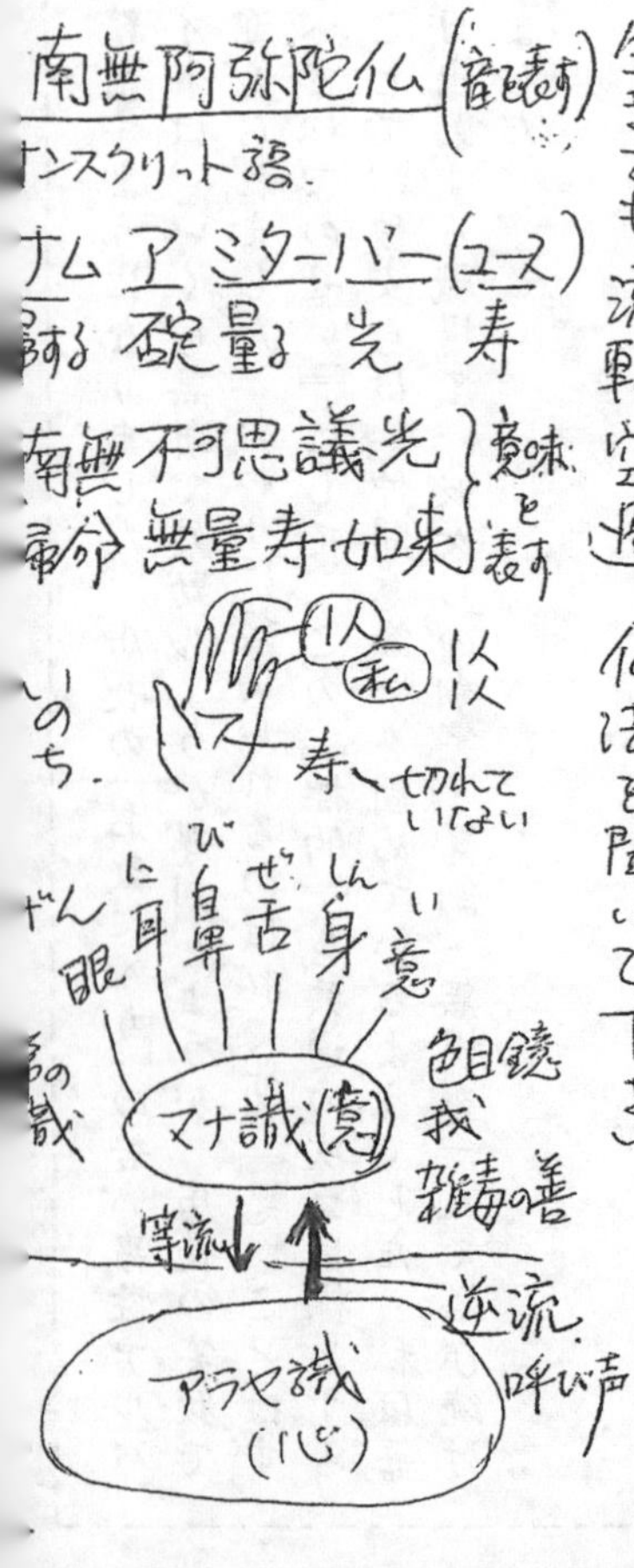

お帰りなさい

松田妙子

2009.3

私が光円寺報に「雛菊1個分の幸せ」を書いてから1年経ちました。その分、親の老いも病も進行しました。目が殆ど見えなくなった父が、母の認知症に医師が絶望的な判断を下した、と私に話している間、私はぼんやりテレビの画面を見やっていました。若者のバンドがラブソングを歌っている画面に、父の重い話がかぶさっていくのを、不思議な思いで見ていました。――こういう若い人たちには、恋人がいるとかいないとかが、人生の一大事なんだ。やがて彼らの世界も、おむつや介護や余命のことで一杯になるだろうが、若者は若者の「愛」を歌う。それが自然なことなんだ――と考えながら。

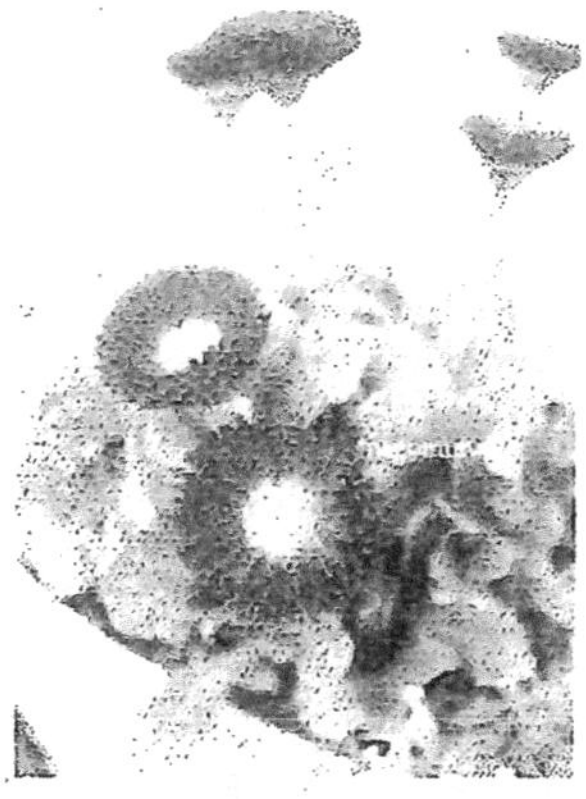

ヒトや動物の子どもを見ると、「可愛い」と感じるのは、自然が作った偉大なシステムだと聞いたことがあります。「弱者」である子どもが大人に守ってもらうには、愛情をそそる必要があるから。ならばなぜ私たちは、老人に対してもそのように感じるようには作られてないのか、私は不思議でした。老人も「弱者」に違いないのに、なぜ老人のしわや曲がった体を「醜い」と感じるよう、ヒトはプログラムされてしまっているのか。

老いが「醜い」という美意識が一般的であればこそ、老いを阻止し、「若さを保つ」ことに人々は血眼になります。男性より女性の方が、外見を重視される度合いがずっと高い以上、女性はより若さを要求されます。文明の発達は、「死」と同様に「老い」も忌むべきものとして、できるだけ遠くへ押しやることに血道を上げてきたかのようです。化粧品や美容整形の広告を見るまでもなく。

しかし自然のシステムとはさらに奥深いものらしく、自分の親が年老いるくらいの年頃になれば、ヒトは「自分ももう若くない」ことを自覚して、老いに対して、また違った見方ができるようになるみたいです。私も、自分の祖母の老いと死には、冷淡な態度しかとれず、それが私の、生涯悔いてやまぬことの1つですが、その頃はまだ母たちが元気で、祖母の面倒を見ていました。そして今、親たちが老いた時、それを引き受けられるだけの私になれたことを、幸運に思います。

なお幸運なことに、母は、しなびた小さなおばあさんではなく、丸々としたまま、認知症になりました。まん丸な顔にまん丸な目をして、「おててがいたい」「あいや（あんよ）がぬけた」なんて言われれば、思わず私も「おてて見せて」「あいやどしたの」と言いながら、駆け寄ってしまいます。「おくちあーんして」と私が言えば、「あーんなんかせえへん」と母が言うので、笑ってしまったり。昔から子どもが嫌いで、小さな子の相手をするのが苦痛でならなかった私が、老いて童女のようになった母には、ごく自然にこんな態度が取れるのです。

「愛されなかった子ども」だと、自分を意識して育った人は、「愛される子どもに」嫉妬します。私は、子どもという存在には、「ボクはアナタより幼い弱者なんだから、年上のアナタたちがボクを愛するのは当然でしょ」と、絶えず強要されている気がして、苦痛でした。「子どもが愛せないなんて、可哀想な人ね！」と大げさに驚いて見せる大人の存在も、私には苦痛でした。でも最近は、無理に「子どもを愛してるふり」なんかする必要はない、と思うようになりました。誤解を恐れずに言えば、「私は今でも、男女の恋愛やセックスが大嫌いなのと同じように、子どもが嫌いだ！」ときっぱり言えます。それだけ、幼い時に受けた幾つもの傷が深いということです。この「傷」と「嫌い」を丸ごと抱えて、ここにこうして居るのが私なんだ、と思っています。

それに私は、「誰も愛せない、可哀想な人」ではありません。同じ弱者といっても、お年よりは私より年上なので、嫉妬しなくてすみます。幼児期の心の傷をかき回される恐れがないので、安心して優しくすることができます。子どもにもいろいろいるように、お年寄りにも随分、可愛らしい人がいます。私は長い間、人に愛されることばかりを望んできたけれど、それは底なしの欲求であり、満たされることなどあり得ないのだ、と思うようになりました。私は確かに愛を知らなかった、けれどそれは、愛されたことがなかったからではなく、愛したことがなかったからなのだ、と。

万物をつかさどる自然の摂理とは、なんと巧みにできているのでしょう。老いてこわれてゆく母によって、こんなに大切なことまで教えられるとは。人間が生まれて、1つ1つ学習して身につけていったこと——例えば排泄はトイレですることとか——を、また1つ1つ失ってゆくさまを、母は私に見せてくれます。何と素晴らしいことに、母は私の中の『母性』まで引き出してくれるのです。

実はまた、机の上にひな菊がいるのです。去年のひな菊は半年で枯れてしまったけど、また50円で買ってきました。机の上に置いたとたん、「お帰りなさい」と言いたくなりました。そういえば、母の徘徊がひどかった頃、「帰る、帰る」と言いながら、母は家をとび出して行きました。「どこへ帰るの?おうちはここでしょ」と言いながら、私は母の後をついて回ったものですが、あの時、「お帰りなさい」と言えばよかったかな、と思います。あなたの帰りたいところへ、「お帰りなさい」と。

2009・3・13・ 1:30AM＊

パレスチナ1948

映画 NAKBA《ナクバ》

見てきました。

「こんなこと、だれがはじめたんだ！」

ここに一人の日本人フォトジャーナリストがいる。現在、報道写真月刊誌「DAYS JAPAN」の編集長を務め、数々の戦場を取材し続けてきた、広河隆一。「被害者側にどんなことが起こっているのか。それを調べ、伝えるのがジャーナリストの役割」を信念とする彼は、40年間パレスチナを追い続けてきた。その間に撮りためてきた写真は数万枚、映像は千時間を越える。しかしその多くが、マスメディアでは様々な限界にぶつかり、未発表のままだった。「このまま眠らせてはいけない」。その貴重な映像を「映画」として発表するため、2002年、一般の有志による『1コマ』サポーターズが発足。フリージャーナリストとして活躍する広河を支援し、ついに2008年、長編ドキュメンタリー映画『パレスチナ1948・NAKBA』が完成する。 今から60年前、1948年に一体何が起こったのか。廃墟と化し地図から消えていった村々の徹底した取材によって、隠され続けた歴史がいま、姿を現す。

1948年5月14日、イスラエルが誕生し、パレスチナ難民が発生した。この事件をパレスチナ人はNAKBA（大惨事）と呼ぶ。

この年、400以上もの村々が消滅、廃墟となった。故郷を追われた人々のほとんどは、難民キャンプでの生活を強いられている。その過去を知らないキャンプ二世、三世が生まれ、増え続けている。そして、いまなお、パレスチナ人が暮らす場所を破壊し、追放する動きは続いている。

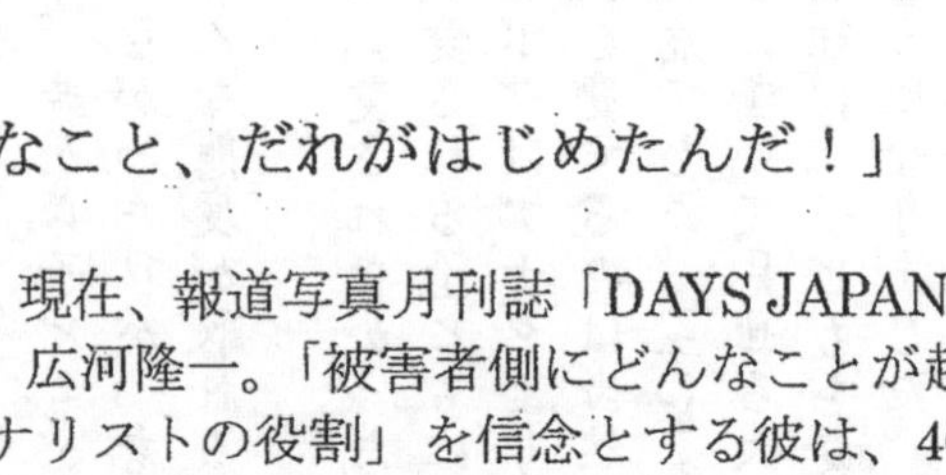

廃墟と化したパレスチナ人の村

珊瑚の枝、私の根

松田妙子

2009.4

仕事と親の介護以外の時間も持ちたくて、花の展示会に行ってきました。大抵の人は花を見に来て、花を見て満足して帰って行ったのでしょうが、私は全然別の物に驚嘆していました。観光案内コーナーの、沖縄の海を紹介するという水槽の中。岩と海藻と魚が入っているらしいその水槽を覗き込む人々は、色鮮やかな熱帯魚に感心しているようでした。でも私はその背後にある「海藻のようなもの」に目を釘づけにされていました。潮の流れもない中で、絶えず細かく動いているからには、動物に違いないと思い、そばの係員に訊いてみました。以下はその会話。

「あの、木の枝のようなものは珊瑚ですか?」「はい。全部珊瑚です。」「あの、きのこそっくりなのも、苔みたいなのも、泡の塊みたいのも、みんな珊瑚?」「はい。」「こんな形の動物を見たのは初めてです。」「たいていの人は、植物だと思うようです。」「じゃあ、あの岩みたいなのは、珊瑚の死骸?」「はい。それが風化したのがこの白い砂です。」

あるSF漫画を思い出しました。地球人の常識とはあべこべに、動物が地面に生えていて、植物が空を飛び回っている惑星の話です。でもそんなSFの力を借りずとも、この地球上の、こんな近くの海の中に、こんな不思議な世界があったなんて!動物と植物と鉱物が入っているかのように見えるその水槽の中にいるのは、動物だけだったのです!珊瑚礁の島というものが南の海に存在することは知っていましたが、生きた珊瑚を見たのは初めてでした。海の中でしか生きられない珊瑚は、生きて魚たちに住み家を提供するだけでなく、生をまっとうした後は、陸上でしか生きられないものたちのための大地になるんです。

何だか、動物と植物と鉱物の違いとか、生物と無生物の違いとかにこだわるのが、どうでもいいことのように思えてきました。無論、学問の世界では、その「こだわり」に大きな意味があるのでしょうが、「いのちのつながり」というものを考える時には、別な見方があるように思えたのです。珊瑚も魚も地上の草木も人間も、みんなそれぞれの環境の中で、生き抜くために、それぞれの理由があって、それぞれの形状をしています。こんなにも多様な生物の相を生み出す地球の不思議。太陽系第3惑星が、水と空気を得たことの奇跡。そこから生命が出現したことの奇跡。その中で、ヒトの形を持って今、存在していることの奇跡。地球だって生きている。誕生も死もある。宇宙の起源にまで思いを馳せられる、人間という生物に生まれ合わせたことの奇跡。・・・・・・・・息抜きに花を見に行って、会場の片隅の小さな水槽の中に、とてつもなく大きなものを見てしまったことです。

光円寺報の前半には毎回、浄土真宗の深い知恵についての文章が掲載されています。納得できる時もあれば、「何だかとてもありがたいことが書かれているらしいが、消化しきれない」という時もあります。そういう時は、その文章と私とが、まだ出会う時機じゃなかったんだ、と思うことにしています。私が生まれて初めて珊瑚を見た時、それを海藻だと思って見過ごす私でなかった、つまり条件が整っていたから、私は珊瑚と出会えたのです。どんなに深遠な考察も、こちら側に受け入れる条件が整っていなければ、「出会う」ことができません。

惟蓮さんに頂いた小冊子の中に、「人生には、悩み、苦しみが絶えませんが、本当の立脚地を得るとき、その事実を受け止め、安心して迷っていける道が開かれていくのでしょう。」という文章を見つけました。これにはピンときたので、あっ、であったな、と思いました。自分なりに消化して、自分の言葉に翻訳できそうならば、私は他の人の考えに「出会った」と言えるのだと思います。

私は内心、自分は精神的にかなりバランスのとれた、健康的な人間だと思っています。けれどもそれは「摂食障害である」という1点に、自分の「不健康さ」を集中して放出しているからです。つまり私は1つの顕著な病気を持っていて、その中で一生懸命に病んでいるので、他の部分ではあまり病まずにすんでいられるのです。それは例えて言えば木の根っこのようなもので、暗い地中にがっしりと根を張り、地下へ地下へと伸びていくので、逆に地上に出ている部分はどんどん光の方向へ枝を伸ばし、青々と葉を繁らせていくのです。

これを「迷い」に置き換えればいい。かつては迷うこと自体に迷いがあった、と言えます。人間は正しく善い人になるよう、努力しなければならないと思っていて、でもいくら努力しても、正しい人にも善い人にもなれないんです。では一切の努力を放棄して、他者を傷つけたり殺（あや）めたりするような人になってもいいのかと言うと、そうじゃない。やっぱり少しでも「善い」方向へ行こうと努力するんです。それが迷うということでしょう。迷うのがあたり前で、迷うことそのものが人間の営みなんだから、安心して迷っていればいいと思うんです。こう考えるのは、私が安心して病んでいられる根っこを持っているから。それが私の「立脚地」だろう、と思うんです。

2009・4・7　2：45AM

生ききって逝かれたアレン・ネルソンさん

釈　惟蓮

アレン・ネルソンさん
本当にご苦労様でした

ネルソンさんに
逢えてよかった

人が暴力のただ中に生まれ落ち、どう生きることが可能なのか
身をもって教えてくれました

苦しい闘病の末、アネッタさんに見守られて
安らかな命終を迎えられたことは
アレンさんが厳しい人生を生ききられ、
たどりつかれた場所ですね

ある方がアレンさんからバトンを渡されたと表現されました
これほど深く、力強いバトンを
これほどたくさんの人に渡して行かれた
アレンさんに
こころからの　感謝を捧げます

いつまでも、平和の道筋に、
アレン・ネルソンさんは
私たちとともに歩んでいます
なんと言う存在感でしょう

ネルソンさん！
あなたをあんな目に遭わせて、ごめんなさい。
あの一匹の蝿があなたがどのような傷を抱えて
語り続けているのかを私に教えました。
同じ戦場の後遺症をあなたは体にも抱えていたんですね

辛いことをたくさんの人の前で、話してくれて・・・
あなたがこのように生ききられたことを
忘れません

＊アレン・ネルソンさん、三月二十五日命終

土の中のセミ

松田妙子

2009.5

今月のこの欄には何を書こうか、と思いながら、これまでの光円寺報に目を通していて、2年前のある記事を思い出しました。

“「この花はおれが咲かせたんだ」／土の中の肥料はそんな自己顕示をしない／おれのような”という、ある有名な書家の書と、それを引用した、Sという人の著作の1部が掲載されていました。S氏は「子どもを育てる大人たちが、土の中の肥料のように生きるのは容易ではない」と説き、「私は神を信じることで、そのような生き方の可能性に導かれつつある」と述べられておられました。「神に見守られることで安らいでいられるからその分、人からの賞讃は期待しないでいられるし、人からの非難も恐れないでいられる」と。なぜこれが印象に残っているかというと、違和感を覚えたからです。

土の中の肥料は、そりゃあ自己顕示もしないだろうが、自分が肥料だという自覚もあるまい。「自我」がないんだから。もし肥料に自我があったら、「俺は何かの肥料にされるなんてごめんだ！俺自身が咲きたいんだ！」と、叫ぶんじゃないか？——

と、考えたのは、私がそう叫びそうな人間だからです。だって私、自分は長年地中に埋まっていた、セミの幼虫みたいなもんだと思ってますもん。一度も日の目を見ないうちに、冬中夏草のコヤシにされるのなんか、いやですもん！——ああ、何という我執、何という煩悩！「我」への執着を捨てよ、とするのが真宗のおしえであるとすれば、何という暗愚の輩でしょうね、私って。

でも私は、そういう自分が嫌いじゃないです。それは、例えて言えば、認知症の母が、何回おむつを換えてもすぐズボンまで濡らしてしまうのに閉口しながらも、「しゃーないやっちゃ」と、笑って許してしまえる気持ちに似ています。私は自分を、「始末におえないけど、憎めないヤツ」だと思っています。そして世間の大多数の人はこうした「始末におえないけど、憎めないヤツら」だと思うので、私は人間が好きなのです。それが凡夫の自覚というものじゃないでしょうか。

待てよ。あの書は単に、土の中の肥料は自己顕示をしないが、「おれ」はする、と述べてるだけですね？「自我」を持たない肥料は自己顕示をするはずがないし、自我を持つ「おれ」に自己顕示欲があるのはあたり前。当然のことをそのまま言ってるだけであって、どっちがいいとか悪いとか、言ってませんねえ？「土の中の肥料は無欲で立派だから、人はかくあるべし」と説教されてるように感じたのは、私の先入観に過ぎなかったんですねえ。いやー、さすがは凡夫の私。「意巧に聞く」とか、「止観」ができてないとは、まさにこのこと。

惑わされたのは、S氏の「解説」がついていたせいもあるでしょう。S氏は「土の中の肥料のように生きる」ことに価値を見出し、信仰によってそれを実現しようとされています。でもそれはS氏の価値観であって、私とは違います。どちらが上でも下でもなく、ただ私とは違うタイプの人がそこにいる、それだけのことです。

そこでまた思い出したのは、以前惟蓮さんに頂いた本の中の一節。「私とあなたの違いは何かというと、あなたと私の背負ってきたものの違いだということに気づいていかなければならない」のが、浄土の教えだと。——そうか。私とS氏との

違いは、背負ってきたものの違い。児童精神科医という肩書きを持たれ、著作も著しておられるS氏は、それなりの社会的地位のある方でしょう。社会生活の中で毀誉褒貶にさらされて、その虚しさを痛感し、それに動じない人間になろうと決意されたのでしょう。私には「社会生活」がなかったので、「自分が人に好かれうる人間であると知ることは、嫌われうる人間であると知ることでもある」ということすら、つい最近学んでばかり。だから非難も賞讃も、すべて今、自分が「人間関係」を持てているあかしとして、喜ぶことができるのです。

またまた思い出したのは、昨年6月号の宮城顗氏の文章。「人間は本来、文字通り人と人との間を生きるものであって、具体的な人との交わりの中で、1個の人間としての人格は育てられる」「そういう関わりを持てない状況を、『地獄』と表現してもいい」という内容を述べられています。・・・・・私が自分を、「長年地中に埋まっていたセミの幼虫」と感じていたのは、言い換えれば、人間にとっての『地獄』にいたってことなのかあ。それじゃ、「土の中の肥料」という言葉に反発を感じたのは、あたり前。同じ言葉でも、S氏と私とでは、イメージするものが全く違っていたんですね。それが、背負っているものの違い。

まず「人間」に出会わなきゃ、「人間を超えるもの」にも出会えないと、私は思いますね。人と人との間で、ほめられたりけなされたり、好かれたり嫌われたりして、それでうんと泣いたり怒ったり笑ったりしてから。その先にあるものを楽しみにして、私は当分、自己顕示欲丸出しの凡夫のまんま、うるさく鳴くとしましょう。やっと地上に這い出したセミなんだから。土に還る時が来たら、無口な肥料になります。珊瑚が大地になるように。

２００９・５・８　１０：３０ＡＭ＊

願いから動きへ

真宗大谷派解放推進本部　ハンセン病問題に関する懇談会ニュース No.20 より

ハンセン病問題基本法を地域の取り組みの力に

表紙で紹介いたしましたように、ハンセン病問題基本法が、本年四月一日施行されました。この法律を真に隔離から解放への力として活かしていくための取り組みが、いま求められております。

その一つとして、全国的な展開が願われているのが、この法律の施行を機縁として、療養所のある地域も、ない地域も、地方自治体と共にハンセン病問題への取り組みを行なおうとする運動です。

具体的には、都道府県や市町村に対して、里帰り事業や、啓発、退所者支援などの施策の充実した実施を求めていく取り組みです。それは、行政に施策を要求するというだけではなく、私たちも共に考え、共に動く取り組みでなければなりません。

その一例として、「ハンセン病療養所の将来構想をすすめる会・関西実行委員会」が、京都、大阪、兵庫などの府県宛に提出した要望書を以下に紹介します。読者一人ひとりの、地域における運動の参考にしていただければと思います。

ハンセン病問題の検証
自治体施策などを要望
市民団体、府と京都市に

（朝日新聞　二〇〇九年二月二四日）

ときどきちょっと変な人

松田妙子

2009.6

先月号の光円寺報に、人はとかく自分を「普通の人」だと思いたがるが、それが危険なのだ、というような内容のお話が載っていました。その文章の後の方には、「仲間意識は仲間はずれを作る」という言葉も引用されていました。

思ったのは、私は「普通の人」意識も「仲間意識」も、あまり持ったことのない人間ではないかということ。そもそも、自分を「普通の人」、つまり標準的な人間だと思える人って、あんまり社会においてマイノリティじゃない人じゃないでしょうか。例えば、私が精神神経科病院で出会った患者さんたちは、こういう病院に通わずに社会に適応している（ように見える）人々を『普通の人』と呼んで、自分たちとは区別していました。一種の「業界用語」だと私は思うのですが、私もその「業界」に長く居たので、自分を『普通の人』より劣る者と考えていました。『普通の人』は、私なんかよりずっと強くて正しくて、自信に満ちて社会を闊歩しているように思い、「それより劣る自分」を恥じていました。だからやっと社会復帰できた時、『普通の人』に「普通の人」扱いしてもらえることがとても嬉しかったものです。そのうち、『普通の人』が、思っていたほど強くも正しくもないこと、『普通の人』の中にも随分と「変な人」も多いみたいだとわかってきました。

近年、アルコールや薬物などの依存症をはじめとして、様々な形で、病む人々のための、当事者や家族の自助グループが各地にできています。これはこれで1つの「業界」を作っていると思わせる隆盛ぶりです。この「業界」では「仲間」との「分かち合い」を最重要視します。自助グループに参加する人の素性を問わず、等しく「仲間」と呼ぶやり方には、私も暖かみを覚えます。自分ではどうすることもできない症状ゆえに、人からさげすまれ、排斥されて孤立していた人にとっては、「仲間」と呼んでもらえる場があることが、とても貴重に思えるから。

でも、私が最も「仲間」を必要としていた時には、社会にはその受け皿がありませんでした。こんなに特徴的な病気なのに、病院でも患者会でも、同じ病気の人には会えませんでした。アメリカから自助グループなるものが入ってきた時も、当初はＡＡ（アルコホーリクス・アノニマス）だけ。私はお酒が全く飲めない体質なので、アルコール依存症に関しては当事者じゃないんですが、「ＡＡのプログラムで回復した人もいるから」と人に言われて参加してみました。自助グループの草分けだけあって、考えぬかれたそのシステムには感動もしましたが、何も「分かち合っている」という実感はありませんでした。「俺たちの回復のじゃまになるから、もう来ないでくれ」と、追い出されたこともあります。私はただ、「食べるのが怖い」という苦しみを、共有できる「仲間」がほしかっただけなのに。

ようやく摂食障害の自助グループができたというので行ってみたら、きれいにおしゃれした若い娘さんばかり。当時すでに30代後半で、すりきれたスウェットの上下しか着るもののなかった私は、「なに？あの変なおばさん！」と思われただろうと、みじめな気分で逃げ帰りました。

結局私は、自助グループからは大したものももらえず、勝手に自分1人で社会復帰してしまいましたね。誰が悪いわけでもなく、単に私はついてなかっただけでしょうが、とにかく私は「仲間」がいない状態に憧れているのです。だから、スーパーの豆腐売場での、露骨なパワー・ハラスメントやいじめにも、1人で立ち向かえたのだと思います。

自助グループ「業界」にどっしり根を下ろして人も多いようで

すが、私はあまりこの「業界」に染まる間もなく、軸足を『普通の人』の世界に移してしまいました。私が今いるのは、反戦・反差別などを目的とする社会運動の場で、現実の政治や社会情勢に直結するものです。自助グループ「業界」では、「いかに誰をも傷つけず、誰からも傷つけられない場を作るか」に精根尽くす、といった感がありましたが、私が今いるのは、国家間レベルで堂々と傷つけ合いをする世界です。それを止めようとする動きも、価値観のはっきりした『普通の人』同士の間では、価値観を異にする者への批判や攻撃が、しばしば熾烈をきわめます。『普通の人』の世界は時々、私には乱暴で粗雑に思えて、心病める人々の繊細さが懐かしくなることもあります。でも私はもう、自分の症状と、隣の人の視線が最重要事項だった生活には戻れません。現実の社会のダイナミズムの中で、自分の立ち位置を模索しながら、行動しています。

その際の私のスタンスとは、どこにいても、いつもどこかしら毛色が違っていて、周囲と同じ色に染まるということがないこと、かもしれません。『普通の人』にもなりきれず、「仲間意識」に燃えて「団結」や「分かち合い」をすることに喜びを見出した経験も殆どなく、自分1人で、立っているのに慣れていること。それは自分で考え、自分で選択し、自分の責任において引き受ける覚悟を持つということ。こう書きながら、自分にハッパかけてるんです。

実はこの光円寺報の原稿と同時に、ある仕事の〆切りを抱えていて、そこでどの政治勢力にも肩入れしすぎることなく、私自身の毅然とした態度を示さねばならないので。ホントはそんなに力まず、どこでも「ちょっと変な人」でいればいいってことなのかも。この、「ちょっと変な人」でいる加減がむずかしいんですけど、私が私でいれば、「ちょっと変な人」でいられればいいなと思います。

2009・6・9　5：40　PM＊

女人史を学ぶ会より

五月二十二、二十三日、第二回女人史を学ぶ会が姫路市夢前町で開かれました。今回のテーマは「性愛の歴史」。五月の新緑に囲まれた会場のゆったりした椅子に、もたれたり、のりだしたり、うずくまったりしながら、それぞれの内側を掘る（？）作業でした。きちんと語られることなく、それぞれの深部に沈殿する性の問題。人生に大きく影響を及ぼしながら、点検したり、共有されることは大変少ないです。女性の歴史を学ぶときにさえ、その語りにくさゆえにおきざりにされてしまうことがしばしばである問題に、光をあてる試みでした。

心が開かれた、逆にしんどかった、様々な反応があったようですが、どれも園田久子さんのいのちの問いかけに、呼応するそれぞれのいのちの声なのだと思いました。

第3回は八月十八、十九日(火、水)で、神戸で開かれます。こども連れの参加もできるように、夏休みに開催ということになっています。前回インフルエンザの対応で学校保育所が休みとなり、こども連れでの参加に託児をもうけることで対応しました。次回も託児をもうけています。思い切ってご参加下さい。また、どのような立場の方も、女人史を学びたいと思われる方は参加できます。詳しくはお問い合わせ下さい。

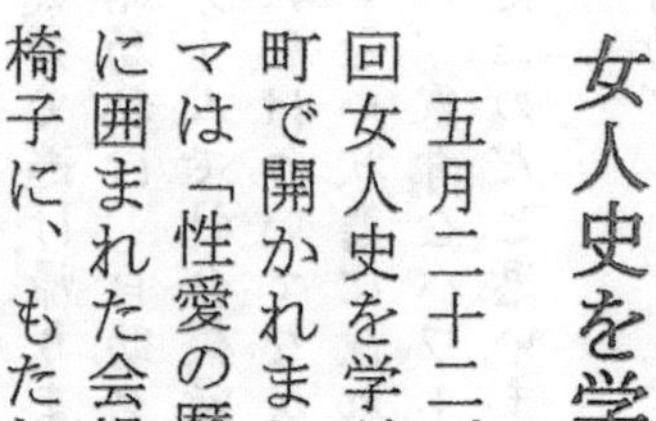

（後藤由美子）

僧は推《お》す月下の門

松田妙子

2009.7

先月の原稿は全く余裕のない状態で書いたので、私は1度送った原稿を深夜までかかって書き直し、もう1度光円寺さんに送りました。ところが手違いで、私にとって本意でない方の文章が掲載されてしまいました。特に気になるのはＡＡなどという具体名が出てしまったことで、もしそれによって不快な思いをされた方がありましたら、お詫びします。

ＡＡを知らない頃、私はキリスト教会に出入りしていた時期があります。キリスト教への関心からではなく、他に行き場がなかったからです。働けない在宅の病人の生活とは、行き場のないこととの闘いでもあります。たまたま近所の教会の入口に、「どなたでも御自由にお入り下さい」と書いてあったので、私は礼拝堂の片隅にちんまり座っているようになりました。もう１つの理由は、摂食障害の私が、ものを食べることを激しく怖れていることにあります。そんな「不潔な行為」に至らないために、私は衆人環境の場を必要としていました。他人の目があれば、私は一片たりとも食べ物を口にすることがありません。(今でも。)人が集る場で、とがめられずに居させてもらえる場所が、教会だったのです。

けれど私の良心は絶えず私をとがめていました。神様の話より、仏様の話の方がずっと聞きたかったからです。でも「どなたでも御自由にお入り下さい」と書いてあるお寺なんか、近くにありませんでした。私の知る範囲の仏教寺院はみな、高い塀と頑丈な門によって、檀家衆以外の外部の人間の訪れを拒絶しているように見えました。常に閉ざされている門を叩いて、「仏教のことを教えてください」と頼む勇気は、当時の私にはありませんでした。教会の人たちは皆親切でしたが、それゆえますます私の罪悪感はつのりました。私は全く利己的な理由によって、この敬虔なキリスト者たちの信仰の場を利用しているだけなのだ、私こそがこの場を汚しているのだ、と。神を信じる人々の前で、私だけが途方もない邪宗の徒であるかのような気がしていました。

ＡＡもキリスト教思想を背景にしており、ＡＡ系の自助グループは、キリスト教関係の建物を借りていることが多いようですが、キリスト教の信仰が目的ではありません。ＡＡのミーティングとは、言うならば（その時間だけでも）お酒を飲まないでいるための場ですから、私がそれを、ものを食べないでいるために利用することには、罪悪感を感じずにすみました。それだけでも、私はＡＡに救われた面は確かにあると思います。

かつて私は、扉のむこうへ行きたいのにただ、その前をうろうろするだけの人間でした。でも今は不思議なことに、自動扉の前に立ったみたいに、私の行く先々で扉が次々と開いてゆくような気がします。光円寺さんとのご縁で仏教への扉が開いたように、芸術への扉も、社会人としての扉も、在日の人々へ通じる扉も。

そこで１つ気づいたこと。これまで私は、「門が閉まっていて中へ入れてもらえない」と思ってきました。今、門は次々と開いてゆきます。だがそれは中へ入るためではなく、外へ出るために開くのではないか？重い扉を誰かが開けて、手招きして中へ入れてくれるのを待っている間は、私の前に扉が開くことはなかったのかもしれない。自分で扉を押す勇気が持てた時、それは中でなく外へ向かって開かれるものであることに、やっと気づいたのかもしれない。そしてそれは、そこへ踏み出す一歩が、解放への一歩であると同時に、新たな試練の一歩でもあることへの、覚悟を持つ準備ができた、ということなのかもしれないと。

う ろ覚えの知識で恐縮ですが、小学校の時、「推敲」という言葉の語源を習いました。昔の中国の詩人が、「僧は推《お》す月下の門」と書くか、「僧は敲《たた》く月下の門」とすべきか、さんざん苦しんだという故事に基いているのだと。韻を踏むとかの理由もあったでしょうが、ふと私が思ったこと。

「僧は敲く月下の門」であれば、ノックして、中にいる誰かに、入れてくれと頼むことですよね?「僧は推す月下の門」ならば、この僧は1人で門を押し開けて、外へ出ようとしているところかもしれません。出家者が出て行く「外」とは、どんな所でしょう?宗門を出て、非僧非俗の道を歩もうとしているのでしょうか?三界を出て、浄土へ向かおうとしているのでしょうか?

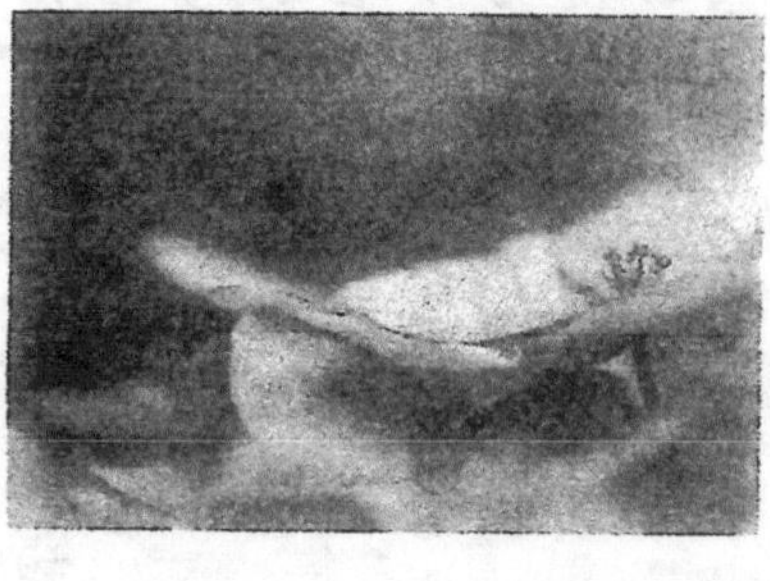

仏教の素人の私には、考え及びもつきませんが、頭の中のスクリーンに、蕭然たる月光の下、独り山門を出ようとする修行者の姿が浮かび上がります。もしかしたらそれは私なのかもしれません。「推す」か「敲く」か、果てしない葛藤のすえに、「推すか「敲く」かあのいにしえの詩人が最終的にどちらを選んだとしても、私なら「推す」でしょう。月光に照らされたこの門を。

2009・7・2　11:20　PM*

AA……アルコホーリクス・アノニマス（無名のアルコール依存症者たち）経験と力と希望を分かち合って共通する問題を解決し、ほかの人たちもアルコホリズムから回復するように手助けしたいという共同体である。日本各地で会が開かれている。

日本国憲法

第十一条　国民は、すべての基本的人権の享有を妨げられない。この憲法が国民に保障する基本的人権は、侵すことのできない永久の権利として、現在及び将来の国民に与へられる

第十六条　何人も、損害の救済、公務員の罷免、法律、命令又は規則の制定、廃止又は改正その他の事項に関し、平穏に請願する権利を有し、何人も、かかる請願をしたためにいかなる差別待遇も受けない。

第九十七条　この憲法が日本国民に保障する基本的人権は、人類の多年にわたる自由獲得の努力の成果であつて、これらの権利は、過去幾多の試錬に堪へ、現在及び将来の国民に対し、侵すことのできない永久の権利として信託されたものである。

八月九日雨の日に

松田妙子
2009.8

これは私の長編漫画「日本人的一少女」の一部分です。在日朝鮮人の少年の述懐という形で、拙いながらも私の戦争に対する思いを表現したものです。この前のページでは、この在日の少年が、八月十五日が「日本が戦争に負けた日」であると同時に、「祖国が解放された日」でもあることを知って悩むさまを描きました。原爆投下が戦争の終結を——朝鮮人にとっては祖国の解放を——早めたという考えが一部にはあるけれども、では原爆の犠牲者の中には朝鮮人も多くいたことをどう考えるのか、と。

私はこの二ページを両面コピーして、反戦ビラとして集会などで配っていたことがありました。その一枚は故アレン・ネルソンさんの手に渡りました。講演の後、帰りかけたネルソンさんに渡してほしいと、人づてに頼んだのです。その直後、ネルソンさんを乗せたエレベーターの扉が閉まったので、彼がその絵を見てどんな表情をしたのかは、私には見えませんでした。私としては言葉の壁があっても、絵でなら意味が伝わるだろうという、軽い気持ちでした。しかし、キノコ雲や原爆ドームという表象が何を表しているのか、人目でわかるのは、日本に暮らしている人々の間だけのことではないのか、と後で気づきました。それは戦後の日本の大人たちが、戦争や原爆を語り継ごうと努力した結果であって、そういう教育を受けてない人々も、世界には大勢いるのです。

日本へ来て平和活動をしようというほどの人ならば、知らないはずはなかったとしても、戦争や差別によって傷つき、苦しみぬいたネルソンさんに、何の説明もなくいきなり「ヒロシマ」を突きつけてしまったことを、私は今、悔やんでいます。ただ、「阿蓮」という法名を得て眠りにつかれたネルソンさんに、負いきれなかったものは仏陀が背負って下さるのだ、と考えることで、少しは私も楽になれるかな、と思います。

「安らかに眠ってください／過ちは繰り返しませぬから」という広島の平和公園の碑の文言は、原爆の犠牲者たちのためだけにあるのではない。それはすべての去りゆくいのちに対して、いま生きている者たちが誓う言葉なのだな、と思ったのが今日、八月九日。長崎に原爆が投下された日です。

2009.8.9.12:45PM*

老師ありて

松田妙子

2009.10

小学校時代の図工の教師だったI先生が出品された展覧会で、思いがけずI先生本人にお会いしました。この方は今93才ですが、会えば必ず同じ話をなさいます。――――曰く、小学校に入学してきたばかりの私の絵を見て、どんなに驚いたか。自分は何10年も教師をしてきたが、こんな子は初めて見た。ピカソの少年時代を思わせる天才だ。今に日本を代表する芸術家になるだろうと思った――――等々、私が小学生だった時と全く同じ話を。

それが私には重すぎたのです。私の描く絵は「芸術」でなければならないという、義務感に縛られるようになりました。芸術の何たるかもわからない子どもの私には、重い足枷でした。「勉強のために、古今東西の名画を見なさい」と言われて、美術館へも通いましたが、「これは芸術だから、感動しなければならない」という義務感が先に立つのです。義務で感動ができるはずがないし、また義務で描く絵など、うわべがきれいなだけの、心のない絵でしかありません。私は自由に、心のままに絵を描くことも、見ることもできなくなってしまいました。

それでも「絵を描きたい」心は抑えられないから、私はマンガに逃げ道を見出しました。今でこそ、「国立メディア芸術センター」構想が議論の的になったりもしますが、当時はマンガなど、見るも描くのも低俗で下品なこととされていました。

「芸術」の仲間には絶対入れてもらえそうもない、「低級」な文化だからこそ、私はマンガなら自由に描けたのです。けれど気楽にマンガを楽しむには、私が小学生のうちに身につけた西洋美術の基礎は、邪魔者となりました。世間に溢れる商業誌マンガの大半は、デッサン力もろくにない、到低お金をとって大勢の人に見せるには価しない代物として私の目に映りました。「こんなひどい絵がまかり通るマンガ界の現状」に、私はいつも1人で憤っていました。ここにも私の居場所はなかったのです。

けれど90才を超えてなお、小学生の私を前にした時と全く同じ感動を口にされるI先生を見ているうち、気がついたのです。――――誰がここまで手放しで私をほめてくれただろう！何の疑いもなく、無条件に私の価値を認めてくれる人が、I先生の他にどこに居たろう！

思い返せば小学校でも、私の絵の味方はI先生だけでした。他の先生方にはいつも、「大人のまねごとみたいで、少しも子どもらしくない」と言われ続けてきたのです。絵のコンクールで入賞したことなど、ありません。夏休みの宿題として提出した絵を、教室の壁にすら、貼り出してもらえないこともありました。理由は「児童画ではないから」。「児童画」という概念が教師たちの頭にはあり、その基準からはずれる私の絵は、「子どもらしくない」の一言で、切ってすてられていたのです。

教育の功罪ということを考えると、どう過されるのが良かったか、簡単に答えは出せませんが、少なくとも私にとってのI先生は、やはり「恩師」だったというべきでしょう。I先生が私の価値を信じてくれたからこそ、私は人生のどんな辛い時期にも、自分の生を放棄せずにすんだのです。「私には生きる価値がある。死ねと言われたって、生きてやるんだ！」と。ゴッホの伝記を必死で読んでいたのもこの頃です。今はどんなに罵倒され、嘲笑され続けようとも、私もいつか彼のように、後世に残る傑作を創るんだ、それまでは何があっても死ぬもんか、と思っていました。

93歳を過ぎてなお100号の大作を描き、「僕に残された時間はもう少ないから、1点でも多くの作品を残したい」と繰り返されるI先生を見ていると、この人は本当に絵が好きなんだなあ、と思います。その、絵を愛してやまない心で、私の「才能」を愛いして下さったのでしょう。何の打算もなく、無条件に、40数年もの間ひたすらに。その間私が病気で引きこもり、公園のベンチで子どもに足蹴りにされる生活を続けていても、I先生の中で私の「才能」は伝説となり、その「伝説」が私を支えたのだ、と思います。*

I先生の絵のモチーフはいつも、野の仏たちです。名刹の大伽藍に安置された金色（こんじき）の仏像ではなく、地方の名もない石工によって刻まれ、雨ざらし日ざらしで、庶民の生活を見続けてきた石仏たち。私はもしかして、I先生にとっては仏教の深遠な思想などはどうでもよくて、ただ絵描きとして純粋に、石仏の姿が好きなんじゃないかと思います。理屈抜きに、ただ石の仏さまが好き。だから生涯かけて石仏の姿をキャンバスに塗りこめる。それで充分です。

「先生の絵は深いです。こんなに明るいのに深いんです。暗くて重い絵じゃなくて、明るくて深くて、濃いんです。」――その日私は、やっとI先生に言えました。先生が93才になるまで、言えなかったこと。愚直なまでに1つの道を突き進んできた、この老師への限りない敬愛をこめて。

2009・10・10・
1:30PM

*

仏事ひとくちメモ

通夜葬儀編　東本願寺「真宗会館」発行

はじめに

「生あるものは必ず死ぬ」とは聞いていても、自分のこととは思わず、日々の生活を送っているのが私たちではないでしょうか。

もし今、ここにかけがえのない人を亡くすとき、私たちはつらく悲しい思いにかられます。

そして、心の中をさまざまな思いが駆け抜けていくことでしょう。

しかし、亡き人を目の前にしながらも、静かに死を見つめる間もなく葬儀の準備をしなければなりません。

葬儀は、亡き人との最後のお別れの儀式であると同時に、人の「死」という重い事実を受けとめ、これまでお育ていただいたことに感謝の念を持ってお礼を申し上げる場です。

そして、一番大切なことは、故人が人生の最後に身をもって教えてくださった「生あるものは必ず死ぬ」という問いかけをあらたに確認し、生まれたことの意義を自分自身のこととして受け止めていくことです。

臨終から通夜，葬儀をとおして、人は必ず死ぬからこそ今ある生を確かなものとして生きなさいという、私にかけられた亡き人の願いをたずねるのです。その願いに目覚めさせてくださる仏の智慧を私たちはいただくのです。そこには静かに、仏さまに合掌礼拝する姿があります。

ですから、葬儀を厳粛に丁重にお勤めするということは、決して斎壇（壇飾り）の豪華さでもなければ僧侶の人数でもありません。大切なことは、葬儀をとおして真実の教え（仏教）に出あうことなのです。

そういう大切な意味を憶念しつつ葬儀はすすめられるべきものですが、地域によってさまざまな習慣があったり、他宗の作法が交じっていたりして何をどう進めていけばいいのかという戸惑いが先にたってしまわれることでしょう。

この小冊子では、浄土真宗の基本的な通夜，葬儀の心得や作法等についてお話しします。そのことをとおして、浄土真宗の葬儀のこころを確認していただきたいと思います。

闘えど闘争せず

松田妙子

2009.11.

ある本で、私とほぼ同年代の人が、こういう趣旨の発言をしていました。

「政治的なことには関わるまい、というのは、僕らの世代に共通した認識だと思う。すぐ上の世代の学生運動が内ゲバに向かい、破滅していくのを見たからだ。」

この発言にある程度は共感しつつ、私には「全共闘世代コンプレックス」とでも言うべきものがあるな、と思いました。これは、劣等感と訳すより、昔の精神分析の本で「複合」と訳されていた意味に近いです。羨望、恐れ、嫌悪なども含む、複雑な感情。

私は10代の初め、各地の学園紛争や「過激派のデモ」がピークを迎え、急速にしぼんでいったとほぼ同時に拒食症になり、以後外界に対して心を閉ざしてしまう時期が何10年も続きました。生まれた時には既に戦争が終わっていた世代としては、自分より上の世代の若者たちと機動隊とがぶつかり合うテレビ映像は、リアルタイムで見る「戦闘」そのものでした。その世代の一部の人が今でも好んで使う「闘争」という言葉に、血塗られた凶々しいイメージを喚起されるのは、その時の印象が鮮烈だったからです。

それでいて、私の中にはこんなあせりもあったのです。私だって、あの人たちのように、社会の歪みを正すために熱くなりたかった、「世のため人のため」に奮い立ちたかった。そういうのが「青春」だと思っていました。でも私に襲いかかってくるのは機動隊の棍棒ではなく、自分の中から湧き起こってくる「症状」でした。

「敵」は外部にいるのではなく、自分自身の中に巣食う、得体の知れない病気でした。これと闘うのに全精力を使い果たし、社会に対して「闘争」している余裕などありませんでした。

今、メンタルヘルスだのうつ病だの引きこもりだの、心を病む人々が急激に増加していることを考えると、かつて私より上の世代が外界に向けて爆発させていたエネルギーを、後の世代が内攻させて我が身を切り刻むことに費やすようになった、私はそのはしりだったんじゃないかという気がします。

どんな事においても、先駆者とは、真正面から嵐を受け、血みどろになって密林を切り拓いてきたことには違いありません。社会運動においてもそうでしょう。昭和史の資料を紐解けば、私が生まれる前から、「××闘争」「××事件」といった、民衆の血まみれの抵抗の歴史が連綿と続いてきたことに驚かされます。

労働者が働く者の権利を主張したり、住民が町を軍事基地化されまいとしたり、在日外国人が民族教育を望んだりするのに、なぜ生命までも危険にさらさねばならないのでしょう。それも、「市民の安全を守る」ために存在しているはずの人々によって。警察の「鎮圧」の対象となるということは、彼らはすでに「市民」ではなく、「市民生活を脅《おびや》かす暴徒」見なされているということです。「市民生活を脅かされたから立ち上がった」はずの人々が、「市民社会の敵」とされるのです。そして警察側から敵視された人々は、「我らの正当な要求を弾圧する警察権力こそが民衆の敵だ！」と叫ぶのです。双方が「正義」はおのれにあると主張し、血を血で洗う争いが起きる・・・・・これはまるで、戦争の構図にそっくりではありませんか！

戦争は終ったはずなのに、なぜ「民衆」が武器を持たねばならないのか、悪いのは誰で、間違っているのは何なのか。私にはわかりません。ただ、頭の中の「闘争」の場面に、「石・かわら・つぶての如くなる我らなり」という親鸞上人の言葉が重なります。学生も労働者も警察官も、石・かわら・つぶての如くにぶつかり合い、傷つけ合う場面に。お互いが蛇蝎の如くに嫌い合っている「敵」だって、生身の人間なのに。それに向って火炎ビンを投げつけたり硫酸を浴びせたり、殴打したり銃撃したり。まさに石・かわら・つぶての如くに。

そうした先人たちの血みどろの足跡《そくせき》を踏んで、今日の私たちは、大過なく平和行進などをしていられるのかもしれません。たとえ公安警察に囲まれながらであっても、武器のかわりにプラカードを持って、街を行進していけるのですから。しかし異なる考えを持つ人に暴力をふるう集団が皆無になったわけではありません。世界的な規模で見れば、流血を伴う「闘争」は間断なく続いています。時に「暴力」「テロ」などと呼ばれながら。

今では、私の病気の主たる原因の1つが、社会に根強い女性差別であったと、私は理解しています。４０年間、摂食障害を患っていることが、私の、差別との闘い方の1つだったのです。同じように今、心を病む人々は、病んでいることによって、社会の矛盾と闘っているのではないでしょうか。心だけではない、病いとは、病むこと自体が闘いだと思います。武器をとらずとも、拳を振り上げてシュプレヒコールを叫ばずとも、闘っている人は大勢います。いえ、全ての人が何かと闘っているのです。

・・・でもやっぱり私は、「闘争」という言葉は嫌いです。「闘い」はするけれど、「争い」はしたくないから。

２００９・１１・７・９：３０ＰＭ＊

仏事ひとくちメモ

通夜葬儀編　東本願寺「真宗会館」発行

2 臨終にのぞんで

ある団地に住む男性N夫さん（四十五歳）が、妻のS子さん（四十歳）と長男（十五歳）、長女（十歳）の子ども二人を残して急死しました。病院から知らせを受けたS子さんは、急いで駆けつけ遺体と対面しました。そして、亡き夫を自宅に引き取り、布団に寝かせましたが……。

このように、いつ、どこで肉親の死がおとずれるかわかりません。呼んでも応えることのない死の悲しみが、じわじわ込みあげてくるのも、この時です。S子さんにとって、夫の死は戸惑いと悲しみばかりでありましょう。しかし、いつまでもじっとしているわけにはまいりません。

まず、ご親戚に連絡します。そして、手次ぎの寺の住職に亡くなったことの報告をします。

でも、S子さんは初めての経験で、日ごろお世話になっている寺がありません。また夫の郷里の寺は遠隔地。団地近くの寺もわかりません。

ここで大事にしていただきたいことは、葬儀を営むにあたっての宗教の選びです。郷里の手次ぎ寺にお願いする、あるいは生前信仰していた宗教で行うのも方法でありましょう。しかし、それらがかなわないならば、なおさらその選びを大切にしていただきたいと思います。

従来、葬儀は宗教をもってなされてきました。人間の理知では計り知れない死がもつ不安や恐れ、あるいは深い悲しみの心が宗教にその救いを求めてきたからでもありましょう。浄土真宗は、仏の教えをもって、生きることや死ぬことの不安や苦悩・恐れの心から超え出ることを説いているのです。

夫の死を目の前にした今、このことをゆっくりと考えてもいられません。日ごろから眼を向けて、仏法に触れておくことも大切なことです。

聖夜のチキン

松田妙子

12月になったら書こうと思っていたことがあります。私が以前勤めていたスーパーマーケットのクリスマスイブの閉店間際の光景。客もまばらなこの時間帯に、売り切れるはずもない大量の鶏の丸焼きが、続々と店頭に出されます。無論、閉店と同時に廃棄です。食品売り場で毎日廃棄される売れ残り商品の量の物凄さは、それ自体が罪深さを覚えずにはいられないものでしたが、丸ごと焼かれた鶏の姿は、「生き物の命を奪った」ことを如実に突きつけるものでした。一体この鶏たちは、何のために殺されたのだろう!?人間の食用に供されるために生まれさせられ殺されて、捨てられるだけ。それも、キリスト教徒でない人も、何だか今夜は鳥肉を食べなきゃいけない気分にさせられる、この国のお祭り騒ぎのために。

でもそれならば、売れて誰かに食べられれば、「役に立った」としてその鶏の死に価値が与えられるのでしょうか?人間の都合で生死を左右され、その生死にも格差がつけられるのでしょうか。・・・・・店内で1日中聞かされるクリスマスソングにうんざりしながら、私は何かがひどく間違っているような気がして、痛ましくてやりきれませんでした。

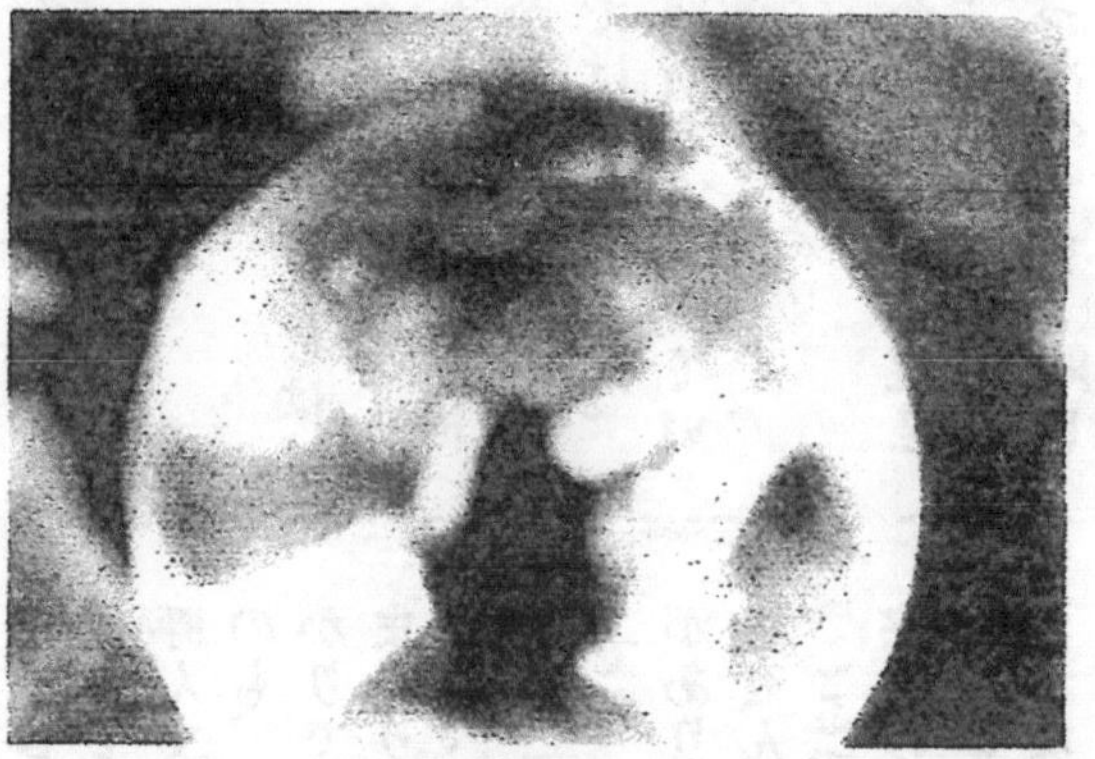

でもそれを言うなら、私の摂食障害という病気こそ、罪深さの極致とも言えるものです。食物とは本来、健康維持や成長のために摂取するもので、そのために人は他の動植物の命を頂いているのです。そのシステムが壊れているのがこの病気で、生命の維持が危うくなるほど食物を拒絶する拒食症もあれば、肉体の必要量を遥かに超える大量の食物を、苦しみながら食べては吐く過食症もあります。私にはこの両方の症状があります。

世の中には、どんなに求めても食物を得られず、饑飢に苦しむ人が大勢いるのに。私がのたうち回りながら汚物に変えるこの食物だって、どこかの誰かが一生懸命作ったものであろうに。なぜ私は喜びと感謝をもって、「いのちをいただく」ことができないのか。いのちを生きる基本である、食という行為を、罪と穢（けが）れに落としめることしかできない私。ここまで浅ましい身でありながら、なおも生を貪ろうとする私。まるで病んだこの社会の毒素が、私という人間に凝縮されたように。世界中の誰よりも、私がこんな病気であることを許せなかったのは私でした。それが一番つらかったかもしれません。どんな他人に傷つけられるより。

「選ばず・嫌わず・見捨てず」という言葉を、光円寺報で何度も目にします。これは人間には到底不可能なことで、だから仏の本願なのだろうか、と私は勝手に考えています。

私たちは常に「選ぶ」ことを迫られています。入学する学校を、就職先を、伴侶を、選挙で政治家を選び、憲法九条を守るか変えるかを選び・・・・・。今問題になっている、普天間基地の移設や政府の事業仕分けなども「選ぶ」ことの1つです。どんなに議論を尽くし、最善と思われる道を選んだとしても、そこには必ず、切り捨てられる人がいるのです。全ての人を満足させる解決方法など、あり得ません。人間は1人1人、価値観も立場も違うのですから。私たちが何かを選ぶ時には必ず、選ばなかった何かを切り捨てていること、それを常に自覚していなければならないと思うのです。

切り捨てられた者の痛みにいちいち同調していては、社会の機能が停止するので、人々は考えないようにしたり、忘れたりします。かつて私はそれを罪深い、卑怯なこととして自分を責めたり、人を批判したりしていました。でもそういう意識を持つように育てられることも、社会の装置の1つなのだと思います。人が人の痛みに鈍感で、自己中心的にばかり振舞ってもまた、社会は成立しないからです。しかし肉食の習慣のある人は、屠殺される牛や豚や羊や鶏の痛みは考えないようにしながら、ペットや野生動物には感情移入して、動物愛護を訴えたりします。「聖夜のチキン」を痛ましがった私も、魚食の伝統の長い国の民の1人として、魚の丸焼きには感情移入しなかったのです。人は、痛みを感じる対象さえも選んでいます。阿弥陀仏は何も選ばないのでしょうが、その阿弥陀仏を信仰するかどうかは人間が選ぶのです。死が宿命であるのと同じように、「選ぶ」ことは人間の宿命だと思えます。

自分で判断すること、他者の痛みを想像すること、忘れないでいることは大切です。でも、それらを休むのもまた必要なのだということを、判断したり想像したり覚えていたりし続けることに疲れ切った挙句、私は学びました。「私は"わすれること"を学習せねばならない」と思い至った時、私は自分が以前より成長したことと、老いたことに同時に気づいたのです。そう、成長することは老いること。生きていくことは、確実に何かを失い、また確実に何かを得ていくこと。それもまた、良し。

２００９．１２．１３．３．ＡＭ．＊＊

仏事ひとくちメモ

湯灌・枕飾り

東本願寺「真宗会館」編

S子さんは、突然、夫を亡くしました。でも、いつまでも悲しんでばかりもいられません。通夜・葬儀にむけて準備をしなければなりません。

まず、家族が中心になり湯灌を行います。湯灌は、ご遺体をぬるま湯で拭き、清らかにすることを意味します。最近では、アルコールを含ませたガーゼや脱脂綿で拭くことが多いようです。昨今、この湯灌を病院や葬儀社が行うようになりましたが、やはり家族が中心となって行うべきでありましょう。

拭き終わりましたら、耳・鼻・肛門などに脱脂綿をつめ、眼と口を閉じ、衣服を整えます。

男性はヒゲを剃り、女性には薄化粧をしてあげます。胸の上に両手を組ませ、木製の念珠をかけます。そして布団をかけ、顔は白い面布で覆います。

ご遺体は、本来お内仏（お仏壇）のある部屋に安置します。ところが、S子さんのお宅には、お内仏がありません。このような場合、寺にご相談されるとよいでしょう。

そして、遺体を納棺するまでは頭北面西にします。これは、お釈迦さまご入滅のお姿にならつて行われていますが、必ずしも方角にこだわることなく部屋の状況に応じて決めてください。

このとき、衣服を逆さにかぶせたり、屏風を逆さに立てたり、あるいは魔よけと称する守り刀は全く意味がなく不要です。

つぎに、枕飾りの準備をします。ご遺体の枕辺に小さな机あるいはお盆を設け、白布をかけ。香炉とロウソク立てをおきます。香炉には、香を燃じて絶やさないようにします。これを不断香といい、異臭をおさえるはたらきをします。そして、ロウソク立てには明かりを灯します。

枕飾りに一膳飯や枕団子などをお供えする場面を見受けますが、浄土真宗では必要ありません。

新年のご挨拶

松田妙子

2010.1

私の「初夢」の話をします。――――憲法が変えられて、戦争が始まっている世界です。私の幼友達も皆、徴兵されて従軍しています。「えっ、○○ちゃんは戦争に反対だったのに！」と私が言うと、軍の幹部が、「そういう奴らは無給で働かされるのだ。国家に忠実な者には俸給が出るがね」と言います。私は「戦争を否定しようとしまいと、全て強制的に戦争に駆り出されるのか。こんな世の中で抵抗の意思を示すには、何の戦力にもならない『役立たず』でいるしかない」と考えます。漠然と「障害者」と呼ばれる人々を連想しながら。

――――そんな夢です。

長年会っていないが、年賀状のやりとりだけはある、という知人が私にも結構います。Hさんは２０年以上前、精神障害者の患者会で１～２度会っただけの人で、顔も思い出せませんが、毎年必ず年賀状をくれます。でもいつも紋切り型の挨拶の印刷だけの葉書なので、「もう何十年も会ってないんだから、近況報告でも添えて下さい」と、私は去年の年賀状の返事に書きました。実はただの社交辞令で、返事を出すこと自体が義理であり、私はHさんから年賀状をもらっても、全然嬉しくなかったのです。引きこもりと入院生活の長かった私には、心を病む人以外、知り合いがなかった時期があります。それは私にとってはあまり思い出したくない時期であり、当時の知人も思い出したくないのです。私は年賀状は必ず手書きで、相手に合わせて１枚ずつ違う絵とメッセージを書いて出すのですが、そういう「歓迎せざる知人」には、つい手抜きになってしまいます。「近況報告でも・・・」というのは、私のHさんに対する、精一杯のお愛想だったのです。

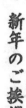

すると12月も末、突然Hさんから電話があり、「近況報告がどうしても書けないので、電話で言います」と、いきなり長々と話出しました。私は〆切りの迫った原稿を書いている最中だったので、自分のペースを乱されたことに苛々しました。でも、後でこう思いました。

私が「近況報告でも・・・」と書いたのは全くの社交辞礼であって、私はHさんの近況などに関心はなかった。だがHさんは、それに応えねば、と1年間も真剣に悩んでたんだ。これが私の知っている「精神障害者」たちだ。人のいうことを真に受けて、社交辞礼が通じず融通のきかない、愚直で愛すべき人たち。かつて私も確かにその中にいたのに、今や「私はあなた達とは住む世界が違うんだよ」と言わんばかりの、この傲慢さは何だ!?自分は「社会復帰」して「健常者」たちと対等に渡り合っている、と得意になりつつ、都合のいい時だけ「障害者」づらをしてみせる。その実、昔同じ地平にいた人たちを見下して、自分の中の上昇志向や思い上がりが恥ずかしくないか、お前!

———と。

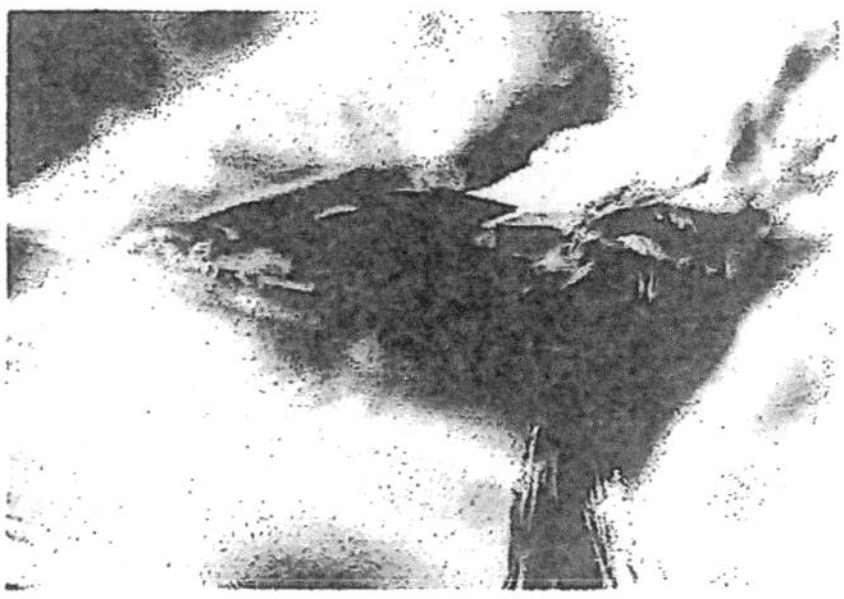

「初夢」の話Hさんの話も、私はさる護憲派市民団体と、障害者団体への年賀状の返事に書こうとしたのですが、とても葉書1枚に納まる内容ではありませんでした。かくの如く、私には表現したいことが常にあり余っていますが、そういう表現ができない人もいることを忘れがちになります。Hさんにとっては、印刷された葉書に宛名を書いて出すことが、精一杯の「表現」だったのかもしれません。

「あなたが石ころのように見なしている私だって、感じたり考えたりする心があるのだ」ということを、終始当事者から発信してもらわないと気づかないでいるのが、私のような凡夫というものではないでしょうか。不勉強な私は、「青い芝の会」の綱領も読んだことがないのですが、社会の大勢を占める価値観に、真っ向から反逆してみせたのが、この「障害者解放運動」だった、とは聞き及んでいます。言われてみれば、脳性マヒの人々がそのような主張をすることはさもあろう、と思えるのですが、「言われてみなければわからない」のが凡夫の悲しさ。でも、「言われてわかる」のはまだましでしょう。コミュニケーションの成立しない相手に対峙する時の困難さに比べれば。

認知症の進んだ私の母は、いくらおむつが汚れても、褥瘡で血だらけになっても、全く反応がありません。単に反応として表現する回路が壊れたのか、苦痛そのものを感じないようになったのかわかりませんが、ひとたび母が熱でも出そうものなら、私たち家族や介護関係者は走り回らねばなりません。「他人に迷惑をかけない」「人の役に立つ」という、社会に広く行き渡っている価値観とは逆の方へ進む一方なのは、確かなようです。こうした存在に積極的な意味が見出せるのが、私の「初夢」のような殺伐とした世界だけしかない、というようなことだけは避けねばならないな、と思います。

こんな風に、自分の思っていることを、多くの人にわかる形で表現できるのが、いかに「有り難い」ことであるかを噛みしめつつ、今年最初の光円寺報の原稿をしたためます。私にこんな夢を見せ、こんなことに気づかせ、こんなことを書かせてくれた、すべての人、すべてのものたちへ。そしてこれを読んで下さるすべての人たちへ。「有り難うございます。」

2010.1.11.10:30PM.＊

バスを降りてから

松田妙子

　私は荷物を手に下げるのが辛いので、外出には買い物バギーを引きますが、雑踏ではこれが視野に入らず、つまずく人がよくいます。先日も、バスの中で婦人の乗客がこれにつまずき、引いていた私ごと床に倒れました。婦人は決まり悪そうに降りていき、バスは発車しました。運転手さんは転倒事故を会社に報告し、丁度私が降りる停留所まで来た時、「さっきの転倒の際、バスが停車していたことを証明して下さるお客さんはいませんか」と言いました。転倒した婦人がもし、バス会社に苦情を言ってきた場合、運転手に過失のないことを立証せねばならないから、と。私が一瞬ひるんだ隙に、別の乗客が名乗り出たので、私はそのまま降りて歩き出しました。

　が、たちまち猛烈な後悔におそわれました。私は急いでいたし、証明を申し出る乗客が他にいたのだから、降りてもよかったのだ・・・と、自分を正当化する口実を並べてみても、少しも正当でない自分を羞じました。あのバスの中には段差があり、他の乗客には、婦人が段差につまずいたと見えたようです。私は、そう思われたままにしておきたかったのです。真先に名乗り出るべきは私だったのに、私に責任があると思われるのを恐れて逃げた、己の卑怯さが許されませんでした。

　私は、例えば放置自転車が道を塞いでいたりすると、直さずにいられません。放置した本人や、見て見ぬふりをして通りすぎる通行人たちに内心憤りつつ、己の「正義感」に自己満足していました。その「正義派」を気取る私が、一瞬の自己保身欲にまけた・・・・まさに「さるべき業縁もよおさば、いかなるふるまいもすべし」の、親鸞さんの言葉通りと思いました。さも自分ばかり「正しい人間」のように思い上がっていた私の、何と傲慢だったことか！その日私は、ある人からの手紙を鞄に入れていましたが、今の自分にはそれを読む資格がない、と思いました。それはいつも誠実な内容で、私に励ましと勇気を下さる人からの手紙でしたが、今の私は、その人の誠実さに値しないと思えたのです。

　私のしたことは、もう取り返しがつかないのか？

いや、ベストの機会は去ってしまったが、次善の選択はある！――

　3時間後、私はバス会社に電話していました。転倒事故は私の買い物バギーのせいであること、運転手さんには何ら過失はないことを告げると、バス会社の人は大変喜んでくれました。感謝したいのは私の方でした。3時間の間、この世の罪を一身に背負ったかのように重く苦しかった心が、これでようやく晴れたのですから。

　私は、筋の通らないことが大嫌いなのです。転倒は婦人の不注意であって、私に非はないが、運転手さんの潔白を証明せずに降りたのは私の不実だ、と思ったのです。ここで筋を通しておかねば、私は今後、顔を上げてバスにも乗れなくなる、と。

　でも考えてみれば、人が私のバギーにつまずく時は、私も相手も、自分の行きたい方へ行くことしか考えてないわけです。それで睨まれても、わたしは「そっちが足元を見ずに勝手につまずいたくせに、私が睨まれる筋合いはない」と思います。でも相手にすれば、「私が私の行きたい方へ行くという正しい目的を遂行するのに、そ

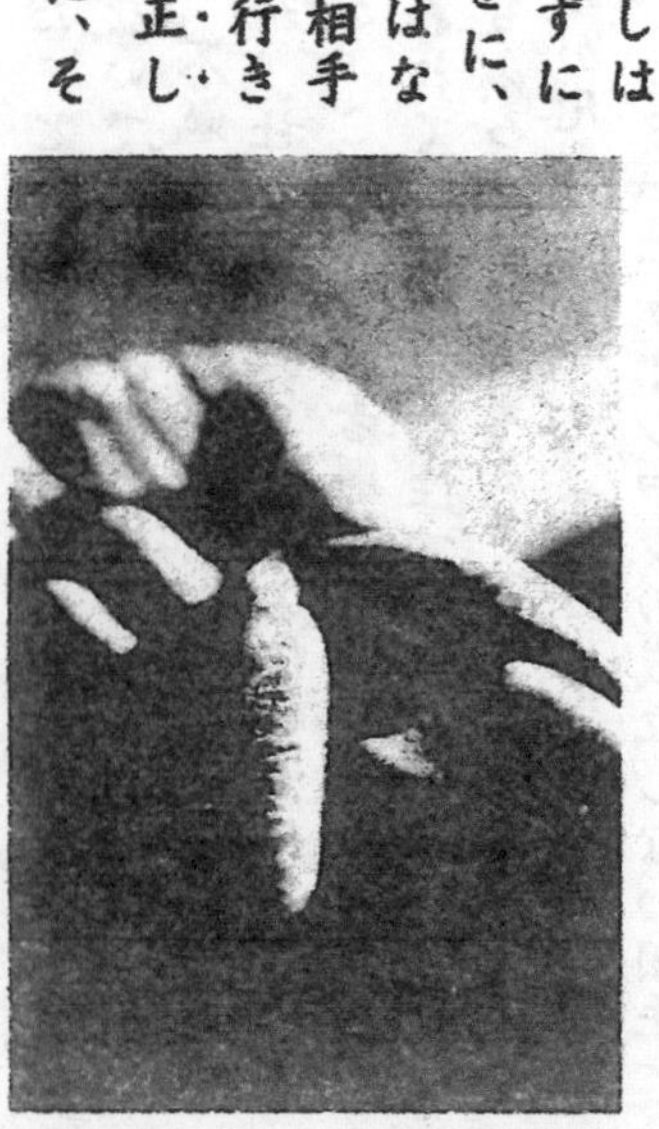

んな障害物をどけないお前が悪い」と思うから睨むのでしょう。これはまるで、「我」と「我」がぶつかり合って、痛みや悲しみや憎しみを引き起こす、人の世のありようそのもののようです。私が筋を通そうとしても、相手の「筋」が私と違っていたら、相手に我を折ることを要求することになります。相手も私に折れることを要求したら、そこで争いが起きます。こうして人は、裁判を起こしたり、時には戦争を始めたりするのだろうか、と思いました。

我執と正義感。相反するもののように見えて、案外つながっているのかもしれません。戦争と裁判が、全く違うもののようでいて、争いの1つの形態であることには変りないように。

罪とは、誰に、何に対して感じるものだろうか、とも考えました。たった3時間、あれしきの「罪」を抱えているだけで私はあんなに苦しかったのに、もっと重いとされる罪を何十年も抱えて生きねばならぬ人の苦悩はいかばかりか。でも、罪の意識を持ちやすい人と、そうでない人がいるようです。例えば、「人は、自分が傷つけられたことは忘れないが、自分が人を傷つけたことは忘れる。それが人間さ」と言う人がよくいます。でも私は、自分が人を傷つけたことも決して忘れられないし、ある意味、傷つけられることより苦しいと思います。私の、「人生最初にして最大の罪」は、そうやって私に降りてきました。ただ私は一方で、人を傷つけてすぐ忘れる人より、私の方が「善い人」であるかのように、密かにうぬぼれている自分にも気づいています。傷つけたり傷ついたりすることに敏感であるかどうかは、風邪をひきやすいかそうでないかと同じように、きっと優劣や上下をつけられないものであるだろうに。どこまでも続くこの我執！バスの中での小さな体験が、私に教えてくれるものは、まだまだありそうです。

２０１０、２，１２、　１０：３０ＰＭ＊

日時　毎週日曜日　と　木曜日
午後1時～4時
場所　出逢いの広場「グランマー」
地図をご参照下さい。元ギャラリーをお借りしています。その名前(グランマー＝おばあちゃん)をそのまま使わせて頂くことになりました。
参加費　無料　／Tel&Fax　079-227-3542

NPO(特定非営利活動)法人
フリースペース群生海《ぐんじょうかい》を
2010年1月31日(日曜日)
午後1時から
オープンします!!

あなたが安心していられる居場所はどこですか？
それがどこなのかが見つけられずに、迷い続けている。それが私たちの相《すがた》かもしれません。
誰もが自由に来て、ホッとできる場所をみんなで作ってゆき、重い荷物をちょっとおろしに来ませんか？年齢、性別は問いません。お知り合いの方にも、お伝え下さるとうれしいです。

このNPOは、いろんな職業の有志が集まり、立ち上げられました。僧侶、医師、カウンセラーなどがいます。「群生海」ということばは、仏教のことばで、「誰しもが人を求め、群れて生きる存在であり、私たちは、そんな海のような分け隔てのない世界そのものの中にいることに目覚めましょう。」というメッセージが込められています。

オープンの時間内に来て、置いてある本を読むもよし、コーヒーや紅茶を飲むもよし、来ている者同志語り合うもよし・・・。どうぞお気軽にお越しください。

～～特定非営利活動法人　フリースペース群生海　理事長　[illegible]～～

流れの中で

松田妙子

2010.3

　去年もおととしも、3月号には母のことを書いてきたので、今年もまたその季節になったんだなあ、と思います。母は1月半ばに肺炎で入院し、今は在宅介護が無理になったため、特別養護老人ホームが空くまでの「社会的入院」中です。

　母が入院して3日目、謬院の付き添いを姉に頼んで参加したある催しで、こんな話を聞きました。アメリカの先住民族に伝わる子育ての言葉。彼らは子どもが生まれると、こんな風に語りかけるそうです。

　「あなたが生まれた時、あなたは力一杯泣いているのに、まわりのみんなは、あなたが生まれたことが嬉しくて、笑っていた。だからアナタが死ぬ時は、まわりのみんなが悲しくて泣いていても、あなただけは笑っているように。」・・・。我知らず涙が出ました。その頃は母病院で、いくつものチューブにつながれたまま、食事も取れず寝たきりでした。このまま、1つずつ人としての機能を失っていって、静かに、逝ってしまうのだろうか、と考えました。

　その母の姿に、出産を控えた友人の姿が重なり、ああ、いのちはこうやって受け継がれてゆくのか、と思いました。そして、かつて「インディアン」と呼ばれ、「野蛮人」として白人に迫害された、アメリカ先住民族の叡智に驚嘆しました。人が、誕生の瞬間から死に向って歩いてゆく存在であることを、かくも滋味あふれる言葉で表現するとは！　生まれたばかりの子どもに、いかに死ぬべきかを説いてみせるとは、何という深い知性を持つ民族であったことか！

　「大きな古時計」という歌は、先頃テレビなどでもヒットしましたが、私は小学校の時この歌を聞いて、3番の歌詞に涙しました。

／真夜中にベルが鳴った　おじいさんの時計／お別れの時が来たのを　皆に教えたのさ　／天国へのぼるおじいさん　時計ともお別れ／今はもう　動かない　その時計・・・・・・／

　ああ、あのおじいさんは死ぬんだ。100年も生きて、家族の愛に包まれて、眠るように亡くなったであろう、おじいさん。でも、人の死は悲しいものだといことを、小学生の私に教えてくれた歌でした。今も、この歌を口ずさむと涙がこぼれます。

　でも、小学生の私には、自分の父もやがては「天国へのぼるおじいさん」になることまでは、想像できませんでした。今この歌を口ずさむ時、まず私の頭にあるのは、近い将来必ず訪れるはずの、父との別れです。

　時々、八百屋で買い物をする時などに、妙な錯覚にとらわれることがあります。そこの八百屋のおじさんとおばさんが、まるで何十年も前からずっと、おじさんとおばさんであったかのような。かつては血気はやる若者であり、いたいけな子どもであった彼らも、自分のまわりのおじさんやおばさんの言動を少しずつ取り入れて、いつしか「おじさん・おばさんらしい」所作や物言いが身についていったのでしょう。

　母が今入院しているのは、5年前、母が癌の手術をした病院です。当時から老人の患者が多く、見舞い客の家族らしい子どもが廊下で遊んでいるのを見た時も、不思議な感覚にとらわれました。何十年か後、あの子どもたちが老いて病んだ時も、やっぱりどこかの子どもがああして

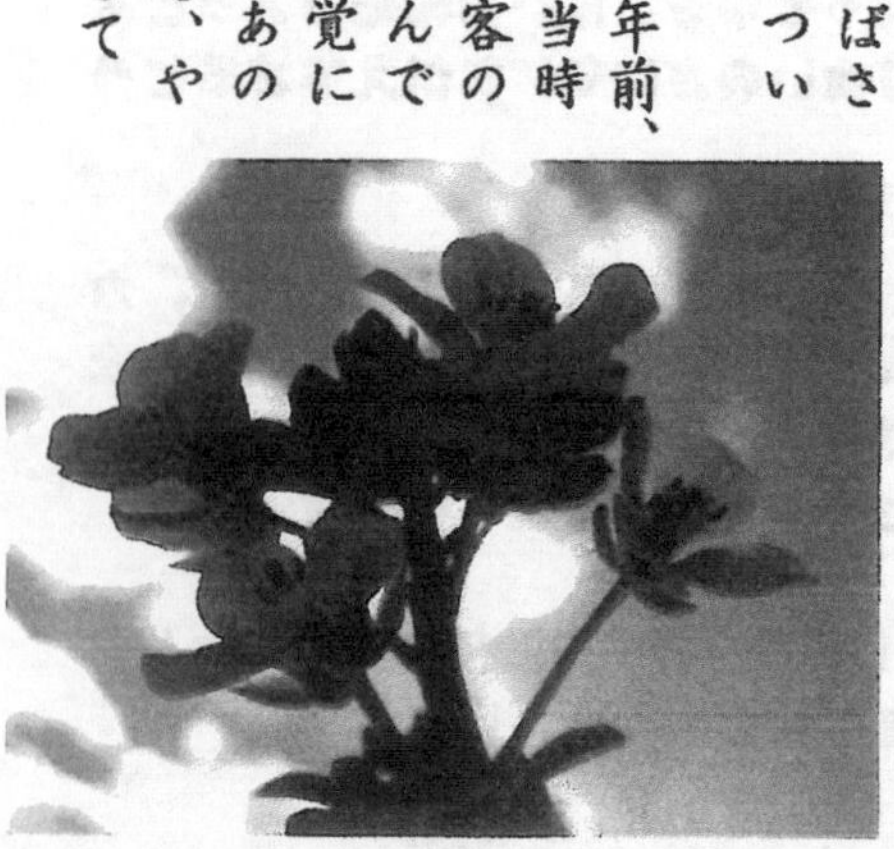

遊んでいるのだろう、と。そしてこういう考え方ができるようになった自分が、確実に年齢を重ねたことを自覚しました。人が老いていくものであることを見て知っているのは、それだけの期間、自分も時を重ねたからです。

母は、癌手術の予後が思わしくないことから心が壊れてゆき、今は歩くことも話すこともできません。時々、母と弟が夢に出てきます。目覚めた後は、たまらなく切ないです。普通に歩いたり話したりしている母と弟には、もう永久に会えないからです。でも、私の潜在意識には、私がこれまでに出会った全てのものが刻みこまれています。今はもう亡い人々、取り壊された家々、変わり果てた風景、みんな、私の中にちゃんと存在しているのです。

それでも、朽ちて滅びてゆくものを見るのは哀しいです。私たちはそう感じるように作られているのだから、悲しい時には悲しめばよいのです。あの、アメリカ先住民族の言葉のように、去りゆく「あなた」が笑っていても、「まわりのみんな」は泣くのです。それが人の世の普遍です。やっぱりあれは、いろんな意味で真実を言い当てている言葉だったと思う

それを聞いたのは1月17日、阪神淡路大震災から15年目の日のことでした。

２０１０、３，１１、　１ＰＭ＊

願（がん）

願いというものがある
私の願い
いろんな形で押さえ込まれ　だからヘンに執着して
自由を失っている
私の願い
だからそれを人に押し付けたり　あなたのためと束縛する

そして遠くからかけられた願いがある
はるか昔のかなたから数えきれない人々に受け継がれ
わたしまでとどいた　願いがある

私の世界は　雑ざっていてなにがなんだかわからない
私の願いが　遠くからかけられた願いの上におおいかぶさ
って　そのうえに「誰かの願い」という重石が置かれている

不思議な構造　これが私を苦しめる

でも思いを馳せてみよう　遠いところからなにものにもさ
えぎられることなく
私まで　伝わってきた願いの広大さ
私の願いも「誰かの願い」も
その上にチョコンと乗っかっているだけだ
やがて全ての川が海に流れ込むように
流れこめばすべてが「潮に一味」なように　帰っていく

ただ仏恩の深きことを念じて　人倫の嘲を恥じず
なむあみだぶつ

惟浄

朝《あした》に鮮やかなりし痛み

松田妙子

私の「人生最初にして最大の罪」を、そろそろ光円寺報で語らねばなりません。それは私が二～三才の頃。近所で仲良くなった女の子を家に連れてきたら、母が顔色を変えたのです。忌まわしいものでも見るような態度に、私は自分が、何らかのタブーを犯したのだと察しました。その子が「朝鮮人」と呼ばれる一家の子であったことが、大人たちの禁忌に触れたのだと知ったのです。

私は親に叱られたことに怖じ気づいて、自分の「良心」を封じこめてしまいました。その子が何も「悪くない」ことを知っていながら、二度とその家に近づかなくなったのです。それこそが私の罪です。私が「タブー」に挑戦する勇気も持てないでいるうちに、一家はどこかへ引っ越してしまいました。あまりに幼かったので、私は彼らの顔も名前も、何一つ覚えていません。たとえどこかで再会しようとも、謝罪のしようがないのです。償うべき相手を永久に失ってしまった、生涯抱えていかなければならない罪です。人生の最初に自覚した罪だからこそ、最大なのです。

長ずるに連れ。植民地支配や侵略戦争などの、「日本という国家が犯した罪」をも自分の中に取り込んで、私が日本人であることは、まるで原罪のようにのしかかってきました。その苦しさ故に、長い闘病生活を経て社会復帰した時、私は在日朝鮮人の人権問題に取り組むことを、自分の使命としました。最初に出会った在日女性に、「なぜ在日の問題に関心を持つようになったのですか?」と訊かれて、私は自分の幼児体験を話しました。すると「珍しいですね。普通は差別した方は忘れてしまうものなのに」と言われたのです。私は愕然としました。――そうなのか!大抵の日本人は、朝鮮人を差別しても、忘れてしまうのか!在日朝鮮人に、それが「普通の日本人」だと思わせるほどに、私たちの社会は病んでいるのか――

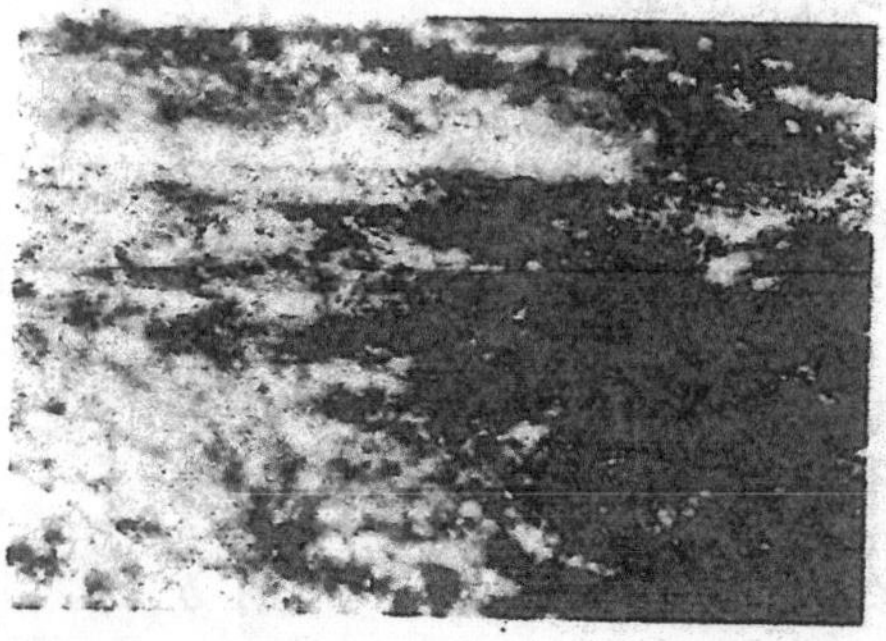

忘れてしまうというのは、何の違和感も持たなかった場合でしょう。私だって、もし親の態度を妥当なものとして納得していたら、原体験として残ったりはしなかったでしょう。でも幼い私のセンサーは「異常」を察知したのです。「朝鮮人には近づくな」という大人たちの「タブー」は、「あるまじきこと」だと警報を鳴らしたのです。にも拘らず、唯々諾々と大人に従ってしまったことが、生涯消えない私の罪なのです。

生まれてから僅か二～三年、ようやく自我の芽生える頃、私は二つの大きな「不合理」を知っていました。「なぜ女は卑しめられるのか」と、「なぜ朝鮮人は卑しめられるのか」。どちらも「不合理」だと感じたということは、幼い私の中にはすでに「理」があったということです。幼児にとって絶対的な存在であるはずの親でさえ、「不合理」をやると知っていたのなら、「理」は誰に教えられたのでしょう?――もしかしてそれが「仏」というものかもしれないと、ふと思いたくなったりします。

小学生の時、「悪いことをした」と「悪いことをされた」という二つの題で、作文を書かされたことがあります。「誰にもいわないから、本当のことを書きなさい」と先生は言いました。私は、嘘は書きませんでしたが、それが先生の期待する「本当のこと」でないのもわかっていました。まだ十年足らずしか生きていなくとも、私はすでに人生最大の被害と加害を抱えていました。学校の作文などに書けるはずもない!小学生の私には重すぎただけでなく、それが「タブー」であることも知っていたからでしょう。性暴力と民族差別。どちらもこの社会には確かに存在するのに、公然と人前で口にしてはいけないことにされていることくらい、十年も人間をやっていれば、わかります。

　そして私は、被害者であることよりも、加害者であることの方を辛く感じる人間だったので、女性の人権よりもまず、在日朝鮮人の人権問題に取り組まずにはいられませんでした。今も私は、平和や人権についての様々な運動に関わる中で、在日朝鮮人を巡る問題を、私にとっての最優先事項としています。差別がなくなるどころか、新たな形で在日の人々の安寧が脅かされ続けていることに、心を痛めています。でもそれらにも増して私にとって切ないのは朝鮮人にはなれないということです。

　「違いを認め合って、ともに生きる」といった言葉が、流行語の如く語られる昨今ですが、ある意味それはとても切ないことではないでしょうか。どれほど近くに寄り添っても、どんなに心を傾けてみても、決して共有できないものがあるという事実を、思い知らされることでもあるのだから。

　この痛み、この切なさを抱えながら、私は日本人の業を生きてゆくのでしょう。私は自分の持つあらゆる要素の中で、「日本人である」ことの痛みを最も強く意識する人間です。女性であったり、障害者であったりすることよりも。「私」という自我が芽生えた直後から、そのように私は人生を生きてきたのです。多分それが、私という人間の業なのだろう……良いも悪いもなく、ただそのようにして私があるのだと思っています。

２０１０．４．２　１２：５０＊

第４回女人史を学ぶ会感想

「非所有の所有」「非僧非俗」二日目しか参加出来なかったけれど、そのディスカッションはとても刺激的だった。やっとここまでたどりついた感。園田さんの身を挺しての呼びかけが、実を結びつつある。森崎さんと園田さんが、私から見たら両端に座ってはった。…そういう事なんだと、存在によって実感した。園田さんの言ってこられたこと。森崎さんと自分が両極であると全く違った存在に出会うことで自分が見える。違っているけど同じ女の歴史の上にある身を通した苦悩の同じさ。個と歴史が出会うことで開ける視界。私のこと、あなたのこととして女人の歴史、日本の歴史が立ち現れる。私たちは女人としての被差別性に気付き自分を知り、同時にその差別性に気付く。「被」というところがいかに痛くて苦しいか、そこにおとされる圧力でいかにゆがむかつぶれるか。「被」に押し込められていたことに気付き、立ちきることで獲得への道を歩み出す。そしてあいていたでこぼこに盛り土し、そこに座りこむ人、人、人…私。所有すればそれを私有する私たち。非所有の所有とは、所有を刻々越えること。自分がして来たことを絶対化して行くのではなく、相対化して行くのだと園田さんは言われた。被から非へ。そこをどう転じたらいいのだろう。そう聞いた人がいた。まさにそれが課題。

　非の意味するものそれは本能の回復ではないか。本能とは動物的本能ではなく、人間に与えられている本能である。それは如来する、向こうから来るもの。理性的な、善し悪し、～すべきではなく、身が喜ぶ、身が悲しむ（如来する）もの。

　違うことを排除するのではなく、自分を開く歩みが始まる。女は真っ二つに分断されてきた。家制度と公娼制度。産むべき女と産まざるべき女。それははたして終わったのだろうか。

　答えは問いのようにやってくる。如来する問い。被から非へ、そして非を歩むにはどうしたらいいのか。人間に与えられた本能とは何であるのか。次回へと続く問いを見失わぬようにしたい。

（由）

こだわってもこだわらなくても

松田妙子

私は幼児期のトラウマによって、男女の恋愛をおぞましいものと感じる癖がついてしまいましたが、若者を取り巻く環境には、恋愛はつきものですから、無関心でもいられません。でも私には、男性に恋愛感情を抱くのは、男性に屈服し隷属することとしか思えず、それは到底、プライドが許すことではありませんでした。対象が女性ならまだ許せるが、当時の私は、同性愛とは生まれつきのものであって、私はそのようには生まれついていないから無理だと思っていました。それで、同性愛者になれないことをひたすら悔やしがっているのが、若い頃の私でした。後年、神経科の主治医にそれを話すと、「あなたが若い頃は、社会がそれについて行かなかったでしょう。でも今なら、それはすごいメッセージになりますね」と言われました。

さてそのうちに、「同性愛とは、生まれつきの特殊な人たちだけのものではないらしい」と思い始め、「よし、努力して私の同性愛的傾向を開発するぞ」と決意しました。「努力して開発する」という所が、いかにも私らしくて笑ってしまいますが。でも私は、自分が男性に全く興味を持てないタイプの人間ではないことを知っていましたから、常に努力を怠ってはならない、と警戒していました。それは随分、不自然なことかもしれません。でも摂食障害という病気を何十年も背負い、人間の最も根源的な欲求である食欲すらも、意志の力で制御しようとあがき続けてきた私です。性志向を意図的に操作しようと決意するくらい、何ほどのことでもありません。そうまでしても守りたいものが、私にはあったのです。

2010.5

男女の区別にそこまでこだわる自分を、人間としてひどく貧しい者と感じる気持ちもあります。ここで言う男性とは、身体も性自認も男性である人のことであって、性同一性障害やトランスジェンダーの人は含みません。にしても、ある人が男性であるかどうかによって、自分にとって警戒すべきか否かを判断するというのは、その人の人間性などは全く無視しているということです。これは?逆差別ではないか――でも、例えば日本社会に根を下ろして生活している在日朝鮮人が、「国籍だけは日本人にはならないぞ」と、民族籍にこだわること。その「こだわり」が背負っているものの重さを考えるなら、「国籍だの民族だのにこだわるなんて、人間として小さいですよ」などとは、言えるはずがありません。その「こだわり」は、在日朝鮮人という存在の歴史性・社会性を、我々に向って訴え続けているのです。ならば私の、セクシュアリティに対するこだわりも、あの主治医の言葉通り、女性という立場からの、1つのメッセージかな、と思うんです。

好悪という自然発生的な感情を、意図的に操作するという点でも1つ。私はアジア人やアフリカ人が好きですが、意識的にそう努めている所があります。幼少期から刷り込まれてきた白人崇拝の裏返しです。西洋人の顔立ちや体つきを「美」の規範とし、「欧米先進国」に追いつくことを国民の目標としてきた時代に育てられた日本人の1人として、それを恥じて反発する意図が働いています。

さらに。これを光円寺報に告白するのは勇気のいることですが、私の仏教への関心も、そのあたりの「不純な動機」から来ているのです。「東洋は西洋に比べて、何もかも劣っている」という意識を刷り込まれて、自分が東洋人であることを恥じていた私が、「東洋にもこんな偉大な叡智があったのか」と活目させられたのが、仏教であったということ。若かった当時は、やっと「東洋人の誇り」を持てたようでほっとしたものですが、今考えてみると、すごく恥ずかしいです。

　東洋で発生し、東洋に広まった教えでなければ、私は仏教を好きにならなかったかもしれない・・・・・それは、私の考える仏教の中身とは、相容れないもののように思えます。東洋だの西洋だの、そんなこだわりを捨てた所に、仏教の真髄はあるのではないか？「東洋の宗教だから仏教が好き」なんて、仏教を嫌いな人よりもたちが悪いんじゃないか？こんな不純な動機で仏教のまわりをうろうろしている私なんて、真剣に仏教を信仰している人々に、顔向けができないじゃないか・・・・・

　でも、もしかして私は「こだわること」にこだわってるんじゃないか、という気がしてきました。「東洋は何もかも西洋に劣る」と刷り込まれて、何とか東洋人の誇りを得たい、とあがいてきたこと自体、私が時代性と社会性を生きてきたことの証の1つでしょう。現実に、この社会に差別があり、格差がある以上、「劣った者」と位置づけられてきた者が、それを誇りに転じたい、と願うのは当然のこと。そのために何かにこだわることも、また必要なのではないでしょうか。

　どんな道をたどってここまで来たかは問わず、仏教という大樹は堂々とそびえ立っている・・・そんな気がします。

２０１０．５．１０　１：３０ＡＭ＊

映画「もののけ姫」の上映パンフレット宮崎駿インタビュー
「日本人はシシ神を殺して、人間として一番核になる部分をなくした」より

つつましく暮らしている事自体が自然を破壊しているという認識

宮崎　昔は、人間以外の物の命を奪うにしても、ためらいを持っていた。それがなくなった。そういうふうに社会全体が変化したんです。人間が強くなった分、止むを得ないっていうせつなさがなくなって、ものすごく傲慢になっていると思います。人間の文明の本質の中に、他の生物から生命を奪って、自分たちだけがどこまでも豊かになろうとするものがあるんじゃないかとも思います。

　深山幽谷、山奥に行くと、人間が踏み込んだ事のない深い森には清冽な水が流れてるっていう場所が、日本人の心の中にずっとあった。そこには里では見かけない大蛇や、恐ろしげなものもいるというふうにある時期まで、思っていた。そういう深山幽谷で、人気がなく、神々しい場所、そこにいろいろなものが生まれてくる根源があるっていう気持ちは、僕の中に今でもある。日本庭園なんていうのは、神々しい、清浄な世界をそこに作ろうと思ったのに間違いないと思いますしね。清浄っていうのは、日本人にとって一番大事な事だったんですよ。なくしたんですよね、それを。僕は国家としての日本にはこだわってないつもりなんですけれど、この島国に生きている人間として、一番核になる部分をなくしているんじゃないかっていう気がしています。それが実はこの島に住んで来た人間たちにとっての大事な根っ子だったんじゃないかと僕は思うんです。

　それはこの世界が、人間のためだけのものじゃなくて、世界にいる全てのためのもので、その横の方で人間もついでにちょっと生かしてもらっているんだっていう考え方に繋がるでしょう。

　人間が普通につつましく暮らしている分には自然と共存できて、ちょっと欲張るからだめになるということではなくて、つつましく暮らしている事自体が自然を破壊しているんだっていう認識にたつと、どうしていいかわからなくなる。どうしていいかわからないところに一回行って、そこから考えないと環境問題とか自然の問題はだめなんじゃないかなって思うんです。


（長田浩昭さん配布資料５／１）

私に来たいのちは

松田妙子

4月号の編集後記で明照さんが、「はまってしまう事」のもたらす依存の陥穽について書いておられました。私の今の状態を言い当てられているように感じたものです。「毎日必ず30分以上、汗だくになるほど運動せねばならぬ」強迫行動にとりつかれて半年。仕事や父の世話に追われつつ、母の入院先まで毎日、険しい坂道を30分かけて登った頃から。親たちの状況が好転しても、一種の極限状況で突っ走って来た私は急には止まれず、強迫行動が加速しました。人に依存しなければ生きてゆけない親たちの面倒を見ているつもりが、私の親たちへの依存であったことに気づいたのもこの時。

摂食障害によくある過活動の症状が亢進した、とも言えます。丈夫な人にとっては「健康維持のための適度な運動」であっても、長年体を酷使してきた私には、過重な負担なのです。健康維持どころか、このままでは再起不能なまでに体を壊すんじゃないか、と本気で危機感を抱いているのに、やめられない。まさしく依存です。

考えてみれば、私は元来は頑健に生れついていたようです。生後すぐヒ素入りミルクを飲んだり、40年も摂食障害をやってきて、何度も餓死寸前になったりしながら、まだこれだけ動けるのですから。思うに私は過剰なまでの生命力を持って生まれ、「自己破壊」を繰り返すことで、やっとほどほどな程度まで磨滅させているのではないかと、そんな気さえしてきます。ネズミが堅い物をかじって歯をすり減らさなければ、伸び続ける歯で顎を突き破ってしまう、という話を思い出します。そんな連想が働くほど、私には「何か過剰なもの」が内在しているように思えるのです。

私は女であることが許せなかったので、拒食が進めば生理が止まるのを喜んだものです。でも油断するとまた始まってしまいます。私の精神がいかに拒絶しようと、私の肉体は、生物として定められた営みを粛々と続けようとしている　そう思うと、この体に「私」という精神さえ宿っていなければ良かったのにね、と、自分の体のけなげさが痛々しかったものです。でもある医師に、「僕はあなたの心になんか興味ありませんよ。あなたの心によって痛めつけられた、可哀想なあなたの体に関心があるんですよ」と言われた時は傷つきました。私の人格を否定されたようで。

ある若い摂食障害患者の死を思い出します。本来は美しかったろうに、骨の上に皮が貼りついただけの彼女のかおは、「痩せこけた」を通り越して、猿のように醜く見えました。口からどうしても食物を摂らないので家族が入院させて、チューブで胃に直接栄養を送りこんでいたようです。でも彼女はそれが腸から吸収されるのを恐れ、大量の下剤を乱用し、自らの体をボロボロに苛んだ挙句、死亡したとか。私にはそこまで壮絶なことはできません。それは私の「自己破壊」が中途半端で軟弱だから、というよりは、私に内在する「過剰な生命力」が破壊力と拮抗して、辛うじてバランスを取っているからだと思います。

御遠忌テーマの「今、いのちがあなたを生きている」という言葉を見ると、彼女の生と死は何だったのか、と考えこまされます。例の医師などに言わせれば、命の冒涜であり、生きたくても生きられない人々への侮辱だ、とされるかもしれません。「摂食障害なんて、ダイエットのしすぎでしょ」と決めつける人々なら、外見の美醜にとらわれすぎた、虚栄心の果ての愚行と呆れ果てるのでしょう。この病気に対する、そういう偏見にはうんざりですが、私にもうまく説明できません。なぜ、自分の体に栄養が入っていきことを何よりも恐れる人々がいるのかを追究することは、私も摂食障害である以上、暗い淵に引きずりこまれそうになるからです。その「暗い淵に引きずりこむ力」を、一種の狂気と呼んでもいいのかもしれません。ともあれ、弾圧に抵抗して獄中死した思想家や殉教者を賞讃する人はいても彼女のような死は、無意味で愚かだとされるのがおちかもしれません。「どうしても許せないもの」と闘い抜いた挙句の死であることには、変わらないでしょうに。

唯蓮さんが「真」と「偽」の間に「仮《け》」がある、と教えて下さったことが、私に1つの希望を与えてくれます。「真実とは目に見えないものであって、見えるものはまやかし」という、世間によくある考え方に拠れば、ダイエットがきっかけで摂食障害の陥穽にはまる若い女性などは、まさに「偽」に振り回されて破滅する、愚者の極みです。摂食障害で、かつ絵を描くのが仕事の私などは、「偽」の上に「偽」を重ねた、極めつきの愚か者ということになります。でも、私たちは私たちなりに「真」に出遇おうとして、「仮」の只中で苦闘していると考えれば、随分救われる思いがします。そもそも、「見えないものこそ真実だ」という考え方は、目の見える者の思い上がりでしょう。私が視覚障害者なら、そんなことは言いませんね。

「何か過剰なもの」は私を守りもするし、壊しもする。それこそが、「今、いのちが私を生きている」しるしなのかもしれません。他の誰とも取り換えられない、「私」に来たいのち。

2010、6，9、9 PM＊

国民投票法

平成19年5月18日に、「日本国憲法の改正手続に関する法律(国民投票法)」が公布されました。これは、私たちが憲法改正に関して最終的な意思決定をするための手続きを定めた重要な法律です。・・・それがこの5月18日より施行されました。国民投票法の施行後は、日本国憲法の改正について、国民の承認にかかる投票(国民投票)が、国民によって直接行われるようになります。(政府広報オンライン)

←神戸ラブ＆ピース通信 No.12より

泥と真珠の6月

松田　妙子

2010.7

　試練の梅雨です。私は子どもの時から「水不足」が怖かったのですが、突如それが暴走。毎日、日が照るたびに憎悪に燃えます。たまに降ってもすぐ晴れるので、少しも安心できません。九州地方が連日、豪雨に見舞われていると聞き、なおさら天が公平でないことへの怒りと不安に苛まれます。それでいて、夜など激しい雨音を1人で聞くのも、身がすくみ上がるほど怖いのです。怖くて怖くて、早くやんでくれと願い、やんだ途端、底なしの渇水への不安にとりつかれるのです。降っても地獄、晴れても地獄。地獄は一定のすみかぞかし。どこまでも満たされることのない私の心こそが、何に渇いているのだろう?

　天気予報が怖いのです。期待するから、はずれるたびに傷つくし、「九州地方がまたも雨」なのを聞かされるたびに、叫び出したくなります。これだって「マスコミの情報に踊らされている」ことの1つなんだ、怖けりゃ聞かなきゃいいだろ、と思っても、都会に暮らしていればどこからか情報は入ってきます。なるほど情報とは、時に暴力でもあるのだな、と思いました。

　天気なんか、人間の力では制御できないんだから、それにとらわれる自分の心の方を制御するべきなんだ。それができないのは、私の心が病気だからだ。過活動で体が疲れ果てていると同様、心も疲れ果ててるんだ。これも親の介護疲れの後遺症だろう、などと分析したところで、少しも楽になりません。お腹が痛い時に、「昨日食べた○○が悪かったんだろう」と分析したって、腹痛が治るわけではないのと同じです。

　天気なんかで心もちぎれるような思いをする前に、世の中にはもっと心配すべき事が他に一杯あるだろうが！憲法とか原発とか・・・いや、憎悪が人間に向かわないだけましか。人を憎むより、太陽を憎む方が、誰も傷つけないですむからな。でも天気というのは一つの現象に過ぎなくて、それが解決したら、また別のことにとらわれ出すに違いない。いや、天気は毎日変わるんだけら、解決することなどあり得なくて、そんなものを標的に定めた私の心の深層に、何かあるんじゃないか?――などとあれこれ考えても、何の慰めにもなりません。不消化な食物が腸をグルグル回って痛みが増すように、堂々巡りの考えは、とらわれた心を循環するだけ。惟蓮さんにもらった真宗のカレンダーの6月の、「煩悩の泥」の文字が目に痛い。ああ煩悩の泥、煩悩の泥！

　ところが、1週間ぶりに雨が降りました。それも強すぎず弱すぎず、1日中しとしと降り続く、私にとってはこれ以上望むべくもないほどのベストな雨。もしかして私のこれまでの苦悩は、この貴重な1日を真珠のように慈しむためにあったのか、と思ったほどです。こんなに望み通りの雨が降ってくれることなんて、滅多にありません。降りすぎたり、降らなさすぎたり、落雷したり、苦しめられることが多いのが世の常です。そういう現世に私たちは生きていて、ごくたまに、こんな天からの贈り物のような1日をさずかるのか、と思いました。

　同時に、人間の小ささを自覚しました。「天気なんかで心もちぎれそうな思いをする」私は、きっと心が病気なんだと思っていたけど、昔の人々にとっては「天気なんか」こそ大事件だったんじゃないでしょうか。現代の、特に都会の人間は、人工的な環境に慣れすぎてしまって感覚が鈍くなっているだけで。空模様が生死を分けるほどの大事件だと慣れることは、むしろ生物としての本来のあり方に沿ったものだったのかも。「異常気象」や「地球温暖化」という言葉に耳慣れてしまった私は、人間が地球に優しくなれば、地球も人間に優しくなるかのように思っていたけど、それこそが人間の傲慢だったでしょう。なぜならそれも、人間の都合の良いように自然を操ろうとすることの１つに過ぎないからです。『環境破壊」も「保護」も、同じコインの裏表。自然はそんな小さなものじゃないはずです。

この雨もいつかは止む。今豊かに流れている川もいつかは涸れる。でも今はそんな先のことは考えず、このひそやかな雨の音を聞いていよう。と思える自分はまだ大丈夫だ。まだ回復力が残っている。満ちたものは次には欠ける。欠けて欠けて欠けていって、また満ちてくる。そういうものだ。そういうものだなあ。銀色の雨。真珠の雨。こんな日もある。こんな日もあるから、私たちは生きてゆける。

……と、その日の日記に書きました。あれから１週間。相変わらず九州に停滞する前線は凶暴で、わが地方の上空の雲は軟弱で、私の心はヒリヒリしてばかり。でも「天気なんか」で不幸になる私は、「天気なんか」で幸せになれることもわかったし、天はそう簡単には幸せをくれないこともわかりました。日本の文化は晴れる方を良しとしていることは、「心が晴れる」「疑いが晴れる」「太陽のように明るい」といった言葉が、肯定的な意味に使われることからもわかります。でも今の私は砂漠民のように、雨に焦がれています。いつもいつも何かに飢え、渇いている私だけど欠けてないと満ちることもできないんだから。これでいいのかなあ・・・？

２０１０．７．１１ ９：３０PM

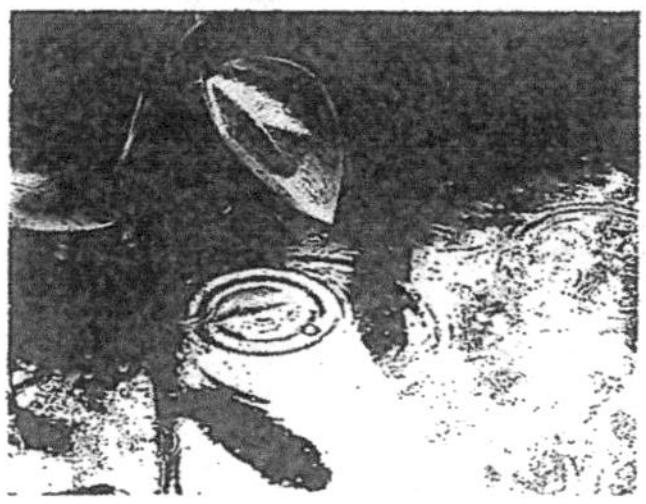

持続可能な未来を求めて
私たちにはどんな「シフト」が可能なのだろうか？
フリートーク（しゃべり場）へのご案内

６月２６日の「ミツバチの羽音と地球の回転」上映会にご参加ご協力ありがとうございました。上映会後には、たくさんのアンケートが寄せられ、「知らなかった」「希望が見えた」「何かできることをやっていきたい」等々の熱いメッセージが残されました。上映会当日のトークでは十分に意見交換する時間もなく残念な思いもありました。

そこで、「私たちにはどんな（シフト）が可能なのだろうか？」をメインテーマに、映画の感想や疑問やこれからを語り合う集いを持ちたいと思います。

どうぞ、ご参集くださいませ。もちろん、当日映画をご覧になれなかった方も、ご一緒に語り合いましょう。

日時　７月２３日（金曜日）
午後６時から９時
場所　姫路イーグレ　４階和室
参加費無料

アドバイザーとして、最近祝島を訪ねられた長田浩昭さん（僧侶　原子力行政を問い直す宗教者の会事務局）をお迎えします。

主催　ミツバチの羽音と地球の回転上映実行委員会
事務局　ピースチェーンはりま
０７９（２８６）８５５１　（山下）

嫌から始まる

松田　妙子

2010.8

普天間基地問題が政局を揺るがすなど、沖縄が注目されています。社会運動の場では、昔から大きなテーマの1つですが、私にはちょっと痛いのです。

Y子さんとは、ある自助グループで出会いました。彼女は自分が沖縄ルーツであることにこだわっていました。私が沖縄戦や基地問題を作品で取り上げていることに対し、「日本人はこんな風に沖縄を見ているんだな、と思った」と言ったのです。私には限りなく冷酷に響く言い方で。同じ自助グループで痛みを分かち合う「仲間」かと思っていたら、彼女は私との間に国境線を引いて、「沖縄」と「ヤマト」に分断して見せたのです。

被抑圧者とされる存在に負い目を感じる人はよくいます。私も彼女も、それを耐え難く感じるタイプの人間でした。例えば被差別部落や「在日」や身体障害・・・等々に対して、自分が当事者でないことが、言いようのないほど重荷なのです。でもY子さんには「沖縄」がある。自分がウチナンチュの血を引いていることに依拠して、「沖縄を搾取し差別してきたヤマトンチュ」を告発して見せる。「これでやっと私にも他人を糾弾する資格ができた」と安堵したがっているかのように。私を「日本人」と呼んだのは、そういうことなのだ、と私は感じたのです。

排除された者が排除し返すのも、よくあることです。私だって、幼い頃から性差別や性暴力に苦しんだ結果、「男性とは絶対、恋愛しない」と誓ったりもしました。でも自分が排除される側になるのは、やはり辛いのです。Y子さんが突きつけた「沖縄」は、毒針のように私を刺しました。それに対し、私は心の中で、この上なく不毛で醜い報復を考えたのです。私たちは性暴力被害者の自助グループの一員でしたが、「Y子さんの経験なんて、セクハラとさえ言えないほど軽い。私の方が遥かに苛酷な体験をしている」そんな風に考え出すと、もう泥沼です。不幸自慢をして何になる？「被害の度合い」を他人と比較して、順位をつけたがる私も、すでに「被害者」という武器を振りかざす加害者ではありませんか・・・！

ある市民団体の依頼で、イラク反戦のポスター原画を描いたら、「アメリカ兵が美しすぎる」とて、却下されました。「侵略者」の米軍兵などはもっと憎々しく醜く描いて、「罪もない」イラク民衆をこそ、美しく清らかに画面の中央に据えなきゃならないらしい。そう要求されることに違和感を覚えつつ、南京大虐殺の絵では、私は日本軍兵士を鬼のように醜く描いたことを思い出しました。つまりは距離感の違い。私にとって旧日本軍の行為は「身内の悪業」なので慚愧に堪えないけれど、イラク人とアメリカ人からは、同じくらい距離を置いてたってこと。ポスターの依頼者たちは、それが許せなかったんですね。

嫌だな、こんな世界は！「日本人」とか「アメリカ人」とかいった名前の人間が歩いてるわけじゃなく、1人1人が「世界にただ1人の私」なのに。いちいち分類してレッテル貼ってランク付けして、誰が加害者だとか被害者だとか、強者だとか弱者だとか決めて、糾弾したり排除したり。みんなでそんなこと繰り返してる。こんな世界は嫌だな！！

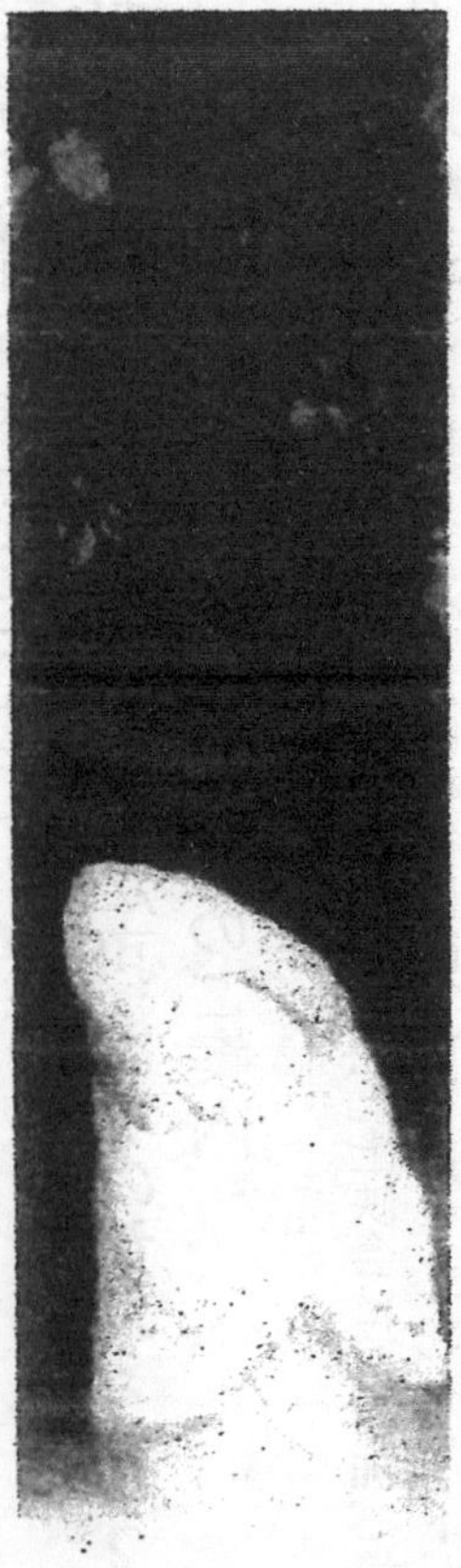

・・などと思っていた矢先、「第3回女人史を学ぶ会」の資料が届きました。私には受け容れ難い箇所も　ありましたが、大きなヒントも頂きました。「非所有の所有」「被と非」「座る」などといった言葉から、私なりに考えたこと。

そうか、私が何かの当事者であったり、別の何かの当事者でなかったりしても、その上に座り込んであぐらをかいてちゃいけないんだ。Y子さんが「沖縄」を私有しているように見えたのは、私自身がそうしたかったからに他ならない。私は自分の背負ってきたものを私有して、自分に私有できないものがあることを悔しがっていただけなんだ。心の中に、見えない勲章を一杯飾りたがっていた。そう、あの阪神・淡路大震災ですらも！ああ恥ずかしい！

考えてみれば私は、在日朝鮮人との関係では、ある程度鍛えられているので、たとえ「この日本人め！」と面罵されたって、さほど驚きません。Y子さんに「日本人」呼ばわりされてあれほど傷ついたのは、私が沖縄と向き合うのに慣れていなかったから。私と沖縄とのつきあいは、まだ始まったばかりなんですね。

世の中には嫌だと思うことが一杯あって、嫌だと思っている自分も嫌で、「嫌」という漢字が女偏なのも嫌で。でもそういう文化圏に私は生きてる女で、そういう所からしか始まらないのかな、と思ったら。「始まる」って漢字も女偏でしたわ！

２０１０．８．１２．　２：３０ＡＭ＊

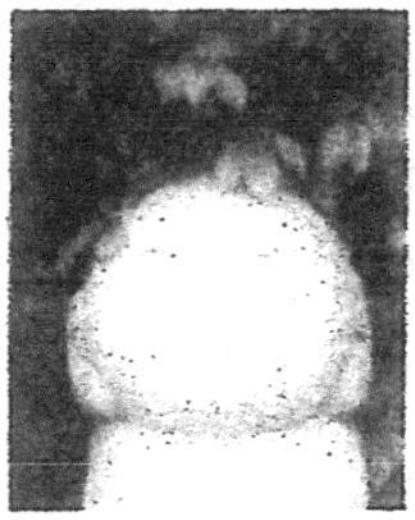

「壁と卵」と死の影と　村上春樹

２００９年２月１５日イスラエル私は今日、小説家として、つまり嘘を紡ぐ専門家として、エルサレムにやってきました。嘘をつくのは小説家だけではありません。周知のとおり、政治家も嘘をつきますし、大統領、これは失敬ですが（会場、笑い）、外交官であれ軍人であれ、あらゆる場面で、ありとあらゆる嘘をつきます。中古車の販売員も、肉屋も、建設業者も。しかしながら小説家というのは、嘘をついても誰からも責められないという点で、他の職業とは違います。実際のところ、その嘘が、よりおもしろく、より大掛かりで、より独創的に作られたものであればあるほど、世間からも批評家からも、より多くの賞賛を受けるのです（会場、笑い）。

それはなぜか、という問いに対する私の答えを申しあげましょう。巧妙に嘘をつく、すなわち、それが真実だと思われるようなフィクションを創作することによって、小説家は真実を新たなかたちで世間に示し、照らし出すのです。ほとんどの場合、真実をありのままにとらえ、正確に描くということは実質的には不可能です。だからこそ、我々小説家は、隠れている真実の尻尾をつかみ、それを作り話の設定に転換し、フィクションの形態に置き換えようとするのです。これを成し遂げるためには、まず、私たち自身の中で真実がどこにあるのか、それを明らかにしなければなりません。それはうまい嘘を作り上げるためになくてはならない大事な資質です。私は今日、偽りを述べるつもりはありません。できるだけ正直に語りたいと思います。一年の間で、嘘をつかない日というのは数えるほどしかないのですが、たまたま今日はその数少ない機会のひとつですので、正直に話させてください（会場、笑い）。

日本で非常に多くの方々から、エルサレム賞の授賞式にいくなと助言されました。行くなら著書の不買運動を行う、との警告を受けました。彼らが私にそのように行った理由というのはもちろん、ガザ地区で激しい戦闘が繰り広げられているからです。国連の報告によると、封鎖されたガザの街では１０００人を超える人々が犠牲になっており、その多くが子どもや老人など、武装していない一般の市民です。

受賞の知らせを聞いてから何度も、私は自分自身に問いました。このような時期に文学賞を受賞するためにイスラエルを訪問することは正しい行為なのだろうか？私がイスラエルを訪問すると、衝突の片側だけを支持している、圧倒的な軍事力を使うことを選んだ国家を支援しているという印象を与えるのではないか？そしてもちろん、私の本が不買運動にあってしまって

風の谷より

松田　妙子
2010.9

この前雨が降ったのは十年も前だったように感じられるくらい、神戸では日照りと炎暑が続いています。梅雨の最中でさえ、「砂漠民のように雨を渇望する」私にとってはまさに地獄。しかも過活動は亢進し、炎天下に怒涛の如く汗を流して運動することから逃れられません。「眠れない・食べれない・過活動」と3拍子揃って消耗するばかり。「ランナーズ・ハイ」という言葉を連想します。極限状況で走り続けることに1種の快感すら覚えて、止まることができないのです。自分が生き急いでいるようで、怖いのです。「私に来たいのち」は、こういう生き方をするか?誰もが異常だと思うこの酷暑に、私がこういう状態に陥ったということは、私に何かを気づけよ、ということなのか?

と思っても、疲れ果てた私には、何を気づけばいいのかもわかりません。大地と同じく私の心も渇き果てて、うるおうことを忘れてしまったかのよう。

収穫といえば、20数年ぶりに「風の谷のナウシカ」のコミックスを読む気になったことくらいでしょうか。買ったまま長年放置してきた理由の1つは、純粋に技術的な問題。著者の宮崎駿氏が、あまりにも優れたアニメーターであるが故に、これは漫画家の描いた漫画ではありません。紙の上に展開する表現としてはひどく見づらいのです。これは相撲取りに空手をやらせるようなものであって、「土俵が違う」のだから、仕方のないことです。

今1つの理由は、「腐海」だの、「蟲(むし)」だのがうごめく世界が、気味悪かったから。今も気味悪いけれど、凄いリアリティをかんじます。明らかに地球に何かが起こっていると思わせる、この地球全体を包む「異常気象」や、元気なのは虫だけだというこの夏の状況下で読むと。

この物語では、人類文明は絶頂期に達した後、破滅的な戦争によって、一気に衰退し、地球は人類の生存には到底適さない環境になっています。異様に進化した昆虫と、毒をまき散らす不気味な植物のはびこる世界の片隅で、人類はそれこそ地表にはりついた苔のように、細々と生を営んでいます。にも拘らず人間たちは戦争を繰り返し、いのちを殺（あや）め続けているのです。２６年前に発表された作品とはとても思えないほど、生々しい現実感を伴って迫ってくる物語です。

少女ナウシカは、虫と心を通わせます。少女と虫という取り合わせが意外でした。今も昔も、少女には花や小鳥や小動物が似合う、というイメージが定着していますから。そういえば、以前の小学生の夏休みの自由研究は、女子は植物採集、男子は昆虫採集と相場が決まっていたとか。何故でしょう?生物としての男女の相違なのか、文化や教育のせいなのか。

前者だとは思いたくないけど、私も虫は大嫌いです。物心ついた時から、無条件に虫の形が怖いのです。蜘蛛や蛇を怖がる人は多いですね。毒のない蜘蛛や蛇よりは、熊の方が襲われると危険なのに、熊はぬいぐるみなどで愛されるというのも、考えてみると不思議です。花が咲いても実を結ぶ種子植物より、華や苔などの胞子植物の方を不気味と感じる人が多いのも不思議。人類に共通した、太古の記憶のようなものがあるのでしょうか?人間が不気味だと思おうが可愛いと思おうが、虫もクラゲもバクテリアも、みんなそれぞれの生を生きています。「風の谷のナウシカ」は、そうしたことの問いかけでもあるような気がします。

「風の谷のナウシカ」はアニメ版もありますが、アニメーションの制作・上映には、電気を始め、膨大な資源エネルギーが必要です。優れたアニメーターである宮崎駿氏が、其れに気づかないはずはありません。「自分のまた環境を破壊している元凶の１人」であることを自覚しつつ、「風の谷のナウシカ」や「もののけ姫」などの数々のアニメを作って、人と自然との関係を、氏は問い続けているのでしょう。

宮崎アニメを上映するのに使う電気は良くて、ラブホテルをライトアップする電気は悪いなどとは、誰にも決められません。蝶々やカブト虫がいかに人間に愛され、ゴキブリやゲジゲジがいかに嫌われようとも、彼らの命に貴賤はないのと同じように。それでも私たちは選んだり、嫌ったり、見捨てたりします。現に私もさっき、１匹のゴキブリを殺しました。殺して「やれやれ、良かった」と思っています。知らずにカタツムリを踏み潰した時には、自分の不注意で生き物を殺（あや）めてしまったことを、あれほど悔んだ私なのに。

「選ばず・嫌わず・見捨てず」が阿弥陀仏のありようなら、自分はいかにそこから遠い所にいることか。天に見捨てられたのかと思うくらい厳しいこの夏に、そんなことを思っています。

２０１０，９，８，９：１５ＰＭ＊

「私」と「仏」の間には

松田　妙子

2010.10

この夏、私の周囲の人々（テレビのニュースキャスターも含めて）は、暑いことには大いに難渋しているが、雨が降らないことに対しては、さほど悩んではいないようでした。農業を営んでいるわけでもない、都市生活者にはそれが「普通」なのかもしれません。なのになぜ私はこんなに苦しいのか。庭木に水をやるのに、上水道を使うような人より、余程水を大切にしているつもりなのに、そういう人ではなくなぜこの私が？私の苦しみは、雨が降らない限り解消されない。天候という、人間の力ではどうにもならないことに、どうしようもなく苦しんでいる状態。こんな時信仰があれば少しは強くなれるのか、と思いもしたけど、私の目の届く範囲には、参考になるようなことは書かれていません。戦争とか貧困とか差別とか、人間同士の愛憎とか、要するに人間世界のことばかりで、お天気に苦しむ人のことなんて、どこにも書いてないのです。

光円寺報を開いても、私には「？」の羅列でした。問題には、目的があって起こっているって？「問題とは本来の自分が目覚めて行くために与えられた何かの願いである」って？それが仏の願いなのか、「本来の自分」の願いなのか知らないけど、何で日照りが「願い」なんだ？成程人間は、欲得ずくで誤ちを繰り返す愚かな動物だろうが、立ち枯れてゆく植物に何の罪があるのだ？この夏は特に、天が雨を降らす場所を限定しているような気象だったときくが、選ばれなかった所のものたちは、渇いて枯れてゆくしかないのか？何でこれが「願い」なんだ！？何の目的があるというのだ、

なぜこれが「大悲」なんだ・・・・・！

ところが、どんなに願っても祈っても焦がれても、決して降らなかったはずの雨が、約2カ月半ぶりに降りました。しかも9時間も、しとしとと降り続いたのです。あまりに幸せすぎて、茫然としたまま、また眠れなくなりました。天から水滴の落ちてくることが、かくも奇跡的に「有り難い」ことであったとは！嬉しくて嬉しくて、1人で1杯歌を歌いました。

それでふと思い出しました。中島みゆきの初期の歌に、「この世を見据えて、笑うほど冷たい悟りもまだ持てず／この世を望んで走るほど心の荷物は軽くない」という歌詞があります。かつては私も、悟りとはそういうものだと思っていました。でも今は「違うんじゃない？」と思います。悲しみや苦しみや怒りを感じなくなることが悟りではない。少なくとも私には、そんな「悟り」は一生訪れないだろう。これからも大いに怒り、苦しみ、悲しみ身悶えしつつ、一方ではニヤついたり歌ったり舞い上がったりしながら生きていくだろう、と。

「17才の時が人生で一番辛かった。震度7の地震で神戸の街が崩壊した時でさえ、私が17才の時ほどには辛くなかった」と、私はよく人に言います。でもそれはとんでもない傲慢だったのではないかと、ふと思いました。古い私のカルテには「青春期危機」と書いてありました。私はその「青春期危機」の苦しみ故に、外界の刺激に心を閉ざし、殻に閉じこもっていただけ。あらゆることに感受性を全開にしていては、到底生きていけないので、人は忘れたり、感じないようにしたりして身を守ります。今の私はそのバリやーが

一部薄くなっているので、天候に過敏なのです。今の私が震度7の地震に遭遇したら、ひとたまりもありますまい。地球が一瞬身震いするだけで崩壊するほど、人間の生活は脆いものです。それが当たり前だったのです。阪神・淡路大震災の時には、自分のさなぎの中で、病気と闘うのに必死だった私が、今はさなぎを脱け出て、天候という自然現象にのたうち回っている。当たり前のことを、当り前と気づくために。とすればやはりこれは「願い」なのかもしれない。煩悩を捨てるのではなく、担うとはこういうことなのかもしれない・・・・。

近所にさる新興宗教の支部ができて、「こうすれば幸福になれる、苦しみから逃れられる」と宣伝しまくっています。成程、「敵」や「幸福」をここまで具体的に名指しすれば、わかりやすいのは確かだろうけど、私の価値観とは相入れません。

浄土真宗の教えは、私にはとてもわかりにくく感じられます。世間一般の価値観からすると、逆説的にも思えます。でも私は魅かれます。

フランス語で、同じ「ラ・メール」と発音する「母」という言葉の綴りの中に、「海」という綴りが含まれていて、私たちの文字では「海」の中に「母」がある、といった詩を昔読みました。「仏」という字は「私」という字に似ているな、と思ったら、何のことはない「私」の中に「仏」があるのです。でも3本の線が邪魔をして、「私」は「仏」になれない。その3本の線とは何だろう、と考えて見る時間が、私は嫌いじゃないです。

２０１０．９，３０、　７：３０ＰＭ＊

セブンジエネレーションウォーク交流会ｉｎ姫路

祝島からＣＯＰ１０（生物多様性条約10回目の締約国会議・2010年10月、名古屋で開催）の開催される名古屋まで　歩いている山田俊尚さんたち7人にあった。七代先のこどもたちのことを思って生きるネイティブアメリカンの生き方を題したセブン・ゼネレーション・ウォーク　ＨＰもある。

山田さんは天台宗の寺を出た。仏教の真髄に近づけば近づくほど弾圧を受けるのはいつの世も同じのようだ。法難にあうところにこそ仏法興隆という。

「法難がないということは真宗が衰退しているということなのです。そういうことを内からの法難と言うのです。」

という竹中智秀さんの文章に、ちょうど出遇っていた。本当にそうだと思う。

一日３０キロあるいている人たちはすがすがしいなぁ！　自分がいかによどんでいるかがわかる。繋がっていきたい。

「自然と共に」訴え行脚

徒歩の一行 姫路で交流

「7世代先の未来を」

10月に国連地球生きもの会議（COP10）が開かれる名古屋市に向かって、7世代先の未来を考え、持続可能な自然のサイクルの大切さを訴えながら山口県上関町から歩いている7人が20日、姫路市に着いた。同日午後、同市内で、地元の人たちと交流し、旅の目的やお互いの活動を紹介し合った。（宮沢賢一）

「セブン　ジェネレーションズ　ウオーク」という活動で、代表は東京都在住の住職、山田俊尚さん(37)。「7世代先の子どもたちを考えよう」というアメリカ先住民の教えに影響を受けて歩くことを思いつき、今回で3回目だ。電気やガスなどエネルギーに頼らない徒歩という手段で1日20～30キロを移動し、各地で持続可能な自然のサイクルの良さを広めている。

8月25日、原子力発電所建設の反対運動が起こっている山口県上関町の祝島を出発した。20日午後、姫路市に着いた19～39歳の男女7人は、同市本町のデザイン事務所「納屋工房」を訪れ、独自の地域通貨を使って持続可能な社会の良さを広める「ピースチェーンはりま」のメンバーらと交流会を開いた。

山田さんは「活動から自然な生活を確認してもらうきっかけになれば。そしてここで聞いた話を、また次の場所で話したい」と話した。ピースチェーンはりまの山下旦鶴さん(51)は「同じような思いを持った人がいるのを実感でき、自分たちのできることを見つめ直す機会にもなった」と話した。

「セブン　ジェネレーションズ　ウオーク」について話す山田俊尚さん（右から2番目）＝姫路市本町

有り難き日常

松田妙子

2010.11

前回の『私』と『仏』の間には」を書き上げた翌日、山に登りました。前日の雨は上がって、夕日が射していましたが、私はもう日射しを憎いとは思いませんでした。晴れがあるから雨が有り難いのだと、素直に思えました。薄紫色の名も知れぬ野草が沢山花をつけていました。地面をちろちろと水が流れ、丈の高い草の影が映っていました。――ああ、浄土のようだ、と思いました。「私」は「仏」にはなれない。でも「私」の中に「仏」はあるのだと気づいた時、私の居る所がすなわち浄土になるのだろうか、と、そんなことを思うくらい、私の精神は高揚していました。

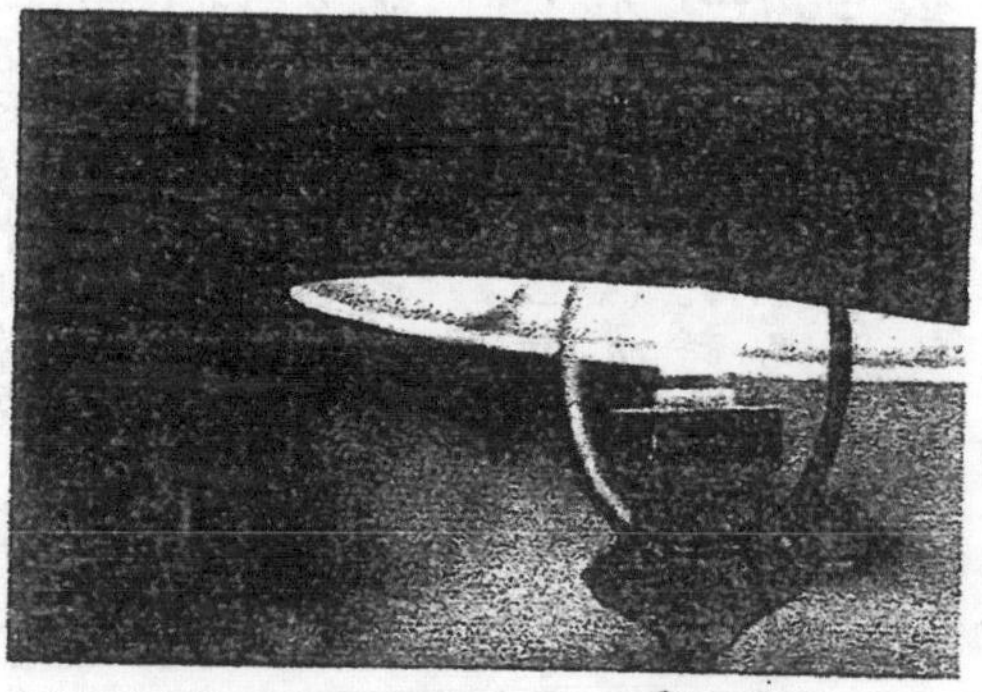

でも、雨がやんだ瞬間から乾燥が始まるように、一瞬澄んだ心もすぐ濁ります。ゴキブリとは闘わなくちゃならないし、家の前に放置された犬のフンを、ムカつきながら始末しなきゃならないし、依存は増すばかりで身体に悪いことやめられないし。生きていくってことはそうした雑事に煩わされることの連続であって、つまり心にとっては、煩ったり悩んだりしているのが「普通の状態」なのです。煩悩こそが日常。

夏の日照りに七転八倒した挙句、ようやく雨らしい雨が降って狂喜し、「私」という字の中に「仏」という字が隠れていることを発見したのが、私にとって1つの頂点でした。今はちょっと脱力気味。それで今回は、煩悩の日常の中から心に浮かんだ断片を、書きとめることにします。たまにはこういうのもいいよね?

＊　＊　＊

昔、仏壇の前でお経を上げている母に、「それ意味がわかって読んでんの?」と訊いたことがあります。母は「全然分からんけど、お寺さんにこれを読めと言われたから」と答えました。私は内心見下して、「私はそこまで馬鹿じゃない」とばかりに、岩波文庫の経典の現代語訳を買いこんで、得意になっていました。どっちが馬鹿だったか!

＊　＊　＊

前回、中島みゆきの歌を引用しましたが、あれには続きがあるのです。「この世を見据えて笑うほど、冷たい悟りもまだ持てず/この世を望んで走るほど、心の荷物は軽くない」の続きは、「救われない魂は、傷ついた自分のことじゃなく/救われない魂は、傷つけ返そうとしている自分だ」。でも浄土真宗について少しずつ学ばせて頂いている今の私なら、そういう魂こそが救われるのだ、と思いますね。この歌の題名は「友情」。いかにも、かつてのみゆきさんらしいへそまがりぶり。

＊　＊　＊

若い頃は年をとるのを恐れて、自分より年下の人とばかり接していました。でも「若い」といわれるのは、自分より年上の人達に囲まれている時なんですね。それに気づいた時には、私はもうあんまり若くなかった・・・トホホ。

＊　＊　＊

九四才の絵の老師から、また作品展の案内が届きました。師のお年を考えると、一度たりとも見逃してはならぬと思い、作品展には必ず足を運んで、感想を書いた葉書を出すことにしています。こういうやりとりができることの有り難さ。

「ボクに残された時間はもう少ないから」が老師の口癖。それは、私に残された時間も少ないということです。長い間眠っていた私の、美術に対する感性が充分に目覚めるまで、先生待っててくださいね。先生が表現しようとされているものを、私が充分に感じ取れるようになるまで。

＊　＊　＊

中島みゆきの歌には、嫌いなものも多いけど、深く共感できる歌も多いです。「誕生」という歌は、二番目の歌詞がいい。「友情」と題してあんな歌を作る彼女は、「誕生」と題して死をも見つめています。「帰りたい場所が、また一つずつ消えてゆく／すがりたい誰かを失うたびに、誰かを守りたい私になるの」――――これ、わかる！この感じがわかるようになったということが、年をとるっていうことなんだなあ……。

＊　＊　＊

風邪気味だというのに、例の運動依存で木枯らしの中ジョギングして汗をかき、本格的に風邪を引きこんでしまいました。寝ようとすると鼻がつまって、「わっ，息ができない！」と慌てました。「このまま窒息して死んでしまうかも」とあせり、人はこんな簡単なことでも死ぬのだな、と思いました。たかが風邪、たかが鼻づまり。でも、呼吸ができて生きていられることの有り難さを、思い知らされた一瞬でした。

＊　＊　＊

熱が出て来たみたい。寝ても起きても、何をしても楽にならないので、こんなしんどい時間が速く私の上を通り過ぎますように、と願っています。自分の周囲のものが浄土に見えるほどの時間もあったというのに。どんな思いでいようと、過ぎていく時間は同じなのに。風邪を引くというのも一種の非日常。煩悩だらけの日常も、やはり「有り難い」ことだったんですね。

２０１０．１１．１１　７：３０ＰＭ＊

仏事ひとくちメモ

火葬・還骨

東本願寺「真宗会館」冊子より

火葬場に着きますと、順次焼香をし、荼毘（だび）（火葬）にふします。火葬にかかる時間は、約一時間です。この間、控え室で待つことになります。

控え室では、お互いに故人を偲ぶとともに、通夜などのときにお話しいただいた住職の法話（浄土真宗の話）を思いおこし、深く味わうことも大切なことです。

火葬が終わりますと、遺骨をひろい、壷に納めます。遺族は、身近な人の生身の姿からお骨になるまでの姿を、短時間のうちに目の当たりにすることになります。このような姿に接しますと、いよいよ人間の空しさ・はかなさが実感されることでしょう。

「……朝（あした）には紅顔ありて夕べには白骨となれる身なり。……野外におくりて夜半のけぶりとなしはてぬれば、ただ白骨のみぞのこれり。……人間のはかなき事は、老少不定（ふじょう）のさかいなれば、たれの人もはやく後生の一大事を心にかけて、阿弥陀仏をふかくたのみまいらせて、念仏もうすべきなり」

これは、蓮如上人の「白骨の御文（おふみ）」の一節です。私たち人間は、朝には元気な姿であっても、夕には白骨となる身を生きています。老人も若者も区別なく、誰もが同じ無常の身を生きているのです。いつ死を迎えるかわからない身だからこそ、何はさておいてもただ今の人生に心を向けて、南無阿弥陀仏を真の依り所に生きなければなりません。

蓮如上人が語る「念仏もうす」人とは、無量の寿（いのち）に目覚めて生きる人です。それは、悔いのない確かな人生を知った人です。

さて、遺骨と共に自宅に戻りますと、お内仏（ないぶつ）（お仏壇）の近くに壇を設けて遺骨を安置して、お勤めをします。このお勤めを「還骨勤行（かんこつごんぎょう）」といいます。この勤行のおり、今の『白骨の御文』が拝読されます。心静かに拝聴したいものです。きっと、蓮如上人の語りかけが亡き人の問いかけと重なって聞こえるに違いありません。

お内仏がない場合のお飾り等については、住職にお尋ねされるとよいでしょう。

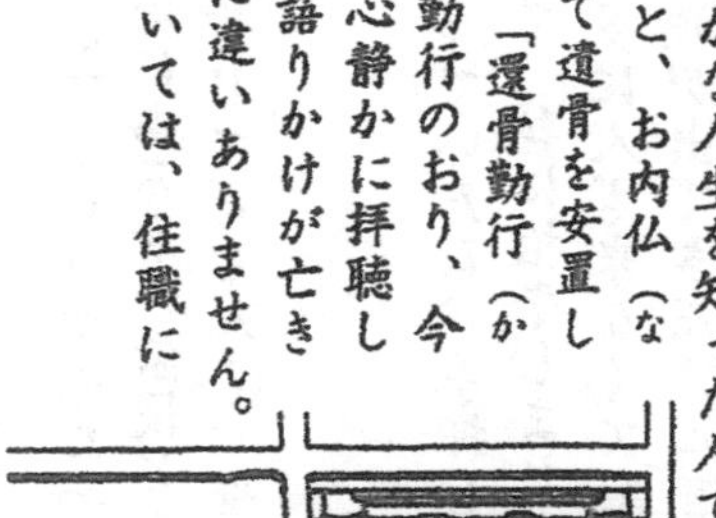

十二月の贈りもの

松田妙子

2010.12

日本ではクリスマスは宗教行事というより、十二月の娯楽として定着したようです。日本人の宗教的な節操のなさとも言えますが、暗く寒い冬に、華やかな装飾や音楽で、楽しい気分を演出するのも悪くない、と私は思います。

小さい頃、いつも遊んでいた空地で、大発見をしたことがあります。草むらの中に、ベルや銀モールなどの、キラキラ光るクリスマスの飾りが沢山落ちていたのです。何という不思議！私たちは思いもよらない宝物を発見した喜びに狂喜しました。後で思えば、商店街か何かで不要になった装飾物を、誰かが捨てただけだったのかもしれませんが、子どもの私たちには、それこそサンタクロースの贈り物のように思えたのです。

昔、「戦場のメリークリスマス」という映画がありました。ビートたけし演ずる日本の軍人が、連合国軍の捕虜に向かって言う英語が「メリークリスマス」。なぜ「グッドモーニング」でも「ハロー」でもなく「メリークリスマス」なのか。私は、異なる宗教、異なる文化を持つ人々との対話の象徴であろうと考えました。

そういえば、ベトナム戦争にも「クリスマス停戦」がありましたっけ。アフリカの飢餓を救えというキャンペーンで、欧米のミュージシャンたちが作った歌の題名が、「彼らは今日がクリスマスだということを知っているだろうか」という意味だったり。考えようによっては、キリスト教文化圏にある者の傲慢ともとれます。クリスマスなんて関係ない宗教を信じている人も、世界には大勢いるのですから。

先日、例の運動依存で公園を走っていたら、手押し車につかまった老婦人がよろよろとやって来て、私に拍手しました。「いつも窓から見ていたの。この公園は滅多に人も来なくて寂しいから、あなたが頑張っているのを見て、涙が出てきた」と言うのです。それを言うために、不自由な体でわざわざ寒い戸外へ出てきたのか！私にとっては、「嫌でも毎日果たさねばならぬ義務」のための、捨て石のような時間だったのに。それをこの人は、涙が出るほど有り難がってくれるのか。

確かにその公園は中途半端な広さのせいか、遊ぶこどもも滅多にいません。街の片隅に忘れられたような公園を、日がな一日眺めながら、この老婦人は何を考えていたのでしょう。おそらくは、世人に忘れられたような生活の中で。どんな人生を背負ってきたのでしょう。たまたまそこを、自分なりの理由で走っていた私。そう考えると、世の中の全てのことはつながっている、と思えてきました。そしてこの世が、とても愛しいものに感じられてきました。

実は私は、日々の生活に倦み疲れていたのです。講演会や映画や討論会で、私は次々とさまざまな問題に出会います。沖縄の集団自決、死刑制度の是非、イラク戦争、朝鮮半島の南北分断、障害者への強制不妊手術・・・等々。どれをとってもこの上なく深くて重い問題なのに、私は淡々と日常業務をこなすようにして、それらを消費しているだけのような気がします。当事者たちの思いを、私は到底受け止めきれていないで流しているだけだ、と。自分がそんなだから、自分の作る作品も、単なる消耗品のように思えてくるのです。私が苦労して絵や文章を書いたって、ただ人に消費されるだけだと。

でも、世界は今もキラキラ光る宝物に満ちていて、私がそれらを見つけられないでいるだけかもしれません。そして時たま、あの老婦人のような人が、私の元へつかわされるのかもしれません。幼い時見つけた、ベルの一つ分くらいの輝きには、気づかせてもらえるように。

「めいめい自分の神さまがほんとうの神さまだと言うだろう。けれどもお互い、べつの神さまを信じる人のしたことでも涙がこぼれるだろう。」――ああ、あれは宮沢賢治の「銀河鉄道の夜」で、私が最も涙した言葉。敬虔な仏教徒であった彼が、いかにキリスト教を美しく描いたかを思う時、私は仏教の懐の深さに打たれる思いがしたものです。その思いを留めておくためにも、クリスマスはいいものです。「べつの神さまを信じる人のしたことでも涙がこぼれる」から。

「飾り」って、物事の本質とは違う、余計な物のように思えて、良くないもののような気がしていたけど。でも仏教にも、「荘厳」という言葉があると聞きました。仏像などのまわりをきれいに飾りつけすることだと。なら飾りもまた、大切なものなんですね。どうせ私のような者には、何が飾りで何が本質なのか、見分けもつかないんだし。金色や銀色に光るクリスマスの飾りが街を彩る十二月。太平洋戦争開戦の日がお釈迦さまが成道なされた日もある十二月。

今年も十二月を迎えることができた、それが何よりもの贈り物かも。

２０１０、１２，１０、８：３０ＰＭ＊

仏事ひとくちメモ　御布施

葬儀には、僧侶に差し上げる包みもの「御布施」を準備しなければなりません。布施の語源をたずねてみますと、古代インドの言葉でダーナといい、慈悲の心をもって施すこと（喜捨）を意味しています。そして、仏教では、布施を次の三種に分けています。

①法施（仏さまの教えを説き聞かしめること）
②財施（衣食などを施すこと）
③無畏施（畏れのない安心を施すこと）

僧侶に差し上げる御布施は、この財施にあたります。

日ごろの私たちは、品物やサービスの売買という経済感覚（利潤の追求）で物事を計ってしまいます。御布施に関して、「いくらお包みしたらよいのですか」という質問をよく受けますが、この感覚も同じように思えます。

そしてこの感覚は、仏教が伝えてきた人間のいのちそのものにも値段をつけてしまうことになるのです。本来、人間の尊いいのちには値段をつけられるものではありませんし、ましてや他人にも決められるものではないのです。

故人は死をとおして、「人はみな死ぬ」という事実を身をもって教え、「これからどのように生きるのですか？」という、大切な問いを投げかけてくださいました。その問いに応えることは、生きていることに心から喜べる生活に目覚めることなのでありましょう。この目覚めこそが、尊いいのちに生きる新しい「私の誕生」を意味するのです。

尊いいのちにあい得た法施の喜びは、喜んで捨てるという財施の心を生みます。ですから、大切な人を亡くした大きなご縁に差し上げる御布施は、亡き人への、そして仏さまへの精一杯の報謝の気持ちを表すものなのです。

さらには、その尊い志は仏法に生きる新たな人を生み育てることにもつながるのです。このような意味から、包みもの（金封）の上書きには。「御経料」や「読経料」ではなく「御布施」と書くのです。

御布施の包み方の一例

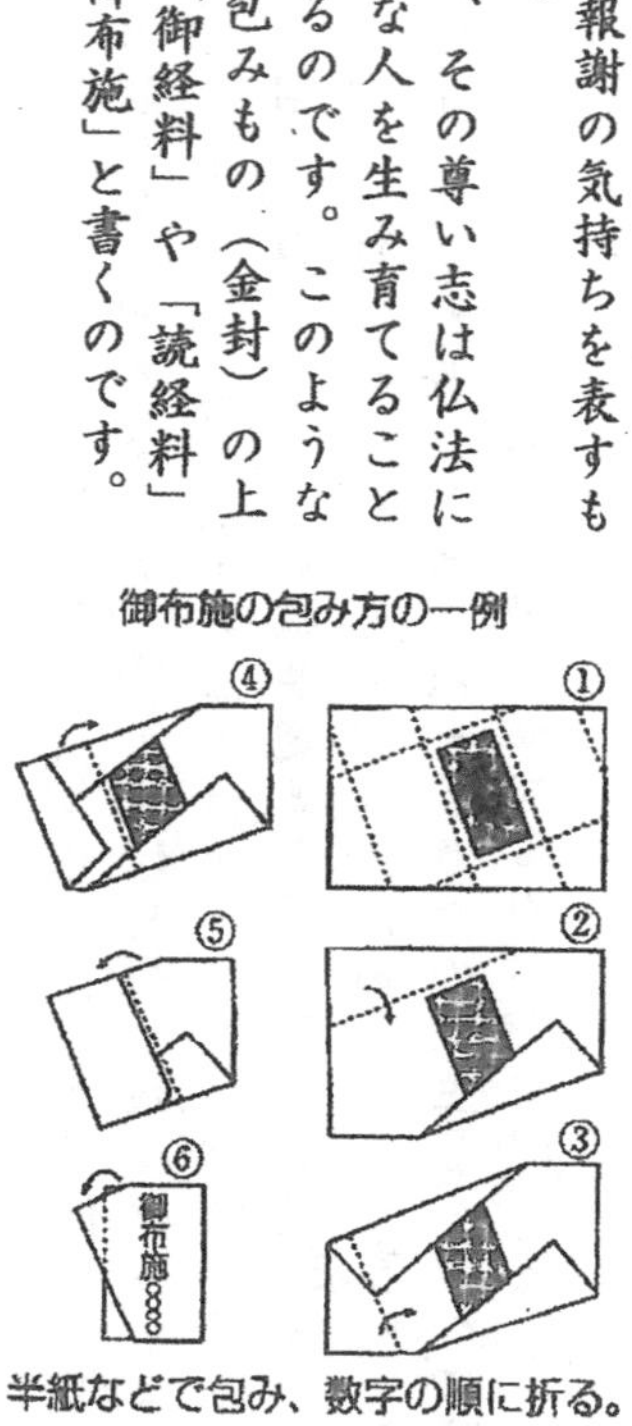

半紙などで包み、数字の順に折る。
表書きは、「御布施」と書く。

おばあちゃんへのおみやげ

松田妙子

2011.1

　認知症の母が入所している施設のはからいで、父と姉と私と母との四人で初詣をしました。車いすの母は終始御機嫌でした。日頃は施設の外へ出る機会も少ないので、久々の「お出かけ」が嬉しかったのでしょう。駄菓子や玩具の屋台に喜びながら、「おばあちゃんにおみやげを買うて帰らな」と何度も言うのです。「おばあちゃん」とは多分、私の祖母（母の姑）のことでしょう。もう三十年も前に亡くなった人を、生きているかのように言うこと自体、認知症の証拠ですが、私の母がこの楽しい「お出かけ」の際に、「おばあちゃんのおみやげ」を気にしていることが意外でした。

　嫁と姑の確執を見せつけられて育った私は、祖母が大嫌いでした。私を可愛がってくれないという思いもありましたが、「お母ちゃんをいじめる奴は許せない」気持ちも強かったのです。祖母が死んだ時も、少しも悲しくはありませんでした。人の死を悲しめない自分を恥じて、祖母の葬式には、何とか悲しい気分を絞り出そうと苦心したものです。

　祖母は最晩年、殆ど寝たきりでしたが、トイレだけは自力で行くほど、気丈で自尊心の強い人でした。でも私は、祖母がトイレを汚すたび、激しくなじりました。若い私と、年老いて体の不自由な祖母。どちらが弱者なのかは、一目瞭然なのに。ましてや人並み以上に自尊心の強い祖母には、どれほど残酷な仕打ちであったことか。それを十分に自覚しながら、私は憎悪の爆発を止められませんでした。それが私の、生涯悔いてやまぬことの一つです。

　私はこの罪を、死ぬまで負わなければならないのだ、と思っています。

　聞いた話では、祖母の姑にあたる人の、祖母に対する仕打ちも、それはそれは酷かったそうです。祖母は「姑と同じ墓には入りたくない」と遺言して、わざわざ別のお墓を建てさせたほどです。そんな祖母が、自分が姑として若い嫁を迎えた時、どんな気持ちがしたことでしょう。嫁姑の争いなんて、ざらにあることと言い切るのは簡単です。でも祖母にとっては一度きりの人生を、誰かに踏みにじられたという思いは、生涯消せぬものだったのです。

　けれど私の母は、そんな「負の連鎖」をいともやすやすと断ち切ってくれたのです。老いてこわれた母の心の中で、どんな作用が起きていたのかはわかりません。でも久々の「お出かけ」、しかもお正月の初詣という特別な日に、いそいそと「おばあちゃんへのおみやげ」を買いたがるほど、祖母は母にとって大事な人になっていたのです。

　私は母が、私の罪をかわりに担ってくれたかのような気がしました。私の罪も悔恨も、祖母の姑への憎悪も、私の母はその壊れた心の中で見事に浄化してくれた。母はとっくに祖母を許している。「同じ墓に入りたくない」と遺言を残すほど、誰かを激しく憎めるような人であった祖母も、母の中ではいつの間にか「優しいおばあちゃん」に生まれ変わっている。しわだらけの童顔で、無心に微笑む母を見ると、少なくとも私などよりは、ずっと仏様に近い所にいるように感じられたのです。老いて壊れた人が笑みを見せる時、どれほど私たちに心が救われることか。

　これが私の、初詣のみやげ話です。

２０１１、１、１０、９：３０ＰＭ

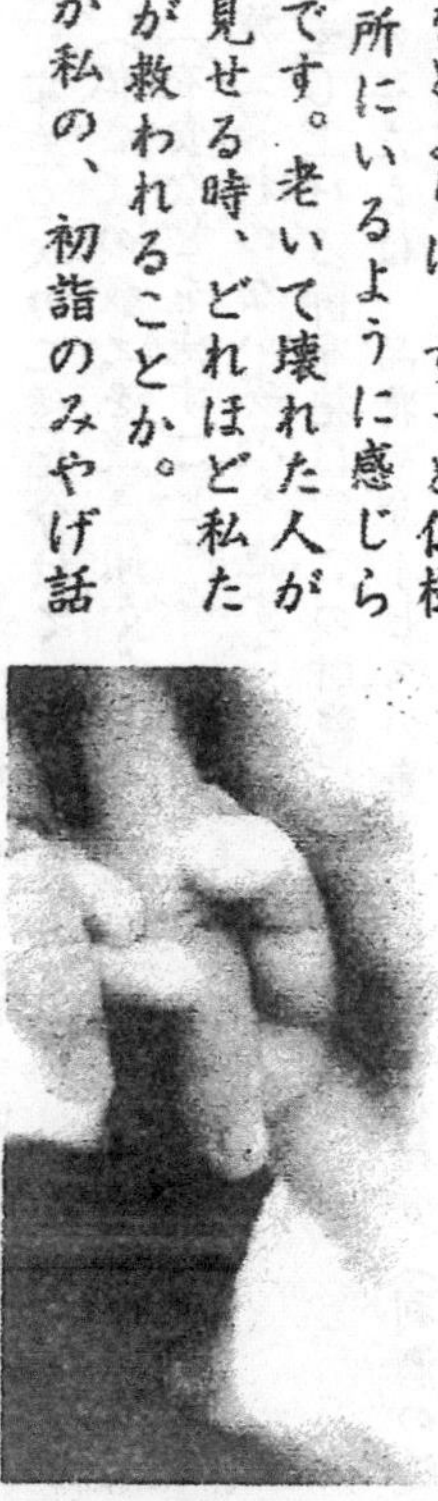

私もあなたも観音様

松田妙子

　前回、家族でのなごやかな初詣の様子を書いたばかりですが、あれから一カ月もしないうちに、事情が変わりました。父は胃と腎臓に癌が見つかり、開腹手術をすべきかどうかの選択を迫られています。高齢なので手術のリスクも大きいが、放置すれば死に至るというぎりぎりの状況です。その矢先、母が肺炎で別の病院に入院してしまいました。双方の付き添いだけでも大変なのに、不気味な地震は続くし、酷暑と酷寒に日照りが重なるのも、私には二重三重のストレスです。せめて雨が降ってくれたら！

　そんな折、近所にある某新興宗教が、「末期癌から奇跡の回復！」などと仰々しい見出しをつけた冊子を郵便受けに入れて行くのも、私には、人の弱みにつけこまれる気がして不快です。私の見る所、その教団では、老いや病や死を忌まわしいものとしてとらえ、怒りや憎しみなどのネガティブな感情がそれらを招くのだ、と説いています。信仰によってそれらを避けることが「幸福」だ、と主張しているのです。

　これは、光円寺さんから送られてくるものを読んで、私の中に形成されつつある考え方とは相容れません。苦しみから逃げ回るのではなく、苦しみとは、真正面から向き合うべきではないか？癌細胞だって、自分の細胞の一部。「悪い」心が癌を作るだなんて、癌になった人に対して失礼じゃないか……！

　とはいえ、その教団が昨今勢力を伸ばしているのも、うなずけなくはないのです。病気になれば痛かったり苦しかったりするし、そんな目には合いたくないと思うのが、一般的な人情というものです。不快な感情を抱いているのは辛いので、いつも気持ちよくいたいと思うし、死を恐れるのも当たり前。不安や恐れに苛まれている時には、何かにすがりたいと思う。ある宗教なり何なりが、そういう心につけこんでいるととるか、自分の求めているものに出遇えた、ととるか。それは、各人の置かれた状況や、心のありようによって違ってきます。

　私は十代の時から心身を病んでいるので、新興宗教の誘いはずいぶん受けました。入院先の病室へ押しかけられて、いきなり大声で祈祷を始められ、高い祈祷料を請求されたり、親切顔で見舞いに通ってくれると思ったら、入信の勧誘が目的で、断った途端、手の平を返したように冷たくなられたり。何度もそういう不快な経験をしているので、私の母は「宗教なんて大嫌いや」と言っていました。母にとっては法事にお坊さんを呼ぶのは、ただの儀式であって、それも宗教だという感覚はなかったようです。私も宗教という言葉には、いやなイメージの方が強かったのですが、光円寺さんとの交流ができてから、見方が変わりました。それまでを呼ぶのは、ただの儀式であってそれも宗教だという感覚はなかったようです。私も宗教という言葉には、いやなイメージの方が強かったのですが、光円寺さんとの交流ができてから、見方が変わりました。それまで私が思っていたより、もっとずっと大きなもの。私如きには捉えられないほど、もっともっと大きな。

　ある小説の中で、登場人物の一人が、こんなことを言っています。――観世音菩薩は、仏になれる資格があるのだが、衆生を救うため人間界にとどまって、人間のふりをして暮らしておられ

人を自由にする道具5

桐山岳大さん

人は、本来はとても純粋で柔らかい存在ではないでしょうか。それがなぜか、かたくなで複雑で固い絡まったものになりがちです。

そこには、どういうはたらきがあるのでしょうか、誰がそうさせるのでしょうか？

産まれおちてくる時には、「人の役にたちたい」「この母親にうまれたい」というふわっとした意図をもって母親のおなかに宿ってくるとします。それがどこかで問題が起こると誰かのせいにし、自分が被害者になってしまったりする。考えてみると純粋な願いがねじれてしまうのは不思議な ことだとおもいませんか。

たとえば私は、長男の長男として産まれたので、とてもかわいがられたようです、自分では覚えていなかったのですが。幼児だつ た時の写真をみて、驚いたのでした。写真の中では、叔父に抱かれ、祖父母は微笑み私を歓迎するように笑っているのです。それをみると、自分が歓迎されて産まれてきたことがわかります。

何がこういう喜びをわすれさせてしまうのでしょう。

記憶をたぐると、節目は妹が産まれてきたときでした。そこで世界は変貌してしまったのです、勘違いをし、大人は教える言葉をもたなかったのでした。

証拠となる写真があります。母親の腕にだかれる赤子の妹を、横にたちながらすねたように横目でみている自分の写真です。この時の3歳の自分は、妹に母親をとられたと勘違いし、自分はもういらないのだと思ったにちがいありません。

いたずらをすれば、「おまえはもらわれてきた、橋の下で産まれた子だ」等の話をきかされ、それを信じてしまう、悪循環にはまり、その勘違いは強化されたのでした。

それ以来、孤立した人生が始まったのです。

今、私が3歳の私の親であったなら、こう言うでしょう、私に。

「妹がうまれてくるよ。おにいちゃんもいっしょにおむかえしようね。

おにいちゃんが大切であるように、妹も大切なのだよ。

お父さんとお母さんは愛しあい、おにいちゃんがうまれように、妹がうまれる。

ひとりひとりとても大切。私たちは家族なのだから」と。

私は、こうやって私の欠落から学び、欠落こそが自分を劈

(ひら)いていく。

慈悲がおりてきて、

自分という空の器を

みたしていく。

(つづく)

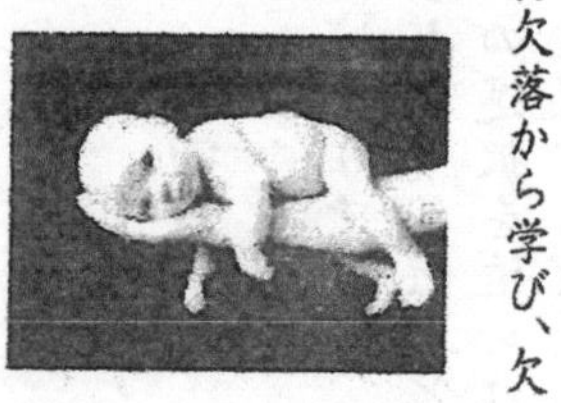

る。だから親兄弟や友人など、近しい人が実は観音様かもしれない。それどころか観音様は、人間になりきるため、自分が観世音菩薩であるという記憶すら放棄しておられるのだから、もしかしてこの私が観音様かもしれない。だから私も、私の前にいるあなたも、観音様。——

私はこれはなかなか素敵な考え方だと思えました。なぜなら私が凡夫だから。凡夫の自覚を持つことと、自他をかけがえのない尊いものと敬うことは両立が難しいんです。人間なんて所詮は愚かな凡夫だと思ったら、尊敬もしにくいんです。でも、世間で塵芥の如く扱われている人も、蛇蝎のごとく嫌われている人も皆、観音様だと考えたら。例えば私の大嫌いなあの新興宗教の教団も、宗教とは何かということを、私に考えさせるため、観音様が化身しておられるのだ、と考えたら。何だかみんなありがたいような気がしてきます。いなくていい人なんていやしない。だってみんな、観音様なのだから。

愚かな凡夫のままで充分尊いんだ、仏の願いがかけられている身なんだ、という風にはなかなか信じられないほど、私は愚かです。観音様だと思わなければ人を尊敬できないほど、私は愚かな凡夫なのです。でも、そこまで凡夫になりきれるほど、私という仮の姿をとった観世音菩薩の智恵は、測り知れないんだ……と考えると、何となく嬉しくなるんです。

三本の線が邪魔をして、「仏」にはなれない「私」だ、と考える一方で、「私」は尊い菩薩なのだ、と考えてみる。それが、自分の出遇う苦に立ち向かう勇気を与えてくれそうに感じられるなら、それも悪くない、と思う私なのです。老いて壊れて認知症の進んだ母が、時々仏様にちかいように見える時なんか、特にそう思いますね。

２０１１．２．７．　７：１０

小雪舞う三月の夜に

松田妙子

2011.3

由美子さんに、私にとって寺報の原稿は、「走ること」と同じように、「やらざるを得ない重荷」となってはしまいか、と言われてしまいました。そういう面が全くないわけではありませんが、光円寺報の原稿を書くことは、私にとって大きな励みなのです。

毎回、何度も何度も書き直し、やっと脱稿できた時の達成感。その文章が載った光円寺報が届くまでの、何と待ち遠しいこと。そしてやっと郵便受けに、寺報の束が入った分厚い封筒を見つけた時の嬉しさ。いつも添えられている由美子さんの手紙と共に、封筒ごと鞄に入れて、「お守り」にして持ち歩きます。「これでまた一カ月、生きて行く力をもらった」と、本当にそう思うのです。だから私は毎月、一生懸命原稿を書いています。

でもそれは、私の都合なんですよね。自分の書いた文章が載っていない光円寺報を見るのは、寂しいのです。

よく音楽家が、「自分の聴きたい音楽を作る」と言ったり、作家が「自分の読みたい小説を書く」と言ったりするの、わかる気がします。私だって、どんなにすぐれた絵や文章より、自分の書いたものが一番好きです。そして作品を作る人に見せたがり、感想を聞きたがります。自分の作品がどこまで人の心に届くか、知りたくてたまらないし、自分に関心を持ってくれる人はいくらでもほしいのです。どこまでも「自分」なんですよね。自分が一番可愛いのです。

こういうのが「見取見」という邪見なのだ、と、先月の光円寺報に書いてありました。「邪見」なんて、字面からして禍々しい。「光円寺報から力をもらっている」と言うと、いかにも綺麗なことのようですが、その実、鏡に映った自分の顔を飽かずに眺めているのと同じ、ただのナルシシズムなのでしょうか？

ああ、恥ずかしい！！

あまり恥ずかしいので、私は、「でもそれだけではないぞ」と考えようとします。単に自分の作品が可愛いというだけなら、自分の手書き原稿を一日中眺めていればよい。そうではなく、一旦由美子さんの目と手を通して、パソコンで活字化してもらって、光円寺報という媒体に掲載されるという過程に、何らかの意味があるはず。それはそこに如来の願いが働いているからだ、などと言えるほど、私は熱心な真宗の門徒でも何でもないのですが、自分一人だけで生きているのではない、ということだけは、おぼろげながらわかるような気がします。

「自分が一番大切」という邪見にまみれた私だけれど、でも私が一人でぽつんと生きてるわけじゃない。私を取り巻く多くのものに支えられて生きている。だから光円寺報という媒体に載って、他の多くの有り難い記事の中に混ぜて頂いて、多くの人々の目に触れるのだという認識があればこそ、自分の文章が載った光円寺報が「お守り」になるのではないか。私の文章を最初に目にして下さる由美子さんを始め、読んで下さる方々が私を支えて下さり、それが私に、「これでまた一カ月生きて行ける」と思える力を与えて下さるのではないか。そう思います。

今、私はその力を切実に欲しています。今日、四時間かけて父の癌の手術が終わりました。母は別の病院で、点滴だけで命をつないでいます。私に生を与えてくれた父と母が、生と死のはざまにある夜。光円寺報と一緒に届けられた真宗の日めくりカレンダーの今日の欄には、「どんな人間であろうとも、己に願いがなくて
も、如来の願いを受けた身だ」と書かれてあります。

音もなく、小雪の舞う三月の夜。「如来の願い」はこの雪のように、あらゆるものの上に音もなく降ってくるものでしょうか。

「生のみが我らにあらず。死もまた我らなり」という言葉を、真実、実感を持って受け止める日もやがて来るのでしょう。こんな夜を重ねながら、少しずつ、少しずつその準備をさせて頂いているのだ・・・・・・・と、そんなことを一人の部屋で思う、三月の雪の夜です。

２００１１、３，９、１２ＰＭ＊

日本の一番長い三月

松田妙子

2011.4

こんなに長い三月は初めてです。東日本大震災から一週間以上は、ただ茫然としていました。西日本の私たちは平常心が大事だ、普通に仕事をしなければ、と思っても、こんな深刻な危機を笑いなど、できるはずもありません。別のテーマで描こうにも、私の頭は震災で一杯だし、自分が笑えないのに人に笑いを提供できるはずもない。そういう状況でした。

弟が病死した直後も、「とてもこんな時に笑える漫画なんか描けない」と思いました。それでも〆切は来るので描いて出したら、「今度の漫画は面白いですね」と編集長に言われました。それで私は、「どんなに打ちのめされていても、それを笑い飛ばすもう一人の私がいる」と、自信がついたものです。ただしそれは身内の死という、ごく個人的な出来事でした。今回は日本人、いや地球人全体の試練かと思えるほどの大災害。両親がそれぞれ、命に関わる事態で別々の病院に入院しているという、「個人的な出来事」も吹き飛んでしまいそうなほど、私は、連日の恐ろしいニュースに打ちのめされていました。

そんな中では、私の周囲で反原発を叫ぶ人々のパワーに、違和感も覚えました。一人が「日本人の礼儀正しさが海外で評判になっていると聞くと、すごく腹が立つ」と言えばわっと同調し、「みんなもっと怒ってもいいはずだ。政府や東電に対して、暴動を起こしてもいいはずだ!」と気勢を上げる人々。なぜこの人たちは、何かというと「怒り」を口にするのだろう、と思いました。本当に打ちのめされた人には、怒りなど感じている余裕もないのではないか?

私だって阪神淡路大震災を激震地で体験し、給水車や救援物資の配布を、皆が長い列を作ってじっと待っているのを見てきました。それが当たり前だったと思っていました。それが外国人の目には称讃に値するらしいことを、今回の震災報道で初めて知りました。それはとても切ないけれども、希望の種のように思えたのです。

私はずっと、自分が日本人であることに、後ろめたさを感じてきました。アジアを侵略した日本、その償いもしない日本、差別も解消できない日本。その国民であることに、誇りなど持てませんでした。でも今、日の丸・君が代の強制などの「愛国心の押しつけ」ではなく、自然発生的に「日本人の誇り」が生まれつつあるのではないか、という気がしたのです。この国に生まれ、この国と共にあることへの、切ないまでのいとおしさ。

昔観た「日本沈没」の映画のラストシーンを思い出します。日本列島という祖国を失い、大陸をさすらう日本人の姿。それが現実になることもありうる。例えば原発事故が最悪の結果をもたらして、日本には誰も住めなくなったとすれば。日本人は祖国を失った流浪の民として、世界中に散らねばならなくなるかもしれない・・・。

そう思うと、朝鮮学校の高校の無償化を求める訴えなども、今までとは違った思いで聞いている自分を感じました。これまでは日本に住む日本人として、マジョリティとして、マイノリティである在日朝鮮人を「支援」しなければ、と思ってきました。でも、遠く異郷にあって祖国を思い、民族の誇りを保持しようとする在日の人々の姿は、近い将来の、日本人すべての姿であるかもしれない。日本人であること自体が、マイノリティである日が来るかもしれない、と思う私。

タイタニック号が沈没してゆく中を、最後まで演奏を続けたという船上の楽団のことも思い出しました。自分が死ぬのはもう少し先かと思っていたけれど、案外近いのかもしれない。いつその時が来ても、私はそんな風に生きることができるだろうか、と。

　そんな中でやっと描いた漫画です。「社会派漫画家」としては、東日本大震災に触れないわけにはいかず、それでいて重たくなりすぎず、見た人に明るい気分になってもらえるような漫画を描くのは、至難の業でした。成功しているとは言い難いけど、出来不出来が問題ではない。とにかくこの状況で漫画が描けたことが大事なのだと思っています。

　漫画家としての私に、精一杯のことはやっていると。阪神淡路大震災の時、瓦礫の街で、わずかな物を並べているお店がありました。品物の質や量より、そこで店を営業していることが大事でした。「日常」を取り戻す動きが始まっていると、人々に伝えるため。私が三月下旬に描いた漫画も、そういう意味のものだと思うのです。

２０１１、４、１、９ＰＭ＊

2011.3.23.8:30PM＊

「KOREA TODAY」

悲災

松田妙子

2011.5

世の中にはいろんな感じ方や考え方があるものだ、と改めて感じさせられます。東日本大震災のような、世間の耳目を集める大事件が起きた時の、各人の反応の違い。兵庫県にいて、放射能被曝を本気で恐れている人もいれば、「家庭内のトラブルで頭一杯で、震災には興味ない」と言う人もいます。私の周囲でよく聞くのは、「がんばろう日本」のスローガンに不快感を示す声です。

私自身は「がんばろう日本」も嫌いではないですが、いろいろ違う意見があって当たり前だし、だからこそ日本中が一色に染まるのを嫌う声があがるんだろう、と思うことにしています。それと、戦争の傷跡の深さも、思い知らされます。震災一辺倒の報道や、どこまで信じていいかわからない政府の発表に「挙国一致体制」や「大本営発表」を連想する人が、私の周囲には多いと感じるから。心に深い傷を負った人が、僅かな刺激でもフラッシュバックを起こすように、この国は戦争体験という、深い深いトラウマを抱えているのです。

大きな災害が起これば、「被災地」「被災者」という言葉が飛び交います。それについて、私には苦い思いで反省させられることがあります。

阪神淡路大震災の時、私は被害の最も激しかった地域の一つに住んでいました。私はそれを、まるで何かの特権ででもあるかのように錯覚していたのです。私は可愛そうな「被災者」なんだから、人様に心にかけて頂く資格があると言わんばかりに。でも今思えば、私よりずっと過酷な経験をした人が大勢いたのに、私如きが「被災者」づらをしていてよかったのでしょうか？

そう考える心の動きは、今度は「阪神」と「東日本」を比べてしまいます。当時は未曾有の大震災と呼ばれた阪神淡路大震災を、激震地で体験したというだけで、注目を浴びる存在になれたかのように錯覚していた私。その愚かな傲慢さは、それを遥かに上回る規模の巨大災害が発生したことで、吹き飛んでしまいました。私の体験なんて、東日本大震災の被災者に比べたら、取るに足らない小さなこと。そう思うと、後ろめたさや恥ずかしさで居たたまれなくなります。

そしてやっと気付いたのです。私が「阪神」の「被災者」づらをすることで、そうでなかった地域の人々に、同じような居たたまれなさを味わわせてきたのではないかと。いえ、「被災地」でも、断層の走り方などによって、被害の程度は大きく分かれました。「被災地」の中にも格差があり順位があり、「被災者」間にもそれはあったのです。瓦礫と共に、そうしたドロドロしたものも丸ごと抱えこんで傷ついている土地、それが「被災地」です。

「仲間意識は仲間はずれを作る」という言葉も、胸に痛いです。私の住む地域の人々の間には、「共に阪神淡路大震災を経験した」という、暗黙の連帯感のようなものがあります。でもそこに、そうでなかった地域の人々を締め出す心の働きが、ありはしなかったでしょうか？「経験した者にしかわからん」という言い方を、私たちはよくします。災害でも病気でも、大きな事故や事件でも。共通の体験をした者同士が、痛みを分かち合うことは必要ですが、ともすれば当事者以外の人を排除する空気をも生み出しはしないでしょうか?

被害の甚大さにおいて、東北・関東の「被災地」は長く「被災地」であり続けるでしょうし、「被災者」は「被災者」であり続けるでしょう。地震の活動期に入ったとされる今、私の居る土地も、いつまた「被災地」になるやも知れません。いえ、十六年前の「被災」も、いまだ続いているのです。

「女人史を学ぶ会」の報告集で見た「被」と「非」という言葉。或いは、光円寺報で見た桐山岳大さんの「被害者の立ち位置を手放す」という言葉を、私はずっと考え続けています。「被」にとらわれていてはいけない。ましてや「被」の度合いを他者と比べて、競ったりすべきではない。ではどうすればいい?

――そこでふと浮かんだのが、「悲」という字です。悲災地。悲災者。悲差別。悲害者。悲爆者。・・・・・・・・。

「被」を「悲」と言い換えたところで、何が変わるのか、とも思うけれど。でも、地震や津波の被害を直接受けた人もそうでない人も、「がんばろう日本」が好きな人も嫌いな人も、私たちは皆、悲しんでいます。悲しみ、祈り、願っています。傷ついた土地と傷ついた人々のために。その祈りと願いを思う時、私の脳裏には「悲災」という言葉が焼きついて離れないのです。

「大悲」の「悲」という文字が。

2011・5・9・　8:30PM*

前田真吹（しぶき）さん東北関東大震災福島、石巻報告

2011年5月16日（月）昼　十三時半～十六時　光円寺
夜　十八時半～二十一時　真宗大谷派山陽教務所（兵庫県姫路市地内町1 TEL 079-292-3649）　参加費　カンパ

被災した人々に直接出会ってこられたしぶきさんのお話を聞いて何が起きているのか知りたいと思います。皆さんのご参加をお待ちしています。

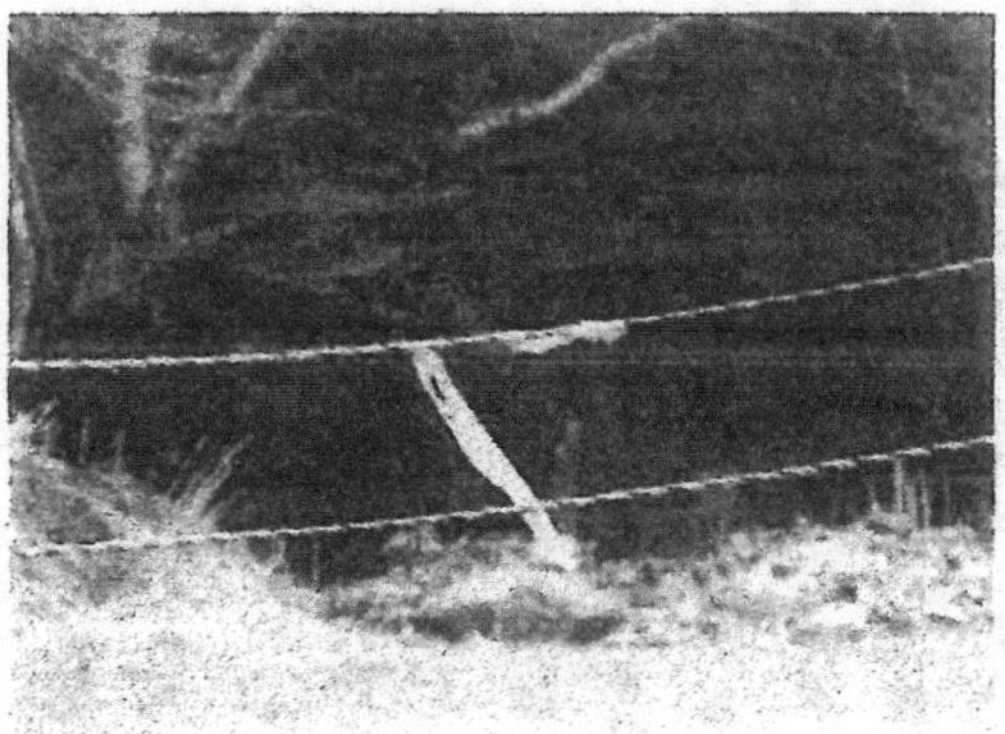

↑ピンクのリボンがある所は「ご遺体」が見つかった

3.11以降、
私たちは、
いのち
を徹底的に
考えていく運命を
余儀なくされてしまいました。
今私たちがどう行動するかによって
未来の子どもたちのいのちが
大きく左右される。
原発事故から、約2ケ月が経とうとしている
にも 関わらず、
放射能漏れの状況に関しては
何の進展もないまま。
今日も、原発の作業員の方々は
命がけの仕事をしてくださっている。
いのち、つなぐ。つながる。
生きよう。
今日を、生きよう。　（真吹さんブログより）

昭和のオヤジ

松田妙子

2011.6

何年かに一度、私の誕生日は父の日と重なります。今年がそうです。「父は永遠に悲壮である」という言葉を残した、太宰治の「桜桃忌」でもあります。父の子どもたちのうちで、一番父に似てると言われながら、最も父の心にそむく生き方をしてきた私は、その符号に複雑な感慨を味わいます。

幼い子どもにとって普通、父親は男性像のモデルとなる最も身近な男性です。私が自分の父を見て作った男性観とは、「男には愛する心がない」というものでした。私の目には、父は親子の情や夫婦愛などを感じない人として映り、男とはそういうものだと思っていたのです。それでいて父は一家の長として、女たちから奉られていましたから、「男とは、愛をもらうだけで、あげなくていい生きもの」。「女とは、あげるだけで、決して返してもらえない生きもの」。――こんな不公平は許せない。だから私は決して男なんか愛してやらないんだ。男とは、男であるというだけで、すでに充分愛されているのだから。女とは、女であるというだけで、親にも捨てられるほどみじめな生き物だ。――私は人生の随分長い時期を、そう信じて過ごしてきました。男には男のしんどさや辛さがあるとわかってきたのは、いつ頃からだったでしょうか。

「男の子だから泣いてはいけません」と言われて育ち、感情を見せずに黙々と耐えることが男らしさだと教えられ、そのように生きてきた男たち。幼かった私に「男には愛する心がない」と信じさせるほど、父の「男らしさ」は筋金入りだったのでしょう。

これは今では笑い話ですが、私が思春期に心を病んで引きこもっていた頃、父の本棚に「話し合わない親と子」という題名の本を見つけたことがあります。そんな本を読むくらいなら、私に一言でも声を掛けてくれればよかったものを！何ひとつ言わず、それでいて、病んで動けない私の将来を思って、こっそりと私の名義で貯金を積み立てる、そんな父でした。

元々、父と私たち子どもとの間に会話は殆ど成立せず、常に母という「通訳」を必要としました。その「通訳」たる母が認知症になって壊れてから、父には家の中に話し相手が居なくなり、そこでようやく私と年老いた父とは、おずおずと会話をかわすようになったのです。何十年も生き別れになって、いきなり再会した親子みたいに、お互い緊張しながら。そしてようやく私にも、父の「超」がつくほどの不器用さや悲しみが、想像できるようになったのでした。

父は戦争の話を一切しませんでした。母でさえ、父が戦争中どこで何をしていたのか知らなかったのです。母が壊れさえしなければ、父は戦時の記憶を封印したまま、墓場まで持って行くつもりだったのでしょう。父が重い口を開き始めた

のは、ごく最近のこと。

早くに自分の父親を失くし、少年の時から鉄工所で働いて一家を支えてきた父は、機械整備の腕を買われて、戦闘機の整備兵をしていたのです。特攻隊の基地で。それを知った時私は、なぜ父が戦争について口を閉ざしてきたのか、わかったような気がしました。

父と私、二人だけになった家で、「出兵が決まった隊の宿舎は、一晩中灯りがついとった」と言いかけたきり、椅子を引いて立ち上がり、黙りこんでしまった父。頑固で真面目で一徹で、寡黙で感情表現が下手で。モノのない時代に育った人らしく、すりきれてボロボロになった鞄にセロテープを貼って、いまだに使っていたりする父。その鞄と同じくらいしわだらけになった父の姿に、「いかにも昭和のオヤジ」な男の一人を見ます。

と同時に、忘れてはならないのは、そんな憎めない「昭和のオヤジ」たちが戦争に駆り出され、時には虐殺や強姦などの蛮行を行なったということ。私は自分の父が、国内で機械をいじっていただけで、そうした蛮行に加わっていなかったことに安堵したものですが、それだけでいいはずはないのです。殺し殺される土壇場に追いつめられた男たちが大勢いたこと。今は好々爺然としている老人たちの中にも、そうした闇の記憶が沈澱していること。「昭和のオヤジ」を父に持つ世代の一人として、私も後の世代に伝えてゆかなければならない、と思います。

東日本大震災から三カ月経った今日、これを記します。

２０１１・６・１１・　１０ＰＭ

それでも花は咲く

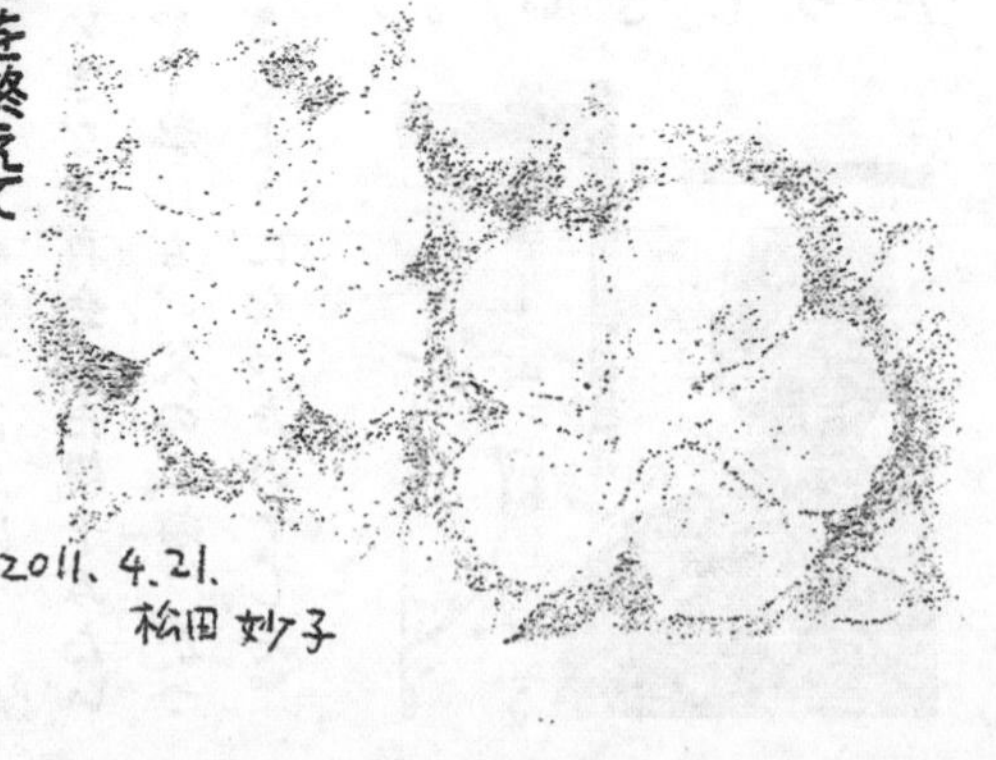

2011.4.21.
松田妙子

「前田真吹さん福島、石巻報告会」を終えて

真吹さんありがとう。参加してくれた人ありがとう。たくさんカンパが集まって、東北関東大震災いのちつながる資金と名付けて真吹さんに託しました(4万7千円)。

答えは出ないけど、正確なこと知らない自分たちだとわかった。知り続けることだけはしたいと、やれること探す、自分の事だ。やりたくない気持ちもしりつつ、やらないでもいられず…。真吹さんうちにとまって(朝の鐘にもめげず)ゆっくり休めたと言ってくれてほっとした。昨日は夕ご飯も食べずに済ましてしまった真吹さんに朝ごはんをしっかり食べてもらわないと! で、ゆっくり朝ごはんタイムに色んな話を聞かせてもらった。アフガンで本当に悲惨な戦争の本当を見てしまった。そこから離れることのできない人々、帰る所のある自分。でもそのことは逆に、それまで持っていた漠然とした自分の内なる恐怖心を払しょくした…。一番怖いのはこの現実、人間のしていること。それを見続けさせてくれるのは、出会った人々。つながり続けて行きたい。そういう彼女につながり続けたいと思った。

しあわせの島

松田妙子

世界中が「フクシマ」に注目している今。「幸福の島」を意味する地名であったはずの地域が置かれている現状に、限りない痛ましさを覚えます。

　小学校四年の時の国語の教科書に載っていた、「しあわせの島」という物語を思い出します。大体こんなお話です。――ある所に、怠け者ばかりが住む島がありました。誰も働かないので、人々は衣食にも事欠く生活をしながら、不平ばかり言っていました。ある時島の長老が、「皆でしあわせの島へ行こう」と、言い出しました。海の彼方に「しあわせの島」と呼ばれる島があり、そこでは作物がたわわに実り、人々は良い服を着て立派な家に住み、幸福に暮らしているのだと。村人たちは大喜びでその話に乗りました。長老の指示通り、長い航海に備えて充分な食糧や衣服を蓄え、頑丈な船をこしらえて、いざ出発というその時。当の長老が死んでいるのが発見されました。こんな手紙を残して。「お前たち、しあわせの島へ行くために一生懸命働いて、この島は豊かになっただろう。もうどこへも行く必要はない。ここが、しあわせの島なんだよ。」そして村人たちは、その事実に気づいたのでした。――

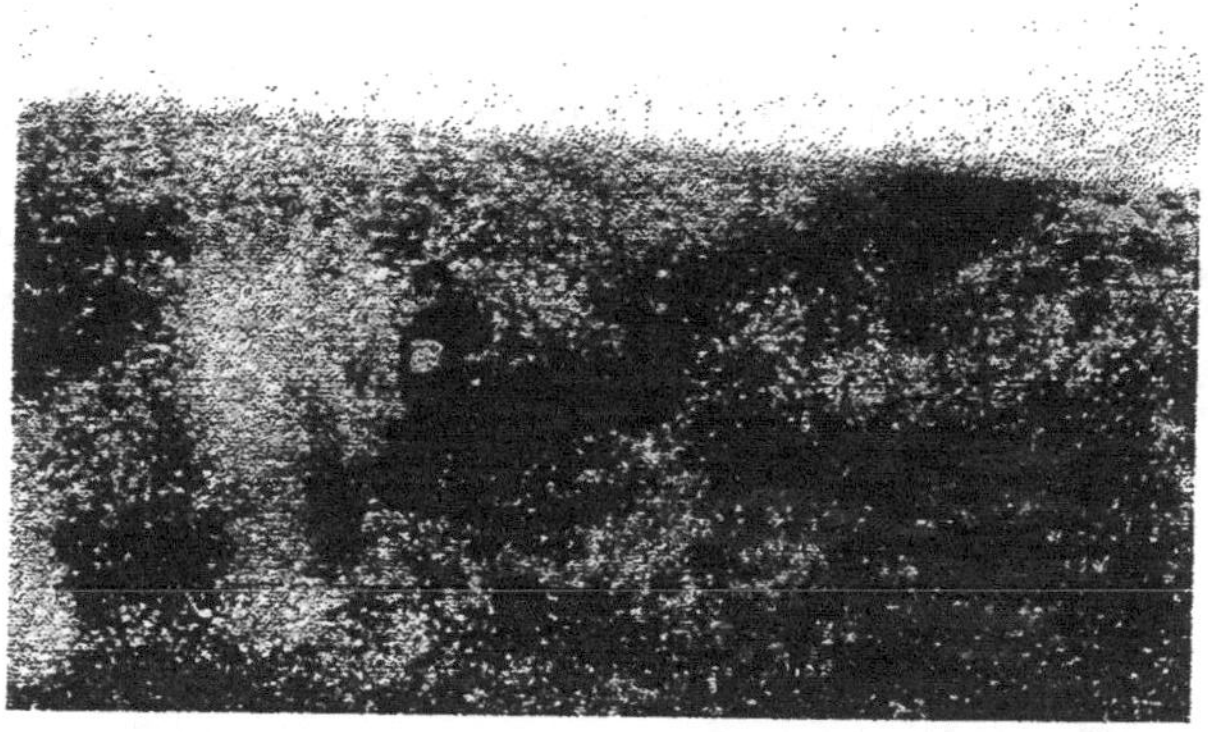

　この話を担任のO先生が脚本にして、学芸会で劇として上演しました。O先生はまだ若い男性教師でしたが、いわゆる文学青年だったのでしょう。作文の指導にも熱心でした。以前このコラムにも書いた、「僧は推す月下の門」の逸話を教えて下さったのもこの先生です。「春秋に富む」という言葉も教えて下さいました。「これからたくさんの春や秋を迎える、つまり未来がたっぷりあるということだ。君たちのことなんだよ。」と。そう言われた時、O先生は私たちにどんな未来を託しておられたのでしょう。

　東日本大震災の直後、避難所からの中継で、子どもたちがテレビカメラに向かってピースサインをしているのを見て、何かほっとするような気分になったのは、私だけではないでしょう。子どもはやはり大人にとって希望なのだ、と、子ども嫌いの私でさえ、そう思います。未来を継ぐ者たち。我々よりずっと、「春秋に富む」はずの者たち。その子どもたちに、大人はさまざまな夢を託します。あんな人になってほしい、こんな人になってほしい、と。その願いは時に対立します。

　いわゆる「教科書問題」もその一つ。侵略戦争を美化するなどして、戦争のできる国作りへと、子どもたちを導こうとする教科書が作られているから、そんな「危険な」教科書を採択させまい、という声が挙がっています。私も一部を見本で見て、「なるほどこれは問題かも」と思いました。と同時に、こんな教科書を作る側も、「子どもはこう育ってほしい」と真摯な願いをこめている点では、それと対立する側の人々と変わりはないだろう、と思いました。子どもの手を両側から大人が引っ張って、それぞれが正しいと信じている方向へ連れて行こうと争っている、そんな図が頭に浮かびます。

　私が小学校四年の教科書で見た「しあわせの島」にも、当時の大人たちが子どもに託した願いがこめられていたのでしょう。幸福は身近な所にあるんだよとか、労働の尊さとかに気づいてほしいといったような。でも続けて雷雨と地震に見舞われた日、私はふと、こう思いました。

――――――この日本列島は、地震や津波や台風などの自然災害の脅威に絶えずさらされている。しかも放射能汚染の恐怖まで加わった。それでも私たちは、ここを捨ててどこにも行けやしない。ここが「しあわせの島」だから、よそに幸福を探しに行く必要がないというわけじゃない。よしんば「しあわせの島」であったとしても、私たちに幸せをくれるものは、同時に不幸をもたらすものでもあるのだ。――――――

同朋新聞に、「いついのちを奪いに来るかもわからないものによってのみ、いのちは支えられているんだなあ」という言葉がありました。ここでは、病を引き起こす人間の体を指しているのですが、考えてみれば、体の外にあるものも全部そうです。私たちの体も心も、それを支える大地も水も空気も、「いついのちを奪いに来るかもわからない」ものばかりです。そんな中で、私は私のいのちを頂いて、生かされているのだということ。

歴史の教科書には今、阪神淡路大震災がもれなく載っています。今年の東日本大震災も、間違いなく後世の歴史に残るでしょう。その時私たちは、どんな社会を作っているのでしょうか?生かされた私たちは、「春秋に富む」後の世代に、何を残せるのでしょうか?

2011、7、10、9PM＊

「いのちつながる資金」前田真吹さんからのご報告を頂きました

皆さまからお預かりした「東北関東大震災いのち つながる資金」の使途のご報告をさせていただきます。④以外映像に登場された方々です。

①ペイ・フォワード郡山　②被災地障がい者支援センター福島　③NGO 心援隊

④NPO IVY の 被災者雇用創出事業「キャッシュ・フォー・ワーク」プロジェクト

これは・被災者の方を雇用し、他の被災された方々のご自宅の床下クリーニング等を行い、ご自宅に早く戻れるよう、お手伝いする事によって、職を発生させる、プロジェクトです。被災した地元の知人が尽力のプロジェクトです。

⑤森さんの農園　1万円を、被災の「お見舞い金」として。

⑥銀河のほとりに、物資支援　上記①～⑤の残りのお金を 使って、「果物」を送ります。

チェルノブイリでは、子どもたちの放射能を排出させるのに、生の果物が、かなり有効だったそうです。銀河のほとりでも講演されたNPO「チェルノブイリへのかけはし」の野呂美加さんは、各地の講演で今この事を発言されていて、チェルノのお母さんと子どもたちにせがまれ、果物を、せっせとチェルノに運んできたそうです。「銀河のほとり」は、情報を求めるお母さんやお子さんがたくさん集まる所なので、果物を送ってみよう、と思いつきました♪

以上、合計 4万7千円 光円寺、山陽教務所で出逢った皆さま、東北で、出逢った皆さまを繋がせていただき 新たな光のご縁が 生まれますように・・そんな祈りをこめて・・。

七組ワンコイン上映会で集まったカンパは当日観ていただいた二本松の除染映像を作成された畠山浄さんのプロジェクト「こどものたべもの基金」に六万五千円、長田浩昭さんの福島のこどもたちの保養のための基金に六万五千円を山陽教区第七組より寄付しました。

七月十一日ピースチェーンはりまで募金活動　五千円を「ふくしまキッズキャンプ」へ。

その他仙台仏青へ食品、生活物資、絵本、鞄など。「こども福島情報センター」「負けねど飯舘!!活動支援金」「ふくしまキッズキャンプ」に合わせて四万五千円の寄付をいたしました。全て、人と人がつながった所に活かされ、直接被災した方へと届くカンパです。

皆さまのお気持ち、ご協力に心より感謝いたします。

私の夏休み

松田妙子

2011.8

このところ心身の疲労が激しく、生命力が低下しています。この国の気候風土の乱れや社会不安と同調するようにして、私の心身は消耗し疲弊しています。「あとどのくらい生きられるか」を本気で案じ、「死ぬまでにやっておかねばならないことがあるのに、それにとりかかるエネルギーがない」ことに焦ったりしています。

それはストーリー漫画を描くことです。今の私の仕事は、政治風刺のコマ漫画とエッセイだけですが、それでは表現者として充分、自己表現できているとは言い難いと思うのです。自分のデッサン力と構成力をフルに発揮した、大河ドラマを創りたい。私のこれまでの生き方の集大成となるような。できれば、光円寺さんとのご縁で考えるようになった、私なりの仏教に対する考え方も取り入れて。それをなし遂げずに死ぬことは、自分に許せないと感ずるのです。

でも、そのためには、他の大事なものを犠牲にせねばなりません。世の中には良識的な市民生活を続けながら、次々と大作をものにしていく人も多いのでしょうが、私はそんなに器用じゃないから、「鶴の恩返し」の鶴が、自らの羽を引き抜いて反物を織り上げたような、そんな創作の仕方しかできないからです。もし今の私が長編ストーリー漫画に取り組むなら、この光円寺報のエッセイも他の4コマ漫画の連載も、続けられなくなるでしょう。ヘルパーさんを派遣してもらっての一人暮らしも破綻するでしょう。（既に充分、破綻しかかっています。）

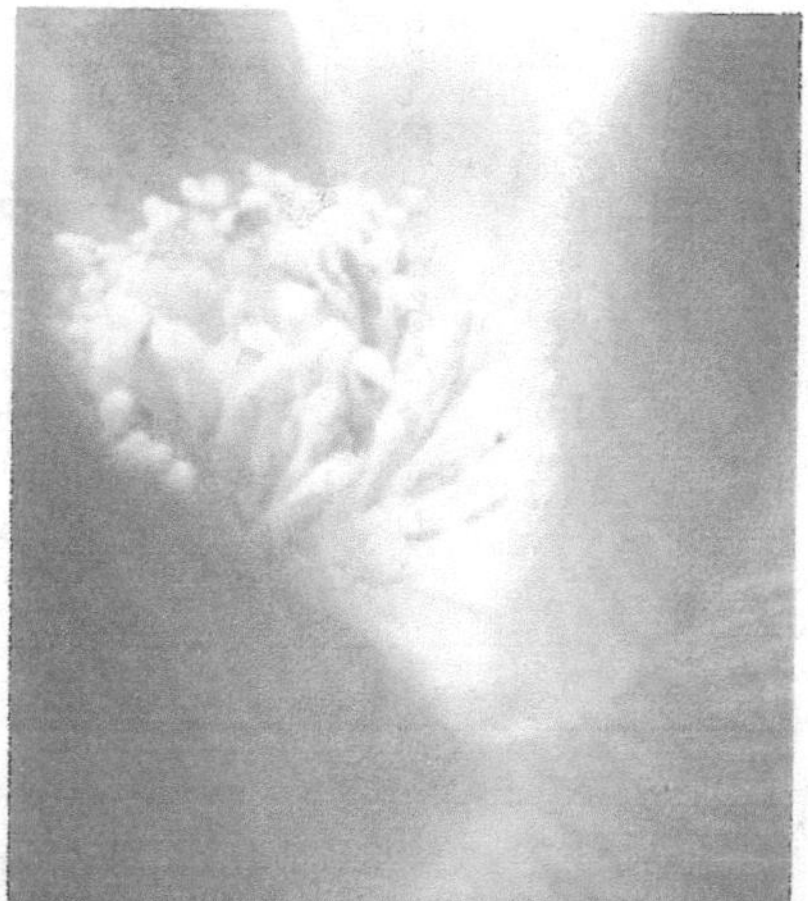

そこまでの覚悟があるかと言えば、今はまだ、ありません。長編を描くだけのモチベーションも上がっていません。だから、今はまだ、その時期ではないのでしょう。でも、ぐずぐずしているうちに、私の持ち時間は尽きてしまうんじゃないか、と恐れているのです。

私の絵の恩師であるI先生は、九十四才にして、旺盛な創作意欲に燃えていらっしゃいます。「僕に残された時間はあと僅かだから」が口癖です。「その緊張感が先生の絵にエネルギーを与えているんですね」と私が言えば、「もっと早くからその緊張感を持っていればよかった。若い頃は、時間がいくらでもあると思っていた」とおっしゃいます。いつお会いしても指先が絵具だらけの老師が、残された生の全てを絵に捧げようとなさる気持ち、よくわかる気がします。

光円寺報の原稿の〆切日だというのに、何も書けなくて途方に暮れつつ、施設に入所している母の面会に行きました。それなりの時間と労力を払って往復したのですが、母は眠りこけていて、ついに目を覚ましませんでした。仕方なし、母のベッドのそばで由美子さんの手紙を読んでいるうち、何か心のうちにわきあがって来た思い。それは――

いつか同朋新聞に、芹沢俊介さんがこんなことを書いていらした。「現代社会は、人が何をなしたか、つまり『する』ことにばかりかちの基準をおいている。だが何もしなくても、人はそこに『ある』ことだけで尊いのではないか」というような意味のこと。私は、認知症で会話も成立せず寝た切りの母を身近に見ているから、「ある」ことを尊しとする人間だと自分を思ってきた。だが私自身に対してはどうか？

納得のいく作品を作れないまま、自分が死んでしまうことを潔しとしない私。「できない自分」「しない自分」を責めてばかりいる私。何もしなくても、私がここに「ある」だけでは許せない私だったのだ。寝ていても起きていても大して変りの無い母は、今、私のそばに横たわって呼吸している。母がここに「ある」ことだけで有り難いと私は思っている。ならば自分に対しても、そう思えないものか？

世の中には、寿命を縮めてまでも、創作に打ち込む人がいる。常に全力疾走していなければいられない人がいる。私もあきらかにそのタイプだ。だが、たまには自分に「夏休み」をあげてもいいんじゃないのか？私の体が今、それを要求している。

そう思いつつ、また睡眠時間を削ってこの原稿を書いている私ですけど。でも、そう思えただけでも、今日、母に会いに行った時間は無駄じゃなかったみたいです。眠りこけているだけでも、私に何かを与えてくれる母に感謝。

２０１１．８．１１．１ＰＭ＊

支援物資ありがとうございました。

未曾有の震災に対しまして、日本中世界中の方々より支援いただき、一歩一歩復興に向け動き始めています。心をかたちに、支援の輪が広がることが、被災者の方々の生きる力になります。7月中には、ほとんどの方が仮設に入居し、新しい生活が始まりほっとしています。あの過酷な避難所生活は限界を超え、言葉を失い、人間らしさを奪っておりました。日常生活に戻るのはまだまだ時間がかかりますが、この状況でもいのちをつなぎ続けています。

心のケアはこれからが本番になり、よりそって行くこと、トラウマとの、葛藤からの不安への対応、孤独、孤立の問題等いっぱいです。共有した時間、共通の記憶を風化させぬよう語り、事実に向き合うことが、明日への生きる気力につながり、東北魂の底力で乗り越えたいと思ってます。どうぞ遠くから心を寄せて下さいますように、お願い申し上げます。

合掌　吉田律子　８／１

今月は夏物衣料、カバン、調味料、こどものたべもの基金へ5万円、次ページ紹介、神戸のサンタクロースこと森本さんを介して、仮設に入った方への布団セットへのカンパ5万円をすることが出来ました。高野槇の購入、イチゴジャムワンコインカンパなどご協力ありがとうございました。

震災支援
物資、カンパ
ありがとう！

暑中御見舞申し上げます

今年は特別な思いの新盆になる方が多く、また新めて家族の絆を確認するときでもあるようです。
多くのものが一気に奪われた3月11日!!
それまで意識することがなかった「祈り」「供養」「鎮魂」「追悼」といった宗教的感情が多くの方々の心で覚醒した印象を持ちました。
津波で家も仏壇も流され、墓石は倒れ、砕かれ、焼かれ、夏草でおおわれ墓参り出来る状態ではありません。多くの人々が悲しみや絶望のふちにいます。
仮設住宅の前で迎え火、送り火をするために薪きを用意しています。サンガ岩手からとしてお参セット（香、ろうそく）を仮設の方々にくばりました。
供養、祈り、鎮魂、哀悼の大切さを再認識させる光景を目にしました。
精神的面での被災の大きさと、その苦境の一つの姿、心の姿を示す時が今であり、宗教者の出番だと思います。悲しむ被災者の心に寄り添って行きましょう。

浄土真宗に帰すれども
真実の心はありがたし
虚仮不実のわが身にて
清浄の心もさらになし

悪性さらにやめがたし
こころは蛇蝎のごとくなり
修善も雑毒なるゆえに
虚仮の行とぞなづけたる
（P508）

支援物資の御礼のメッセージ添付致します。　南無阿弥陀仏　合掌
23.8.12.　律子

永遠のミルク

松田妙子

2011.10

森永乳業徳島工場が閉鎖されたという新聞記事を見て、胸が突かれる思いがしました。一九五五年、この工場で製造された粉ミルクに過って砒素が混入し、多くの赤ちゃんたちが犠牲になった事件を知っているから。そして多分、私もその一人であろうと思うから。

「多分」というのは、小さい頃母に聞かされた話以外、証拠は何も残っていないからです。――――「あんたはなあ、赤ちゃんの時、森永のミルクで死にかけたんや。激しい下痢と嘔吐で、衰弱するばっかりでなあ。どこのお医者も原因がわからん言うし、もうあかんと思た。けど遠くの町に評判の名医がおると聞いてな、あんたを背負うて長いこと電車に揺られて行ったら、ミルクを変えてみなさいて言われてな。W堂のミルクに変えたら、やっと助かったんや。」

――――昔話のようにして聞いていたそんな話を、変だと思うようになったのは、私が成人して随分経ってからでした。あんたには森永のミルクが体質に合わなかったんや」と母は言うけど、粉ミルクの成分なんて、メーカーごとにそんなに違うものか？森永で死にかけて、W堂で生き返るようなアレルギー体質があるものか？何より「森永ヒ素ミルク事件」と時期がぴったり重なっているのが、怪しすぎる！

でも、母にそれを訊こうとすると、母は真青になってブルブル震え出しました。「私が毒を飲ませたとでも言うんか！」と取り乱す母に、それ以上は訊けず。それっきり、母は認知症になって壊れてしまったので、真相は永久に藪の中です。

ヒ素ミルク事件の被害者の救済機関に、電話してみたこともあります。「あなたのように、何十年も経ってから問い合わせて来られる人は今もいますがね。当時のミルクの缶とか、証明できるものがない限り、被害者の認定はできない、とお断りしているんですよ」と、気の毒そうな返事が返ってきました。

母にとっては、ヒ素ミルク事件との関わりを認めることは、自らの手で我が子に「毒入りミルク」を飲ませた、と認めることだったのでしょう。だから「森永のミルクがこの子の体質に合わなかった」ことにしておきたかったのでしょう。そんな風にして苦しんだ人が他にも大勢いたということです。被害者と認定された人にも、されなかった人にも。

精神科の主治医に尋ねたこともあります。「私は赤ん坊の時、どんなに空腹でミルクを欲しがっても、決して満たされない経験をしているはずです。それが、思春期に摂食障害を発病する原因になったということは、ありませんか？」主治医は、「ヒ素ミルク事件と摂食障害との因果関係は、証明できません」と答えました。そうであっても、私は「永遠に満たされない飢え」と「ミルク」との間に、何らかの意味を見出したいのです。人類が哺乳類である限り、逃れられない宿命のようなものを。

二才くらいの私が、泣きそうな顔で哺乳びんを抱えている古い写真を見たことがあります。ちょうど弟が生れた頃で、幼い私は、母の愛を奪われたという嫉妬心から、ミルクを欲しがったのでしょう。その類の話は、今でもよく訊きますから、これは人類に普遍的な現象なのだろうと思います。

仏教でも使われるという、最上の美味を表わすとされる、「醍醐」という言葉。転じて最も尊いものを示すようにもなったというこの言葉が、元々はある種の乳製品を指す名詞だったということ。ここにも、人類が哺乳類であることの宿命を感じます。そういえば、お釈迦様が苦行の果てに死にそうになった時、その体を癒したのも、村の娘が差し出す乳粥でした。西洋でも、至上の理想郷を「乳と蜜の流れる土地」と表現したりします。「乳」「ミルク」は、私たちにとって、単なる食品以上の何かなのです。人間が永遠に憧れ、求め続けてやまないもの。

そのミルクに猛毒が混入し、多数の犠牲者を出した事件があったこと。水俣病の公式認定の一年前だったこと。そして今、母乳や牛乳から放射性物質が検出され、自殺にまで追いつめられる人のあること。私が生れてから今日までの時間が、そのまま「森永ヒ素ミルク事件」の歴史であるという自覚を持ちつつ、語り継がねばならぬことがまた増えたことの重さを感じています。

この原稿を書いている途中、入院中の母が重態だとの連絡を受けました。かつて病める赤子の私を背負い、不安な気持ちで遠い町まで通った、若き日の母。今、立場が逆転したようにして、私は母のいる病院へと向かいます。「母のいない病院」になる日が確実に来ることを予期しながら。

２０１１・１０・９・　９：３０ＰＭ

ニュースより●放射線量、研究所で測定し表示・福島の果樹園経営安斎さん

「今日も朝からお客さんは3人だけでさっぱりだめだ。梨でも食ってくかい?」。安斎一寿さん(62)はそういって笑った。福島市中心部から車で約20分のフルーツライン。観光農園が並ぶ道路沿いに「あんざい果樹園」はある。

桃に続き、9月上旬には梨が最盛期を迎えたが、原発事故の影響で、客足は減少している。そんな中、安斎さんは自園の梨のいくつかをサンプルとして選んで放射線量を測った上で、「梨(幸水)のセシウム値26ベクレル」――と紙に書いて段ボールに貼り、店頭に置いた。検査結果を知らせようと思い立ったきっかけは8月。市内で開かれたイベントに桃の直売ブースを出店したが、主催者が放射線量を調べ、お客さんに安全をアピールしていた。県が検査したところ、福島の桃は何の問題もなかったが、県の安全宣言くらいでは消費者は納得しないのかと思った。県のサンプルの取り方はまだまだキメが粗く、自分の果樹園の放射線量を知り、お客さんに伝えなければとも思った。

8月末、「幸水」、「二十世紀」のサンプルをとり、客観性を確保するため、研究所など2カ所で測定してもらった。どれも国の基準値(1キロあたり500ベクレル)を大幅に下回っていた。検査結果は、段ボールに張り出した。が、「ほとんどのお客さんは福島産を応援するお年寄りで、数値は気にしてねえなあ」。安斎さんは苦笑する。

約1.5ヘクタールの果樹園で桃、梨、リンゴを40年以上育ててきた3代目だ。9月上旬にシーズンを迎える梨狩りのお客さんはこの秋、10組だけで、客数、売り上げともに、10分の1に減った。後継ぎとして一緒に働いていた次男夫婦は5歳と2歳の子どもへの放射能の影響を心配し、北海道へ移住してしまった。

「家族がバラバラになってしまった。補償金はいらねえから、政府と東電は放射能を取り除いてもらいてえなあ」と口にした。(朝日　小川智)

このニュースを見て、安斎さんがものすごくかっこよく見えた　かっこいいなんて言葉はいけないのかな。ご家族はバラバラになり、その心の内を察すれば、見付ける言葉がありません　だけど、「セシウム26ベクレル」と段ボールに大きく書いてその前に胸を張って立つ安斎さんはやはり、かっこいい。素敵な人だ。そして、今まで真面目に、こんなにおいしそうな梨を丹精込めて作っていらしたこのような方がたの人生を一瞬にして壊してしまった原子力発電というもの　事故に対してさしたる反省も見せずに黒塗りの書類などを平気で出す東電　何が恐いのか、増税ばかり考えていて、本当に国民を救おうとしない政府　改めて強い怒りの気持ちと　絶望に近いむなしさを感じた　みんな楽しく happy がいい♪ブログより

喪中はがきにかえて

松田妙子
2011.11

十月二十四日、母が亡くなりました。ある程度覚悟はしていたものの、いざとなると体が如実に反応します。元々睡眠障害で摂食障害の私が、いよいよ「眠れない・食べられない」の極みに達し、目を閉じて横になっていても苦しいです。この不眠地獄の苦しみは、旅立った母がいまだ浄土へたどり着けず、中有をさまよう苦しみを私の体が受信しているのか、と思ったほど。

この季節になると、毎年何人かの友人・知人から喪中葉書が届きますが、これまでの私は、何と思慮の浅い人間だったのだろう、とも思います。人が亡くなることの重みを考えもせず、ただ「年賀状を出すべき人」と「出せない人」に事務的に振り分けるだけだったからです。

趣味も友人らしい友人もなく、何の劇的なこともない、平凡な専業主婦の一生でした。母の残した日記には、どの店で何円買い物をして、夕食のおかずは何だったか、ということしか書いてありませんでした。

私が、イラク戦争についての集会に出かけようとしている時、「今日のおかずは南瓜さん〜〜」と、歌うように言っていた母。あんたには世界の平和より南瓜の方が大事なのか、と、当時の私は内心馬鹿にしたものです。でもこんな、母のような「平凡な庶民」を抜きにして、何で世界平和が語れましょう。

認知症が進んでからの母は、幼い子どものようにいじらしく、可愛らしかったです。「おてでがいたい」などと自ら幼児語を使い、私が出かけようとすると玄関先までついて来て、「早う帰って来てなー」と、不安そうに言っていた母。私は、幼い子を置いて働きに出るワーキング・マザーになったような気分を味わったものです。

おばあさんになっても丸々と肥えて、幼児のように丸い額と頬を持っていた母が、最期には骨の上に皮がのっているだけの、骸骨のような姿になりました。その死に顔に、葬儀社の人が、真赤な口紅と頬紅を塗りたくった死化粧が、まるでピエロのようでした。出棺に際しての「最後のお別れ」の時、私は泣いてお棺の中にハナミズをこぼし、葬儀社の人に見つかって、オコられました。そんな、こっけいで哀れな、母の死。

先月号に「森永ヒ素ミルク事件」と母との関わりを書いたのも、何かの縁だったのでしょうか。幼い頃聞かされた、森永のミルクにまつわる母の「昔話」を、なぜ私がああもはっきり覚えていたのか。病める赤子の私を背負って、遠い街へと電車に揺られている、若き日の母。自分では覚えていないはずのその場面が、ありありと浮かぶ気がするのも、あれが母と私をつなぐ最大のきずなであったように感じるから。「お母ちゃんは私が死にそうになった時、私を背負って遠くのお医者さんまで行ってくれたんや」。母に愛されていないと思いこんで育った私ですが、そのことだけは、心の奥に大切にしまっておきたかったのです。

「眠れない・食べられない」が高じて、もう濃い味のものは受けつけなくなった私が、ミルクに食パンをひたしたものだけは口にすることができます。きっとそれが、私にとって最も優しい、最も懐かしい味なのでしょう。ああ、永遠のミルク！

すみません。今回は母に関するとりとめのない思いを記すことで精一杯です。神経が極度に張りつめていて、もう薬も効かないのに、まとまった文章を仕上げるほどの気力は充実していません。
ただ、光円寺報にも何度か、母のことを書かせていただきましたので、この場を借りて皆さんにお知らせします。私の母、満智子は八十二才で永眠いたしました。どうということもない平凡な、ささやかな人生でした。ささやかに生きて、ひっそりと死にました。母が生きていたことを知っていて下さった方々、ありがとうございました。

２０１１・１０・９・９：３０ＰＭ

白骨の御文

蓮如上人

それ、人間の浮生なる相をつらつら観ずるに　おおよそはかなきものは　この世の始中終　まぼろしのごとくなる一期なり　されば　いまだ万歳の人身をうけたりという事をきかず　一生すぎやすし　いまにいたりてたれか百年の形体をたもつべきや　我やさき　人やさき　きょうともしらず　あすともしらず　おくれさきだつ人は　もとのしずく　すえの露よりもしげしといえり
されば朝には紅顔ありて夕べには白骨となれる身なり　すでに無常の風きたりぬれば　すなわちふたつのまなこたちまちにとじ　ひとつのいきながくたえぬれば　紅顔むなしく変じて　桃李のよそおいをうしないぬるときは　六親眷属あつまりてなげきかなしめども　更にその甲斐あるべからず　さてしもあるべき事ならねばとて　野外におくりて夜半のけぶりとなしはてぬれば　ただ白骨のみぞのこれり　あわれというも中々おろかなり
されば　人間のはかなき事は　老少不定のさかいなれば　たれの人もはやく後生の一大事を心にかけて　阿弥陀仏をふかくたのみまいらせて　念仏もうすべきものなり　あなかしこ、あなかしこ

松田満智子さまからの私たちへの法施として、白骨の御文を掲載させていただきました

鎌仲ひとみさんお話２０１１，１０，１　高砂

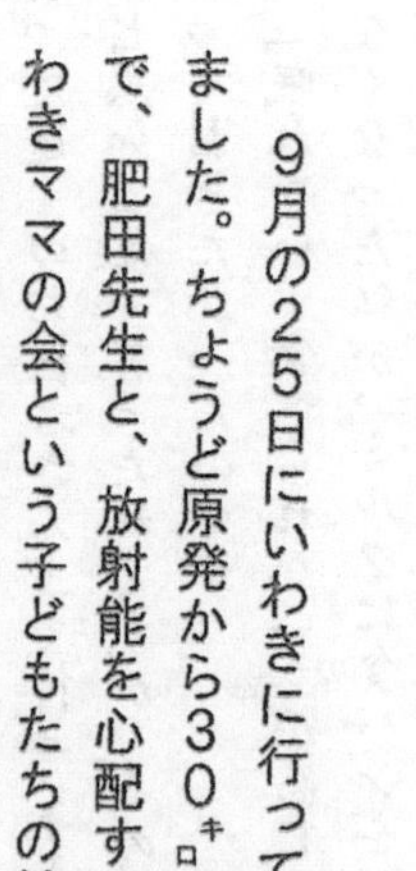

9月の25日にいわきに行ってきました。ちょうど原発から30㌔の所で、肥田先生と、放射能を心配するいわきママの会という子どもたちの健康を心配するお母さんたちの会が呼んでくれました。
いわきの人たちは、自分たちは国に捨てられたと。見えない柵を建てられて、その中にお前たちはそこにいろと、でも助けてくれない。そこにいればものすごく被曝するし、病気になる可能性があるとわかっているけれども、じゃどこに行ったらいいのか。線を引いてここから中の人は、避難のお金を出すけれど、ここから外は出さない。たった一本の線で分けられて、でもその線をまたいだら放射線の値が違うかというとそんな変わらないのです。自分たちは国にも捨てられたし、福島の人たちはそこで被曝しながら生きろと…、ものすごく見捨てられた感じがするということを言っていて、そういう福島の人たちの思いがまだ日本のいろんな地域にまだ伝わりきっていないと思います。それを伝える仕事というのがメディアにはあるし、そこに助けを必要としている、あるいはつながりを必要としている人たちがいるのですから、日本の被災しなかった日本の他の地域の人たちがつながって、今助け合わなければ、私たちは福島の人たちをただ見捨てているということになると思うんですね。
イラクへ行っていたときに、薬が欲しいのに、薬があればこども治療できるのに、そしたらこどものいのちが助かるかもしれないのに、それなのに薬がないと苦しんでいたお母さんたちは、まるで世界中がイラクの子どもなんか死んでしまえばいいんだ、

短い冬の日

松田妙子

2011.12

母が死ぬ直前、私は「源氏物語」を読んでいました。きっかけは、東日本大震災です。日本の古典文学にも、当時の天災地変が多く表されていると、聞いたから。原文ではまどろっこしいので、谷崎潤一郎訳で読んだのですが、現代語に訳してもなお、鵺（ぬえ）のようなとらえどころのない文章には悩まされました。当時の貴族社会の階級意識や、奔放な恋愛生活にも、ついていけないものを感じることが多かったです。

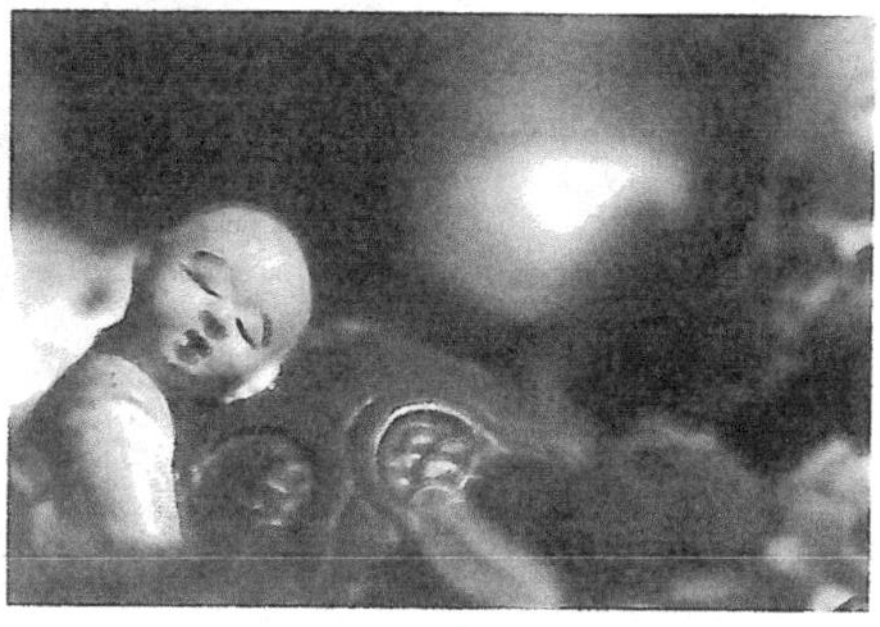

ただ、彼らの心を広く覆っていた無常感というものには、共感しました。まだ若い盛りの青年たちでさえ、「自分が明日生きているのかどうかもわからぬほど、この世は定めなきもの」という意識を強く持っています。医学も科学技術も発達していなかった時代、「死」や「滅び」は絶えず身近にあったでしょう。その感じが、私の心にはスッと入ってきたのです。老いて病み呆けた親を抱え、自分の健康不安も増大するばかり、そしてテレビの「緊急地震速報」に脅える毎日であってみれば。

「源氏物語」は、千年も前に書かれた小説ですが、千年もの間読み継がれるとは、作者の紫式部も予想していなかったでしょう。というより、その後千年も人類が存続するとさえ、思っていなかったかもしれません。「末の世」といった表現が作中に多く出てきますから、千年も前に、人はもう末の世だと思っていたわけです。人類は、いつ滅びるかもしれぬという危惧を抱き続けながら、ホモ・サピエンスの時代を営々と築いてきたのです。「3・11」以降、その危惧は一段と現実味を帯びてきた、と感じたのは、私だけではないでしょう。

その不安の中で肉親と死別し、自分の健康にも自信が持てない五十代ともなれば、自分と「死」との距離はどんどん縮まって、私ももう「晩年」に入ったのか、という気がします。これまでは、自分より若い人をうらやんでばかりいた私が、自分より年長の人をうらやましく感じることも増えました。

私の命はいつまでも保つか定かではないのに、その人々は、現時点では確実に私よりは長く生きているからです。でも、私たち大人は今、そうした思いを、放射能で汚染された地域の子どもたちに、味わわせているのではないでしょうか？

・・・と考えると、この千年の間、一体人類は何をしてきたのだろう、という思いにとらわれます。病気や災害を祟りや物の怪の仕業と考え、一心不乱に祈祷する他なかった時代から、人類はどれだけ成長したというのか。科学や文化を発達させてきたのも、結局は「より長く、より快適に生きたい」という欲望に突き動かされてきたからではないのか？確かに、千年前と比べて人間の平均寿命は延びたし、暮らしも便利になったけど、代わりに千年前にはなかった新しい形の苦しみも増えました。原子力災害は言うに及ばず、高齢化や情報化した社会に伴う痛みなど。そして、誰も、不老不死を手に入れた人はいません。

「されば　いまだ万歳の人身をうけたりという事を聞かず」「朝には紅顔ありて夕べには白骨となれる身なり」――由美子さんが、先月の私の文章に添えて下さった、「白骨の御文」が身にしみます。

私が見た、生きている母の最後の顔、私が聞いた最後の言葉、それらは私の心の中にありありと残っています。でもそれは私の中にだけあるもので、他の誰とも共有できないのだ、と知りました。自分の悲しみは自分で癒すしかないのだと。誰も私の悲しみを悲しめなしし、私も、他の誰の悲しみをも悲しむことはできません。私たちは、一人一人違うのだから。

そんな時、同じ悲しみを悲しんで下さるのが仏さまなのだろうか。一人一人違う私たちの、一人一人違う痛みや苦しみを、我が身に引き受けて下さるのだろうか。仏さまとは何なのか、念仏申すとはどういうことなのか、どうなれば救われたと言えるのか、まだまだ私にはわかりません。ただ・・・。

母の死後、葬儀や法事などの諸用から、実家に父や姉たちと集まって、語り合う機会が増えました。私が小さい頃は七人家族だったのが、一人去り、二人去りして今、残された父と姉と私の三人で、昔話をしています。それもまた、昔話になるのだということを、私は知っています。すべては過ぎゆくものであり、私たちもまた、去らなければならない運命にあるのだから。それもまた、いいかもしれない。こうやって年を取っていくのも、悪くはないかもしれない。短い冬の日の、束の間の陽だまりのようなひととき。

2011・12・13・　8：30PM

Bookより
③白濁したり、透き通ったり、人によってさまざま…
臭かったら…失敗！
酸っぱい匂いと味…成功！
④乳酸菌液を噴霧器に入れ密室でスプレーし、肺いっぱいに吸いこむ。
⑤翌日、放射性物質がタンになって出るぞ！
ペッ！

米のとぎ汁乳酸菌液の作り方
①米のとぎ汁（最初のもの）をペットボトルにあふれるくらい入れ、フタをしっかりしめる。
このときペットボトルに空気が入ると失敗率UP！
②一週間ねかせる。
（乳酸菌などが増える。）

「放射能生活の注意事項」一億人のために　船瀬俊介

① 米のとぎ汁乳酸菌が放射能を食べつくす

マクロファージとしての乳酸菌が肺の中に飛び込んだ放射線物質も食べてくれる。乳酸菌は、放射能にはかなり強く、しかも放射性物質をバリバリ食べる。

あなたの知らない
乳酸菌力

乳酸菌の底知れぬパワー…整腸作用、免疫力アップ、アレルギー症状の緩和、虫歯、歯周病をぐ、ピロリ菌を退治る等、後藤利夫医師による、乳酸菌の詳しい効能が書かれています。

祈りと願いは誰のため

松田妙子

初夢に、母が出てきました。私は夢の中で、「お母さんは死んだんやから、これは夢や」と母に言いました。夢の中の母は、ちょと困ったような顔をしていました。浜田廣介の童話「むく鳥の夢」を思わせるような、切ない初夢でした。

喪中でも、かなりの数の年賀状が届きました。東日本大震災にことよせて、「おめでとう」という言葉を避けた葉書も多かったです。私たちはみんなつながっているから、誰かが悲しい思いをしていると、自分もつらいんだ、と、ある人が本の中で発言しているのを読んで、納得しました。

大みそかの紅白歌合戦でも、被災地の人々を励ますような歌が多く歌われたそうですね。私がもし、東北の人々にリクエストするならこれ、と思っている歌があります。「大漁歌いこみ」というのでしょうか、「エンヤートット」の駆け声と共に歌われる民謡です。「〽松島の、サヨ瑞巌寺ほどの寺もないとエー／アレハエーエットソーリャ、大漁だエー」・・・・・・・。

都が京都にあった頃、東日本、それも東北ともなれば、未開の野蛮な土地として蔑まれていたでしょう。それでも、「おらが国サの瑞巌寺ほどの立派な寺は、京のみやこにもあるまいて」と、高らかに歌い上げる、東北人の心意気。冬の東北の海での漁は、どんなにか厳しく辛かっただろう。大漁だ豊作だと言ってくる民謡は多いけれども、実際には、大漁でも豊作でもなかったことの方が多かっただろう。だからこそ、切なる祈りをこめて歌い継がれてきた、貧しい庶民の労働歌。そんなことを勝手に想像して、一人で口ずさんでは泣ける歌です。

私なら、これを東北の人々に贈りたいと思うのです。人間にとっての大漁は、魚にとっての受難だということも、心に留めおきながら。

それと、阪神淡路大震災の時、私たちもこうやって、全国の人々に心配してもらったんだなあってこと、今頃ようやくわかりました。渦中にある時は、そんなこと考える余裕もなかったです。きっと今の東北や関東にも、私たちの祈りや願いに気づけないほど、深く深く傷ついた人々が、まだまだたくさんいるのだろうと思います。

家では極力電気を使うまいと、少しでも暖い所を求めて、公共の施設を渡り歩いてます。夜は八時頃、ようやく帰宅することを自分に許し、吐く息の白い部屋で、ダルマのように着ぶくれて机に向かっています。東北の人々の置かれている厳しい状況や、原発のことを考えると、家でガンガン暖房をつける気にはならないんです。これってただの自己満?つっか、自分、全然満足してないんっスけど。って、自分にツッコミ入れたところで、寒いのはどうにもならんっつーの!

寒いのは大嫌いだけど、冬が寒くないのも不気味なので、冬が過ぎるまで、ただもう毎日を辛うじてやり過ごしてるって感じ。こんなネガティブな生き方じゃだめだ、もっと冬を積極的に楽しまなくちゃ、人生の貴重な時間を無駄遣いしているだけだ、とは思うんですけどね。子どもの頃は、今より寒かったはずだけど（地球も今ほど温暖化してなかったし）、冬には冬の楽しみを見つけていました。どんどんそれができなくなっていくのが、年を取るってことなんだな・・・・。

などと考えてる所へ、また深夜に怖い地震。ただでさえ寒いのにまいってるのにっ。そりゃ、阪神淡路大震災も真冬に起こったけど、あの時は今より十七年若かったわけだし。今はもっとリスク増えてるぞッ!

怖いことがあるたびに、もう死んじゃった人は、こんな怖い思いをしなくてすむんだな、と思います。つまりは、怖かったり寒かったり辛かったりするのが、生きていくってことなのかな。信仰を持てば、それが軽減されるんだろうか?うーん、まだよくわからない。とにかく私は、毎日怖くて寒くて辛いぞっ!

と思っていて、ふと気づきました。東北や関東の人々に言及するまでもない。私自身が、私へ向けられた祈りや願いに気づいてないんじゃないか?怖くて寒くて辛い所に心が張りついていて、気づけなかった大切なこと。喪中にもかかわらず、年賀状や手紙を下さった方々の心。

そしてもう一つ。この私に向けられた、仏さまの願い。私が仏さまに祈ったり願ったりするんじゃなくて、仏さまの方が、私に祈り、願って下さっているんじゃないか?

怖くて寒くて辛い日々の中で、そんなことを考えています。

2012、1、13、12:30PM*

3・11を心に刻んで　岩波文庫HP

人間は決してあのように死んではならない(石原吉郎「確認されない死のなかで」『望郷と海』ちくま学芸文庫)

ねえ、サフィーヤ、祖国とは何か、君は知っているかい。祖国とは、このようなことが決して起きないということなのだよ(ガッサーン・カナファーニー『ハイファーに戻って』)

三年前の一二月、突如始まったイスラエルのガザ攻撃。封鎖されたガザに閉じ込められた人々の頭上に、空から海から陸から、ミサイルと砲弾の雨が二二日間にわたり降り注いだ。救急医療者も狙い撃ちにされた。何十名もの救急医療者が次々と殺される中、それでも彼らは人命救助を止めなかった。第二次インティファーダの時もそうだった。パレスチナ人にはテロの文化的遺伝子があるのだ、命を大切に思う気持ちがないのだとイスラエルでまことしやかに囁かれていた頃、彼らは、他者の命を救うために自らを犠牲にしていたのだった。いや、負傷者を助けるためだけではない。

彼らは、爆撃で亡くなった者たちの遺体を回収するさなかにも殺されていた。空爆下のガザから日々発信されたある大学教授の一連のメールには、爆撃の継続のため回収できずに野原に、瓦礫の下に放置された遺体の記述が随所に登場する。死者を適切に弔うことはあらゆる文化、社会に普遍的なことだが、とりわけイスラームにおいては、遺体が戸外に放置されるなど人間として許すまじきこととされる。痛ましい死であればなお、死者は手厚く弔われなければならない、その尊厳を回復しなければならない。その亡骸がたとえ一日であれ野ざらしにされるなど、あってはならないのだ。

シベリアに抑留され、収容所でこと切れた仲間の遺体——冷たく固く凍りついたそれ——を、掘った穴に次々と投げいれながら——それが弔いだった——詩人の石原吉郎はのちに、人間とは決してあのように死んではならないと書いた。

今、想う。避難区域に指定された

戦争を知らない大人たち

松田妙子

2012.2

深夜に地震があった時、とっさにラジオをつけて以来、時々ラジオの深夜放送を聴くようになりました。ある晩、マラソン走者の君原健二さんがゲスト出演され、東京オリンピックの話をされました。東京オリンピックの男子マラソンの話となると、円谷幸吉選手のことに触れないわけにはいきません。「王者」アベベに次いで二位を守っていながら、最後の最後にイギリスの選手に追い抜かれた、あの劇的な場面。その屈辱をバネに、次のオリンピックこそは、と期待されながら、ついに「もう走れません」という遺書を残して、自ら命を絶った円谷選手。

彼のことを思うと、涙がこぼれます。母が、東京オリンピックのファンファーレを、「何や、物哀しい音楽やなあ」と言っていたのも思い出されます。そうか、東京オリンピックって、物哀しいんだ……。日本中が熱狂したあの大会は、単なるスポーツの祭典ではなかった。昭和三十九年というあの時代、みんなが「国」を背負っていた……。

日本の敗戦から十九年。それは、子どもだった私には、途方もなく長い歳月のように思えていました。でも、今ならわかります。今年は、阪神淡路大震災から十七年目。震災を体験した私たちにとっては、十七年経ってもいまだ生々しい記憶です。ならば、敗戦から十九年目のあの年に、日本人の多くが生々しい戦争の傷跡を引きずっていなかったと、どうして言えましょう。

だからこそ、「東洋初」のオリンピックは、国家の威信を賭けた一大プロジェクトであり、円谷選手も日本という国家を背負わされ、ついにその重圧に押しつぶされてしまったのでしょう。「国立競技場で、国民の目の前で負けたことが、彼には耐えられなかったのです」と君原さんは話されました。その円谷選手に、戦争に駆り出されて死んでいった若者たちの姿が重なり、改めて、あの戦争について考えさせられます。そして「あの戦争」について考えることは、「3・11以降の日本」について考えることと、重なってゆくのです

七十年近くも前の時代の雰囲気が、今の社会の空気と酷似していることは、日本に住む多くの人々が感じているのでしょう。「疎開」「国難」など、当時と現在を結ぶキーワードは、多々あります。今私が実感しているのは、この厳冬期に張られる節電キャンペーンと、戦時下の耐乏生活との相似です。「記録的な寒さ」や豪雪の被害が各地で報じられる中、何かにじっと耐えているような生活を続けざるを得ない私たちは、まるで「欲しがりません勝つまでは」の時代に生きているかのような気分にさせられます。でも、人間同士の戦争ならば、いつかは勝敗が決まるけど、自然を相手の戦いには、果てはないのです。それを忘れかけていたのが、3・11以前の多くの人々の姿だったのでしょう。

そして今、いつ果てるとも知れぬ自然の猛威との戦いに、人々は必死で工夫を凝らしています。例えば、古い型の電化製品を、新しい省エネ型の製品に買い換えて節電しようという動き。しかし、まだ使える製品をどんどん廃棄して、次々と新しい製品を生産してそれに乗り換えるのが、果たしてどれだけエコになるのか、私は疑問に感じます。「経済の活性化」のためにそれが必要だというのなら、そんな社会自体が変だと思います。きっと今の私たちも、後世の人間から見れば笑止千万なことに、あたふたしているのでしょう。戦争中、兵器製造のための金属が不足しているとて、お寺の鐘まで「金属供出」されたことを笑う資格は、私たちにはありません。

私が生まれた時には戦争は終わっていたので、戦争なんて遥か大昔のことのように感じていました。でも、私が生まれた年は、「原爆の子の像」のモデルとなった、佐々木禎子さんが亡くなった年なので

す。何だ、まだそんな時代だったのか・・・・・。

これは、五十年以上生きてきて、やっとわかった感覚です。

阪神淡路大震災を知らない今の子どもたちも、いつかは、今の私と同じような感慨にとらわれる日が来るのでしょう。そして、東日本大震災を知らない、未来の子どもたちもまた・・・・。いえ、今の危機的状況を考えると、現在及び未来の子どもたちが、無事に大人になれるという保証は、どこにもないのです。

私が子どもの頃、「戦争を知らない子どもたち」という歌がはやりました。その「子どもたち」も、とうに中高年を迎えた今。寒い季節に亡くなる人は多いということを、他人事として聞いていた私も、年を取るということは、一歩一歩近づく死の足音を聞くことなのだ、と実感しています。かつての「戦争を知らない子どもたち」も、そんなに年老いたのだと感じながら、「戦争を知らない大人たち」、でも「震災を知っている大人たち」の私たちに求められているのは何か。歴史に問われている気がするのです。

２０１２、２、１２、２:３０ＰＭ＊

石巻のカーネーション

石巻のとっても大変な農家さんの花を買ってもらえませんか?いつも東北震災支援をされている森本佳代子さんからの連絡があった。配達するとのことで待っていると、晩になって最後の場所とのことでお話をゆっくり聞かせてもらった。

石巻は津波被害のひどかった場所で、そのおうちは、家ごと、お父さん、4人兄弟の一番上のお兄さんが亡くなられた。お母さんは震災前に癌で余命3ケ月と診断されていた。高台の畑、花を作っていたガラスハウスが無事だった。病院のお母さんに聞きながら20、18、11の息子たちは花を作り続けた。その間に行方不明だった父と兄の遺体が見つかった。もうすでにお骨になって、DNAの鑑定等で身元がわかったのだ。そうして暮れには、頑張って生きてくれたお母さんが亡くなってしまった。その頃森本さんが兄弟と知り合って、親戚もない兄弟の葬儀等の援助をされた。寒い地域では冬にはガラスハウスの灯油代がかかるので、みんな花を切って売ってしまうのだが、兄弟は知らずずっと暖房し続けたので、大変な支払い、お母さんの入院費の支払い、仮説へ移ってからの生活費、貯金も保険もどこかにあるのかもしれないが引き出せない。森本さんたちはとにかくお金を作るために花を切って関西に帰り森本さんがお金にする。畑も隣人に買ってもらい月々少しずつ払ってもらうのを生活費に当てることに。いろいろ段取りして帰る途中仲間から連絡、兄弟が自殺を図ったと・・・。すぐ飛んで帰り、抱きしめた。支えがいる。

そうして光円寺に来た石巻のカーネーション。赤く赤く黒いほど赤く、深く花びらが重なっている。ガラスハウスから切り出され、ぎゅっとしぼんでいるようだった。暖かくなれば立派に開くだろう。赤い、赤い、カーネーション。

森本さんは阪神淡路大震災で九死に一生を得て人生が変わってしまった。トラックの運転中こどもに授乳しようと停車した間に地震。目の前で阪神高速が倒れた。そのまま行っていたら自分たちも死んでいた。本当なら死んでいたはずなのに、ちょっとしたことで死なずに済んだ。いのちを助けられた。目の前には亡くなったいのち。全てを援助に回して、依頼17年ずっと震災支援に全国を駆け回っている。東北への支援も4月には大型トラックに布団やストーブの支援物資を満載、実家で作っている花を3万本持って石巻へ行った。そのころは連日捜索された遺体が海から上がってくる毎日で、火葬もできずビニールに包んで集団土葬だった。一年後に掘り返し火葬するのだという。あまりに亡くなった人が気の毒で、森本さんは傷んだご遺体を花できれいに拭いた。海からの遺体はなぜか何一つ身につけてはいないそうだ。ビニールの中を棺のように花でいっぱいにした。毎日毎日。・・・そんなこと思いもしなかった。亡くなった方に寄り添い、助かった人に寄り添い、その時にかけがえのないことを実行する。こんなことをする人がいたんだ。

森本さんはお花やひばや槙等「買う」(カンパへのお礼)ことで支援してくれる人を求めている。時には黒豆の枝豆やイチゴジャムなどもある。神戸で被災した人が作っておられるとのこと。

三月十一日の私

松田妙子

三月号の光円寺のエッセイ、「日本人の誇りとナショナリズム」について書き始めて、私の手には余る問題だ、と苦心しているうちに、三月十一日が過ぎてしまいました。夜、原稿に向かっても、続きを書く気になれません。「3・11」の重さに圧倒されて、他のことに頭が回らないのです。だから今回は、三月十一日の私について、ちょこっと書くだけにします。

かねてよりいろんな方面から誘いを受けていた、大阪・中之島での大規模な反原発デモに参加しました。往路の電車の中で、隣に座った二人連れの婦人の様子から、私と同じ目的地を目指す人だと直感。思い切って声を掛けて、三人で梅田から中之島まで歩いて行きました。広場を埋め尽くす人々の群れの中に、私の見知った顔が幾つもありました。寒風吹きすさぶ中での集会、午後二時四十六分の黙祷。そして時折冷たい雨の降る中を、御堂筋を南へ、一時間半ほどかけてデモ行進。途中、「北御堂」「南御堂」と書かれた大きな看板のある二つのお寺を通り過ぎ、「ああ、それで御堂筋と呼ぶのか」と、初めて知りました。東本願寺の別院ということで、「南御堂」には、「今、いのちがあなたを生きている」の、見慣れた言葉が。ちょっとくすぐったいような気分になりました。

何人もの知人と言葉をかわしながら、神戸まで帰って来て、ホームセンターに立ち寄りました。出がけに懐中電灯がつかなくなっているのに気づいて、不安だったからです。とりあえず電池を買いましたが、本体の故障かもしれないから、新らしい懐中電灯を見てみようとして、見当たりません。店員に訊いて、やっと二階の、一番奥まった場所で見つけました。どうしてもっと手近な、目立つ所に置いておかないのだろう?きょうは三月十一日だというのに！いや、三月十一日だからといって、ことさらにレジの横などに「防災用品コーナー」を設けるのも、不謹慎かな、という気持ちと、この辺の人々は、もう「3・11」を忘れかけているんだろうか、というちょっと悲しい気持ち。

ううん、忘れたわけではないだろう。でもきっと、忘れたいのだ。あまりに恐ろしい記憶にとらわれ続けるのは、辛いから。日々の雑事を積み重ねて、「平常心」を取り戻したいのだ。でも、私たちはもう、「3・11以前の日本」には戻れない。それは、起こってしまったことだから。みんなが知っていて、忘れてはいけないと思う一方で、忘れてしまいたくて、そして一年が経ったのだ・・・・・。

帰宅してすぐ、姉から電話がありました。明日の父の胃の検査の付き添いについての相談。そう、父が胃癌の手術をしてから一年目でもあるのです。あの時は、父と母が別々の病院に入院していて、その見舞いだけでも大変でした。東日本大震災発生の報は、母の入院先の病院で受けました。その母ももういません。時はゆるゆると流れて行きます。傷ついた私たちの上を。

アパートの集合郵便受けに、見慣れぬ人の名前が貼ってあるのを見て、新しい人が入ったのかと思い、三月は移動の季節でもあったのだと気づきました。私が住んで、いるのはワンルームのアパートなので、住んでいるのは一人暮らしのお年寄りか、学生です。新しくこの近くの大学に入学する学生さんが、引っ越してきたようです。ここにも時は流れています。

「3・11」以降の一年を、皆はどう過ごしたのでしょう。去ったいのちがあり、新しく来たいのちがあり・・・・・・・。一年目の三月十一日、御堂のある御堂筋を歩きながら反原発を叫ぶデモの途中に見た、「今、いのちがあなたを生きている」の文字が、私に何かを語りかけているようです。

２０１２、３，１３、１：３０ＰＭ＊

続・月の名を持つホールにて

松田妙子

六月号にルナホールで開かれる集会で、作家で社会運動家のA・Kさんをゲストに迎えることになり、私もその前座で紙芝居を披露するので、予備知識を得るため、A・Kさんの著書を読んでみました。すると猛烈な不快に襲われ、あまりに辛いので周囲の人に訴えてみましたが、私がなぜそんなに苦しむのか、誰も理解できないようでした。

自分と同じ種類の人間というものは、本能的に嗅ぎ分けられるものです。私はA・Kさんにその臭いを感じ、でもすっかり彼女に共感してしまうには、生まれ育った時代が違いすぎるという事実の壁に愕然としました。A・Kさんは私より二十才も年下なのです。

A・Kさんが繰り返し訴える「生きづらさ」は、私にもなじみふかいもの。でも私は、ニートやメンヘル、ひきこもりといった言葉もなく、摂食障害という病名も与えられなかった時代を、誰にも理解されず、たった一人で闘わねばならなかったのに。症状でさえ、自分で「発明」せねばならなかったのに。私たちが未開のジャングルを、血みどろになって切り拓いて来た道を、後からゾロゾロとついて来る連中がいる。くそっ!

私がA・Kさんの存在を最初に知ったのは、数年前の光円寺報紙上です。あの時も私は、彼女の言う「生きづらさ」に自分と共通するものを感じ、それを社会のせいだと主張しているA・Kさんに強い反発を感じました。思わず光円寺さん宛に怒りの手紙を書き送ったほど。それくらい、A・Kさんの存在は最初からインパクトがあったのです。

私なんか、そんな風に他に責任を転嫁することも許されず、全て自分で引き受けねばならなかったのに。どんなバイトをしてもすぐにクビになるのは、社会に適応できないお前が最低の人間だからだ、と罵倒され続けてきたのに。のに、のに、のに!!

やれリストカットしたの、向精神薬の飲みすぎで胃洗浄を受けただの、そんな「傷」をこの人は勲章のように幾つもぶら下げて、見せびらかしている。それを売り物にして、世間でもてはやされている。私にはそう見えるのです。そして、そんなことが「売り物」になる時代に生まれ合わせなかったことに、地団駄を踏むのです。なぜなら、私はとても自己顕示欲が強い人間だから。絶えず「私を見て!私をわかって!」という光線をギラギラ発して、他人の関心を引きたくてたまらないから。自分を可哀想に見せて、同情だって引きたいから。いつも考えていて、それを表現して人に伝えたくてたまらないから。A・Kさんにも同じものを感じます。なのに彼女の方が私より遥かに他人の関心を引くことに成功しているから(つまり世間的な知名度が高いから)、悔しいです。

私にとってA・Kさんの存在は、歪んだ鏡のようなもの。そこには私によく似た、でも私ではない人間が映っています。歪んだ鏡だから、とても醜いのです。それをのぞきこむたび、私は私自身の醜さと対峙させられます。

問題はA・Kさん本人にあるのではなく、私の方にあることもわかっているつもりです。それが、私がもう若くないことに気づいたところにあるのだということも。思春期で発病した私は、思春期の心のまま、何十年も冷凍保存されていたようなもの。やっと「雪解け」になり、さあこれからが人生の春だと思った途端、人生の暦はもう秋になっていることに気づいたのです。だ

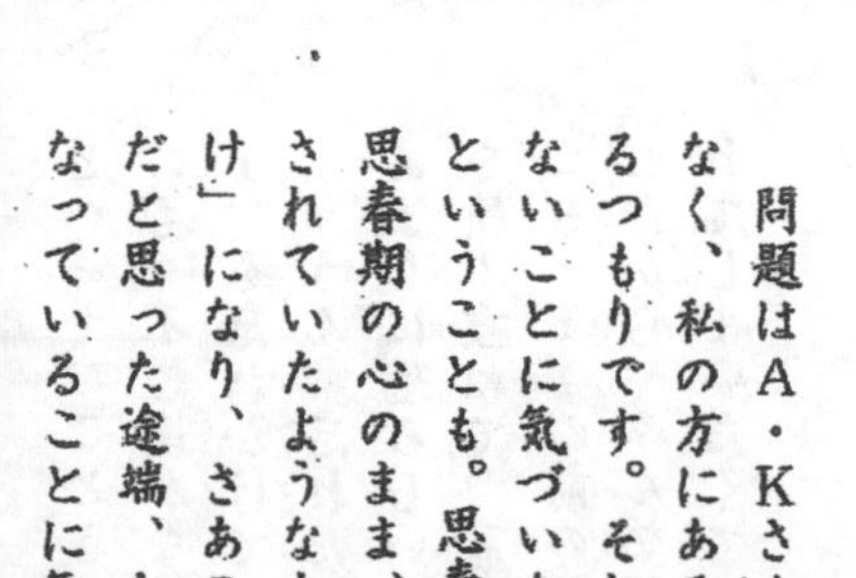

山の家　スーパームーン

から私はこれを「心の更年期」と考えます。このどろどろした醜い感情とも、当分つきあっていかねばならないでしょう。だって思春期も、不安定な、やりきれない状態が長く続いたのです。子どもから大人になる時がそうであれば、その大人が「老い」の入口に入っていく時も、きっとそんな状態が持続するのだろう、と予測できるのです。

私が二十世紀の半ばに生まれ、Λ・Kさんがその二十年後に生まれたという事実は、変えられないもの。そう思った時、摂食障害の自助グループでいつも唱えられる「平安の祈り」を思い出しました。

――「神様、私にお与え下さい。変えられないものを受け入れる落着きを。変えられるものは、変える勇気を。そしてその二つを見分ける賢さを。」――私は幾度となくこれを口にしていながら、この言葉を本当に受けとめてはいなかったのではないか。もしかしてA・Kさん、これに気づかせるために、私の前に立ち現れたのかも。そして、その端緒を与えてくれた光円寺報に、今私がこんな文章を書いていることの不思議。

A・Kさんの書かれたものを読むと、良くも悪くも、この人はまだとても若いのだ。と思わされます。私はかつて、「若い人たちに、"年を取るのも悪くないな"と思ってもらえるような、カッコいい年寄りになりたい」と思っていました。今、老いの入口に立ってみると、めちゃくちゃカッコ悪いです。でも、変えられないものを受け入れ、変えられるものを変える勇気。その言葉を胸に刻んで、さあ、六月にΛ・Kさんと同じ舞台に立った時、私は何を言うのでしょう。月の名を持つホールにて。

2012、5、11、4：15PM*

*松田さんのオリジナル紙芝居、トークのある芦屋九条の会雨宮処凛講演、芦屋ルナホール のチケット光円寺にあり。差し上げます。

復興に向けて 首長に聞く

【伊達勝身・岩泉町長】2.29 朝日D

「現地からは納得できないこと多い」

被災した小本地区の移転先は、駅周辺を候補に用地交渉をしている。近くに三陸沿岸道のインターがあり、交通の要衝だ。昨年11月、用地買収に向けて価格設定をしようとしたが、国から待ったがかかった。沿岸道の用地買収に影響するという。県もバラバラに進めると混乱するという。そんな調整で2カ月遅れた。被災者には申し訳ない。

現場からは納得できないことが多々ある。がれき処理もそうだ。あと2年で片付けるという政府の公約が危ぶまれているというが、無理して早く片付けなくてはいけないんだろうか。山にしておいて10年、20年かけて片付けた方が地元に金が落ち、雇用も発生する。

もともと使ってない土地がいっぱいあり、処理されなくても困らないのに、税金を青天井に使って全国に運び出す必要がどこにあるのか。

4月1日付で役場に復興課を新設する。被災者支援から復興まちづくりの窓口にする。小本支所を含め正職員だけで8人の態勢だ。6月には三陸鉄道小本駅の観光センターを取り壊し、避難ビルや集会所、支所を置く複合ビルにする工事を発注する。

2010年7月の事故以来不通になったJR岩泉線は、観光路線化して復旧させることを真剣に考えたい。人口が減る地元だけで利用運動をしても無理がある。(略)どう残すか、知恵を絞らなければいけない時がきた。

東日本大震災：播磨町にがれき「ノー」

市民団体が要望／5・9毎日

東日本大震災のがれき広域処理の危険性を訴える市民団体「子どもたちの未来と環境を考える会ひょうご東はりま支部（宮崎やゆみ代表）」が8日、播磨町にがれきを受け入れないよう要望した。文書で、がれきは、アスベストやPCBなど有害物質のほか放射性物質を含む、として「ノー」を求めた。町は、近畿の廃棄物埋め立て計画「大阪湾フェニックス」の基地の一つ。町は11日期限の県への文書回答を「検討中」としたといい、毎日新聞の取材に「町民の安全が第一。お金や設備などの条件提示で判断はしません」とした。

たえこが越えた

松田妙子

先月号に私が書いたA・Kさん、誰のことなのかはバレバレですね。ファンの方、すみませんでした。さてそのルナホールでの集会当日。私が紙芝居とトークをやって退場した後、A・Kさんが登場。私は客席で見ていたのですが、それまで心にあったわだかまりが、急速に薄れゆくのを感じました。それまでは、「A・KさんはA・Kさん、あなたはあなたでしょ」と人に言われても、何だか納得できなかったのです。それが、客席から舞台上でライトを浴びているA・Kさんを見上げていると、「この人と私とは全然別の人。歪んだ鏡なんかじゃなく、A・KさんはA・Kさん、私は私なんだ」って、素直に思えたのです。

それまでは、私はA・Kさんに自分の居場所を奪われるような不安を感じていたのです。それは私に、自分より年下の人に嫉妬する心ぐせがあるからです。私が二才の時生まれた弟に、親の愛も何もかも奪われてしまった、というトラウマが原点です。私は齢二年にして、「私はもう年を取りすぎてしまった。後から来る者に何もかも奪われるのだ」と思いこみ、それをずっと引きずって何十年も生きてきたのです。

A・Kさんに「自分と同じ種類の人間」の臭いをかぎつければ、その嫉妬はよけい高まります。同じように「生きづらさ」を抱え、試行錯誤してきても、彼女のやることの方がずっと派手で人目を引く、私が長年の苦闘の末、

ようやく社会運動の場で「表現者」として自分の居場所を確保したと思ったら、A・Kさんは同じフィールドで同じ「表現者」として、私を遥かに凌駕する活躍をしている。私の居場所なんか簡単に侵食されてしまう・・・・と感じたのです。

それが、いざルナホールの客席から本物のA・Kさんを見上げてみると、「この人と私とは全然別次元の人。変な競争心など起こす必要はない」と感じられたのです。その前に自分の出番をすませ、私は私なりに力一杯やった、という満足感を得られたのが良かったのでしょう。舞台上の私に、客席から由美子さんや華妙子さんから、素晴らしい花束や贈り物が手渡されたのも良かったです。私には私の役割があり、私の人間関係がある。それは決してA・Kさんにテリトリーを侵されるようなものではないんだ、と思うことができたのです。

初めて真近に見るA・Kさんは、私より二十才も若いだけあって、若い女性らしい華やぎがありました。年配者の多いこの会ではマドンナ扱いでしたが、実際、私の態度もアイドルタレントを取り巻くミーハーそのものでした。直接A・Kさんに話しかける勇気はなく、やっと言えたのは、「一緒に写真を撮って下さい」と、「握手して下さい」の二言だけでしたもん！

帰宅して、由美子さんに頂いた見事な花束をありあわせの瓶に生けてみて、ふと二十数年前のことを思い出しました。病院に入院していた私の所へ、ある晩両親が、大きな花束を持って訪れました。父の退職記念パーティの帰途に、立ち寄ってくれたのです。関係者からの父への慰労の花束は、そのまま私への見舞いの花束になりましたが、私は別に感激もしませんでした。当時の私は自分のことで頭が一杯で、長年勤め上げた職を辞す父の胸中や、それを支え続けた母の心に思いをいたすこともなかったのです。そ

のことが今、胸に痛い。だから私は、今回頂いた花束を、母の仏前に供えました。父にも母にも見てもらいたかったから。

Ａ・Ｋさんが二十五才の時著した自伝に、こういうくだりがあります。中学時代、不登校になった彼女を、両親は何とか学校へ行かせようと骨を折る。それについてＡ・Ｋさんは、「親は世間体と体裁しか考えていなかった」と書いています。私は、ああこの人はまだとても若いのだ、と思いました。若い頃は、親世代のことをそんな風にしか見られなかったりするものだ。でも今の私なら、親は親なりに、我が子のために良かれと思って必死だったんだということがわかる、と。とにかくこの「自伝」は、私にはとても辛かったです。自分が自分にしてきたことや、親にしてきたことを思い出すから。

３・１１の重さに負けない、「ほあんいんぜんいんあほ」の回文のような傑作を生み出す庶民のユーモア感覚にあやかって、私も回文を考えてみました。大飯原発再稼働に怒って、「おおいいかりのりかいいおお」「おおいやめやいおお」。被災瓦礫の広域処理問題に切れて「ガレキでキレが」いつまでも平和にならなくて「くらいイラク」。―――いやはや、私みたいなバカでなければ考えないような下らないダジャレです。Ａ・Ｋさんなら多分、こんなバカバカしいことは考えないだろうと思うと、私も「Ａ・Ｋさん病」を越えつつあるのかな、思います。「たえこがこえた」。妙子が越えた。何を？もしかしたら仏様しかご存知ないようなことを、いつの日か。

２０１２、６、２４、９：３０ＡＭ＊

日本を誇りにできる国、自慢できる国にしたい長野県中川村議会6月例会で曽我村長語った願い

＊一般質問通告

小・中学校の入学式や、卒業式の席で、村長は（壇上に上る際、降りる際に）国旗に礼をされていないように思います。このことについて村長のお考えをお聞きしたい。

＊答弁原稿

たいへんありがたい質問を頂戴しました。ご質問の件については、村民の皆さん方の中にも、いろいろ想像して様々に解釈しておられる方がおられるかもしれません。説明するよい機会を与えていただきました。感謝申し上げます。

私は、日本を誇りにできる国、自慢できる国にしたいと熱望しています。日本人だけではなく、世界中の人々から尊敬され、愛される国になって欲しい。

それはどのような国かというと、国民を大切にし、日本と外国の自然や文化を大切にし、外国の人々に対しても、貧困や搾取や抑圧や戦争や災害や病気などで苦しまないで済むように、できる限りの努力をする国です。海外の紛争・戦争に関しても、積極的に仲立ちをして、平和の維持・構築のために働く。災害への支援にも取り組む。

たとえて言えば、日の丸が、赤十字や赤新月とならぶ、赤日輪とでもいうようなイメージになれば、と思います。

世界中の人々から敬愛され信頼される国となることが、安全保障にも繋がります。

これは、私一人の個人的見解ではなく、既に55年以上も前から、日本国憲法の前文に謳われています。

日本国民は、恒久の平和を念願し、人間相互の関係を支配する崇高な理想を深く自覚するのであつて、平和を愛する諸国民の公正と信義に信頼して、われらの安全と生存を保持しようと決意した。われらは、平和を維持し、専制と隷従、圧迫と偏狭を地上から永遠に除去しようと努めてゐる国際社会において、名誉ある地位を占めたいと思ふ。われらは、全世界の国民が、ひとしく恐怖と欠乏から免かれ、平和

さよならオッパイ

松田妙子

2012.8

まいっちゃたなー。乳がんだってよー。まさか自分がそんなものになるとは思わなかったです。しかもがんが広範囲に及んでいるので、右乳房全切除の手術を受けねばならなくなりました。ショックを受けていないと言えば嘘になります。

がんの告知以来、不眠と食欲不振が一層ひどくなりました。しかもじっとしていられず、やたらと動き回るので、ますます体力を消耗しています。手術に耐えられるように、体力をつけておかねばならないのに。

がんの告知前と後とで、私の生活と心情は一変しました。やっぱり、他の病名がつくのと、がんだと言われるのとでは、言葉の重みが違うもの。スケジュールも、病院通いが最優先になるし、他のことをしていても、心ここにあらず。仕事としての、社会風刺の四コママンガも描かねばならないのに、オスプレイも消費税も大飯原発の再稼働も吹っ飛んでしまって、がんのことで頭が一杯です。睡眠と食事に問題があって、旅行もできない私が、制約の多い入院生活に耐えうるかの懸念も強く、また、私の入院中、高齢の父の世話をどうするかという問題もあります。今から思えば、A・Kさんのことくらいで悩んでいた日々なんか、なんて平和だったんでしょう。

右胸のがんなので、右の乳房と共に、右のリンパ節も切り取らねばならないのですが、それで右手が不自由になって、ものが書けなくなったらどうしよう、という懸念もあります。私にとって、たとえ一時でも、絵や文章が書けなくなるというのは、乳房を失

うことよりもずっとつらいのです。これまでいろんなものを書き散らしてきたけど、「これが最後の原稿」という覚悟で書いているか？いつ死んでも悔いのない生き方をしているか？日々の雑事に追われて、だらけがちだった私にカツを入れるための、今回のがん宣告なのかもしれません。

一人で抱えているには重すぎるので、いろんな人に、「がんになった」ことを伝えています。各人の反応はさまざまですが、「大したことないかもしれないじゃないの。何をくよくよしているのよ」といった類の「励まし」は、かえって傷つけられるものだと知りました。私にとってがんの宣告は、一人で抱えきれないほど重いのに、それを軽んじられたような気がするのです。相手は私を力づけようとしてのことでしょうが、場合によっては叱責や嘲笑を受けているような気にもなります。私はただ、「ああ、あなたはがんの宣告を受けて、動揺しているのね」と、ありのままを受けとめてほしいだけなのに。

でも、伝えるべき相手がこんなに大勢いること自体は、幸せなことなんだと気づきました。かつての引きこもりだった私とは違う。この十年来、私がこつこつ人脈を開拓してきた結果として、心配してくれる人をこんなに沢山得ることができて、良かったです。

乳房なんて、そんなものが自分の体についていることすら、日頃は忘れがちだったのに。というより、私は女に生まれたことが忌まわしく、ない方がましだと思っていたのに。いざ片方の乳房を完全に失うとなると、切ないです。乳がんと診断されてから、何度も胸をなでてみます。このやさしい、やわらかい器官が、びっしりとがん細胞に侵されているなんて。「患部」「病巣」として切り捨てられるなんて。私の命を永らえさせるために、私の命の一部を切り離す。がんの手術とは、そういうものなんですね。

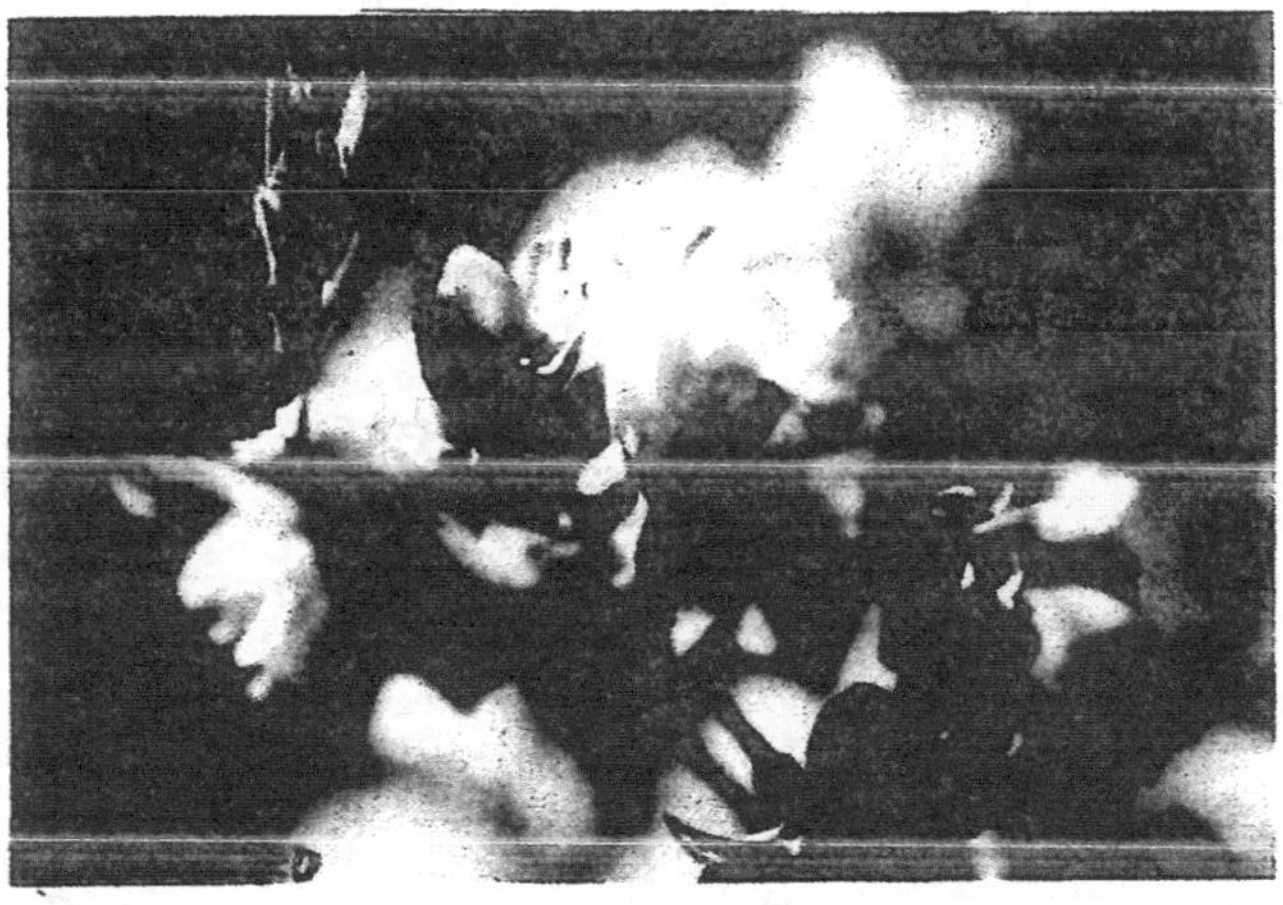

「今、いのちがあなたを生きている」――今、私を生きるいのち。そのいのちの一部に、さようなら。乳房というのは目に見えて、手に触れることのできるものだけに、こういう気持ちになる乳がんの患者は多いのでしょう。特に、女性らしさの象徴とも言える器官ですから、乳房を失うことで傷つく女性の気持ち、今までは馬鹿にしてたけど、私にもやっとわかったような気がします。生まれたての赤ちゃんが最初に触れる器官ですもの、それはそれはやさしい、やわらかいものなんです。今、それが猛烈にいとおしい。「今までありがとう。そして、さようなら」――って、脱原発のスローガンみたいですね。

今はこれ以上書けません。頭の中が「がん患者モード」になってしまって、原発問題も今の私には遠い気がします。全てはつながっているのに、それを頭でなく、心でわかるには時間が必要です。今はまだ、突然のがん宣告による衝撃と混乱のさなかにいる私です。

八月三十一日が手術日です。夏の終わり。私にとっても何かが終わり、何かが始まる日です。

2012、8、9、9PM＊

たとえ胸の傷が痛んでも

松田妙子

八月三十一日に乳がんの手術を受けて、九月十日に退院しました。傷口からの出血が止まらず、予定より遅れての退院です。まだ、胸に血がどんどんたまるので、外来で通院して、注射器で血を抜いてもらってます。

十二日間の入院という「非日常」を経て「日常」に戻ったわけですが、以前と同じようにはいきません。体力が格段に落ちて、ちょっと何かしてもすぐに疲れます。それに、病院食は油っこくて入院中は殆ど食事が摂れなかったので、少し食べてもすぐ胃が苦しくなります。腰も痛めました。その上、切開してみて、術前の検査より悪性のがんが見つかったので、これで抗がん剤治療やホルモン療法を受けることになれば、また副作用にも苦しめられるのだろうと思いました。ただでさえ、右の乳房を完全に失った私。私はもう以前の私じゃない。でも、新しい自分とのつき合い方がわからない。そんな感じです。

そして、いよいよホルモン療法が始まりました。これは通常、五年は続けなくてはいけないと言われています。そしてこまめに定期検診に通い、十年間、再発や移転が見られなければ、一応治ったと見なすとのこと。あくまでも「一応」です。がんとの闘いは長丁場です。私は四十年以上摂食障害をやってきて、今では摂食障害でない私なんて考えられないくらいですが、これからはがん患者としての新しい人生も始まったのですね。

右の乳房を完全に切り取ったので、私の右胸には大きな手術の傷跡が残り、今も時々痛みます。それで、「アンパンマンのマーチ」を思い出しました。こんな歌詞です。「そうだ、うれしいんだ、生きる喜び／たとえ、胸の傷が痛んでも」――文字通り、胸の傷が痛む私ですが、「生きる喜び」を素直に感じて感謝して日々を送っているか?と言えば、全然そうではありません。手術の翌朝こそ、地獄のような一昼夜が明けて、一種すがすがしい気分になりましたが、退院してくると、また以前の生活の垢にまみれてしまいました。清潔で安全な病院の中で保護されていた時とは違い、一人暮らしの部屋に戻ってみれば、ゴキブリも出るし台風も来ます。そんな中で思うように回復しない体を持て余し、苛立ち不安にさいなまれる日々。

でも私には帰るべき原点ができたのかも。手術後二十四時間は、水さえ飲めずにベッドの上から動いてもならず。眠剤も飲んではいけないので眠ることもできず、ずっと同じ姿勢を強いられるので腰は痛く、熱は出るし、のどはカラカラ。そんな苦しい一夜が明けて朝食が出された時、小さなパック入りの牛乳が何とおいしかったことか！自分の足で歩いてトイレに行くことを許されるのが、何と待ち遠しかったことか！

そして、十二日間の入院に、二十人以上もの友人・知人が面会に来てくれたこと。彼女らがたずさえてきた、多くの人々からのお見舞いやカンパ。入院中に出会った、名も知らぬ患者さんたちやナースたちのこと。それらを私は忘れはしないでしょう。片方の乳房を失っても、私の得たものは多いはず。がん細胞が、目に見えるほど大きなしこりを作るのに十年、二十年かかるとしたら、私の中に播かれた種も、そのくらいの歳月を経て花開くのかもしれません。それまで生きていれば、の話ですけど。私の中に芽生えたがんに追いつかれないうちに、花を咲かせることができればいいなあ、くらいに思っときましょう。

心身ともにまだ本調子ではないので、まだ、まとまった長い文章を書ける所までは至っておりません。とりあえずは、手術を終えて退院したことのご報告まで。

2012、10、5、3PM＊

永遠に満たされない飢えを抱えて

松田妙子

2012.12

手術で消耗した気力と体力がいまだ回復しないのか、それとも再発予防のため受けているホルモン療法のせいなのか、しんどい状態から抜け出せません。摂食障害を抱えながらがん患者をやっていくのは、厳しいものだと知りました。過食して吐く行為がエスカレートして、絶えず胃が痛んで苦しいのに、食をコントロールする力が失われていくのです。なぜ他の人は、食事の時間以外は食べないでいられるのか、本気でわかりません。私の毎日は、食べることとの闘いです。がんから生還してなお、食べることの苦しみは私を離れてくれない。摂食障害を発病して四十年余、いいかげんこの病気と折り合いをつけて生きていくすべを見出したつもりだったのに、乳がんの手術という予期せぬ出来事を経て、また食べることに振り回される生活に戻ってしまいました。

私の母は、胃がんの手術後、思うように体が回復しないことからうつ病になり、認知症へと移行してそのまま亡くなりましたが、その気持ちがわかるような気がします。一人の人間にとって、がんの手術を受けるというのは、やはりとても重いことなんだと。摂食障害であることが私の最大の弱点ですから、一番弱い所へ来たな、と思っています。

やたら苛々したり、心が暗く沈みこんだりするのは、ホルモン療法の影響もあるかもしれません。心が板のようになってしまって、自分以外のことに感動するということがありません。福島の佐藤幸子さんのお話を聞く機会もあったのですが、二時間以上も佐藤さんは語られたのに、私の心には何も残っていません。ただ、話を聞いていた間は食べなくてすんだ、と思うだけです。私は、人目がある所では決して食べ物を口にしませんから。

こんな風ですから、光円寺報を読んでも何も慰められません。「みんな立派すぎる。持てる力を総動員して、放射能の恐ろしさと闘っている人の記事ばかりだ。編集している由美子さんからしてそうだ。それに比べて私の卑小さはどうだろう。自分一人のことで、しかも食べる・食べないなんてレベルのことで苦しんでいるなんて、恥ずかしすぎる」と、みじめになるばかりです。

うちに来るヘルパーのI氏に、「反原発を唱える人たちは、私の乳がんも放射能の影響だと言っていますよ」と言うと、彼は「最低やな！」と吐き捨てるように言いました。原発賛成派の彼にとっては、「反原発派の連中は、自分たちの思想の宣伝のために、松田さんの乳がんまで利用しようとしている」のが「最っ低」だということらしいです。私は「最っ低」とまでは思いませんが、3・11以降の光円寺報が、多様な分野の話題を載せていた頃の光円寺報に比べて、一つの色に染まりすぎていると、こんな中で、私が自分の個人的な苦悩を書くことに、何の意味があるのだろう、放射能に汚染されていない「安全な」食べ物を求めて、苦労して手に入れた食材で子どものおやつを手作りするお母さんの記事の隣で、大量のジャンクフードを過食して吐く自分の苦しみを吐露したところで、それがどういう意味を持つのだろう。仮りに私の乳がんを放射能の影響だと言えたところで、まさか過食までは放射能のせいにはできないのだし。

いえもちろん、私の摂食障害は、広い意味では社会が作った病気だと思っています。社会に巣食う男女差別や性暴力の問題を抜きにしては語れないと。でもたとえば、「女人史を学ぶ会」で話し合われたことが、3・11以降の日本でどういう意味を持つのか、そういう視点からの記事があってもいいと思うんです。

「一人で苦しむところから共に苦しむところへ。それが浄土ということです。」という言葉が前回の光円寺報の巻頭にあったけれども、摂食障害に対して何の理解も持たない人たちにさんざん傷つけられてきた私には、今の私の苦しみを「共に苦しむ」人がいるとは思えません。私はものを食べている姿を決して人に見せたことはないし、やせているので、周囲の人は私が何も食べていないのだと思って、「何とか松田さんに食欲を出してもらわなくちゃ」などと言います。私には、普通の意味での食欲などはありません。空腹だから食べるわけではない、ただ、何かが満たされていないので、口が食べ物を欲するのです。それが何なのか、私は四十年以上も考え続けてきました。この先も、永遠に満たされることのない飢えを抱えて生きていくのでしょう。餓鬼地獄?私はどんな業を背負っているというのか。

　そんな私と「共に苦し」んで下さるのが仏さまなのでしょうか。光円寺報にご縁を頂いて、浄土真宗の一端に触れたことが私の人生にどういう意味を持つのか、私にはまだわかりません。ただ私は私の業を背負って、この病いと共に生きていくのだなと思うばかりです。

2012、12、10・9:30PM*

紙芝居『王舎城』5　生駒密蔵師作
(浄土真宗本願寺派法真寺発行)より

妙子さん

　術後、心身の状態がたいへんな中で、書いてくれた切実な原稿を心苦しく受け取りました。光円寺報の編集が妙子さんに苦痛を与えていることを申し訳なく思います。

　心身の状態が良くない人にとっては、他者の苦しみを伝えられることは、ますます苦しくなるし、受け取ることなどできないことを理解します。読み飛ばしたりしないであろう妙子さんでしょうから、しっかり読んでくださって、立派に闘っている人たちのことばかり伝えていると感じられて、プレッシャーにさえなってしまったのだとわかりました。伝えてくれてありがとうございます。

　確かにそういう「記事」に偏っているに違いありません。3・11以降、その前とは全く違った世界へと変化してしまったことを、これでもかこれでもかと突きつけられてきましたから、そのことを抜きには編集できなくなりました。しかも「記事」に出てくる人は、確かに私がお会いして、その苦悩を感じさせていただいた方や、苦痛を受けながら声の出せない存在の代弁者ですから、なんとか伝えたいと思わぬわけには行きませんでした。

　「一人で苦しむところから、ともに苦しむところへ　それが浄土ということ」という法語から、感じることはいろいろあります。そこには自分の苦しみを人に伝える。人の苦しみを聞く。という二つの行為があるのではと思います。それがなかなかできないことであるとも思います。しかし、自ずから導かれて人や出来事に出会い、破れ、引き出されるということは確かにあると感じます。意図せぬものに導かれて、人や出来事にであって知らされるということも。その自ずからという働きはどこからやってくるのでしょう。誰もそれがどこから来るのか知らないけれど、今ここにあるいのちのように、実はそういう働きの中に私たちはいる。それなのにそれを知ることができず自分の思いで様々なものを切って捨てようとする、私たちの「刃」とは誰に持たされたものなんでしょう。

　光円寺報を通じて触れていただいた浄土真宗の一端があるとすれば幸いです。自分の業として厳しい病をとらえ受け止めるとは、どれほど難しいことなんでしょう。地獄は一定すみかぞかしという歎異抄の言葉を思い出します。これからそんな話をもっとしていきたいと思います。

　今回の妙子さんの原稿を読まれた方が少なからず共感されたことと思います。摂食障害という理解されない病を得ている方があればなおさらでしょう。書いてくださってありがとうございました。

由美子

春を待つ日々

松田妙子

2013.2

前回の私の文章は、それなりに各方面にご心労をおかけしたようで、複数の方からお手紙を頂きました。もったいないことです。私があんな、世をすねたような文章を書いたばかりに、心配してお手紙を下さった方々、ありがとうございました。そして、光円寺報のありようについて批判的な表現が含まれているのにもかかわらず、ちゃんと掲載して下さり、誠実この上ないお返事まで添えて下さった由美子さんにも、心からお詫びと感謝を申し上げます。

中には、私の書いたことが原因でその心を傷つけてしまった人もあります。それを知った時、私は自分への罰のようにして、バスに乗っても三十分はかかる道のりを冬の夜寒の中、歩き通して帰りました。私が自分を苛んだって、誰の得にもならない。それはわかっているけれど。人を傷つけた痛みは、倍返しになって自分にはね返ってくる。頭の中にさまざまな言葉が渦巻きます。

尾崎豊の「傷つけた人々へ」という歌も頭の中に繰り返し浮かんできます。ああ、久しぶりだなあ。尾崎豊の歌の力を借りたくなるなんて。若い頃は、人を傷つけたとか傷つけられたとかいうことが、自分の関心事の中で大きなウエイトを占めていたものだ。してみると、私の心は全く年老いてしまったわけでもないらしい。心が板のように堅く平板になってしまって、自分の外の何ものにも心を動かされず、食べることしか考えられなくなったと思っていたが、まだ私にもこんな心の動きがあったのだ。

私は、自分のしたことが誰かを傷つけてしまったことを深く悔いながら、一つのことを実感していました。摂食障害になって四十年余。枯れ木のような拒食症から、「ブタ以下」と罵られる過食症へと初めて転じた十六・七才の頃が最もつらかった。今また私は過食の苦しみを味わっているけれど、あの頃の私と今とでは違う。私の言動は多くの人に影響を与え、それによって傷つく人がいて、そのことで自分もまた傷つく。不登校で引きこもっていた高校生の頃とは比較にならないくらい、私の世界は広がったのだ。そのことを喜ぶと同時に、それが持つこわさも知りました。

私はもはや、無力な十六才の小娘ではない。自分の言動に責任を持たねばならない大人なんだ。私が不用意にもらした言葉や態度が、どこで誰にどんな影響を及ぼしうるか、常に自覚していなければならない。私は完全に孤立した（と思っていた）十六才の小娘ではないのだ。多くの人々とのつながりの中で生かされていることを知る、一個の自立した人間なんだ・・・・！

こういう自覚を持てただけ、あの文章を書いて良かったのかな、と思います。私が心を閉ざして、自分の苦しみの中に埋没してしまうことを心配して、お手紙を下さる方々のあることを知ったことも。

今は、寒いのがつらいです。節電のため、暖房を我慢しているのだと言うと、友人におこられました。「そんなことをしても被災地の人たちは喜ばないよ。それより自分が生きのびることを考えて」と。確かに、人一倍寒さに弱い私が、しかも手術後の体調不良の中を、震えながら暖房を我慢していたって、誰の得にもならないかもしれません。でも原発事故以来、罪悪感なしには電気を使えないのです。

私が生きのびるためには電気が必要で、その電気を起こすために何かを犠牲にしているのだとすれば。私たちは生まれながらに、他の何ものかを犠牲にしなければ生きてゆけない、罪深い存在なのか。いえ無論、そんなことを言えば、私の過食こそ問題にしなければならないのはわかっています。食べるということは、他の動植物のいのちをいただくということ。自分の体を維持できる必要量を遥かに超える大量の食物を、食べては吐くという

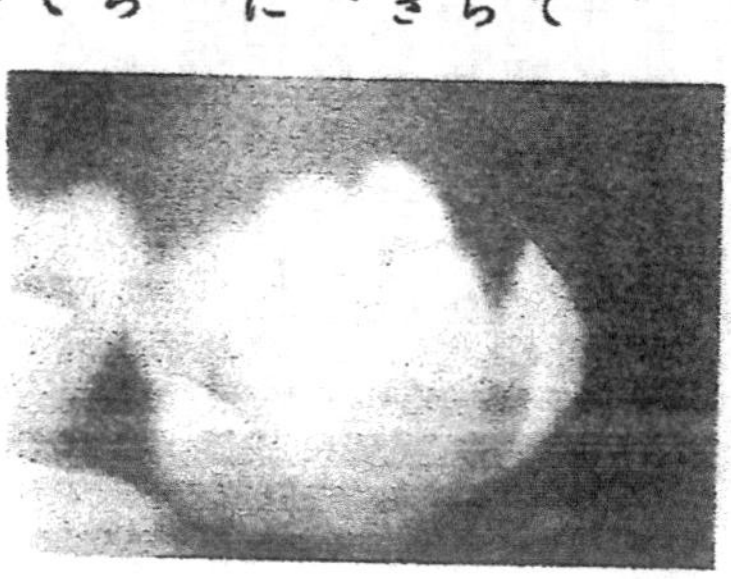

2013年01月11日 日本経済新聞

罪深い行為を続けながら、電気を使うことばかりに節制を自らに課すのは、矛盾しています。それでも、「私たちが便利で快適な生活を追い求めた結果が、この原発事故だ」などと何度も言われれば、便利で快適であってはいけないような気がするのです。

私には「逆門限」とも言うべき、「夜八時までは家に帰ってはいけない」というルールがあります。節電のためと、過食から逃げ回るためです。そして、帰宅しても「夜十二時までは暖房をつけない」ルールも自分に課しているのです。それがつらくてしょうがないのに。「あなたは、自分を楽にしないで痛めつける方向にばかり傾く生き方をしているようだ」と神経科の医師にも言われました。

鹿を食らうライオンは、己れの行為を罪深いとは思わないでしょう。ヒトに生まれてこそ、罪の意識も芽生えるのです。私の摂食障害だって、人間ならではの病気でしょう。「けだもの以下」と罵られてきましたが、けだものは満腹すればそれ以上は食べませんから。この苦しみも、人間であることのあかし。人に生まれて、己への罪深さと向き合いながら生きていくとは、どういうことなのか。

この原稿も、吐く息の白い部屋で、かじかむ手で書いています。今はただ、春を待つのみ。暖かくなればなったで、またその時々の苦しみがあるのだけど。

2013・2・4・10PM＊

―NOT―アクション　報告

釈惟遵

12・15　フクシマ・アクション・プロジェクトによる―IAEA（国際原子力機関）へ申し入れ、私たちは歓迎していない！市民会議等に参加。IAEAはWHOに圧力をかけ、放射能の被害を隠蔽して原子力（核）を推進してきた機関。告発する世界の市民が交流。核被害について何も発言行動しないWHOの前で沈黙の抗議を続ける市民、圧力と闘い真実を明らかにする医師、科学者を迎えて

12・17　岩手県石巻市へ神戸国際支援機構の、未だ救済の手の入らぬ地域へのボランティアに合流。自分の痛みを抱えつつ、個々の被害の違いなどで分断されたままの地域を繋ごうとする空手指導者に会う。初めて桑の木の剪定経験。毎月千キロの道のりを超えて石巻へ通う神戸のキリスト者と若者たち。

12・30～1・5　お寺でゆっくり冬休み　保養に福島から3名受け入れ、年越しの正修会でお話していただいた。お正月早々餅付き！一緒に発送作業も←

1・15　ふくしま集団疎開裁判仙台高裁への宗教者メッセージ集約
福島伊達市の画家あとりえとおの渡邉智教さんとの共同アクション

1・21　ふくしま集団疎開裁判仙台高裁第3回審尋仙台アクション　渡辺さんと参加しライブペインティング　放射線の中で苦悩する母子の姿が出現。市内デモアピール。弁護団に宗教者メッセージ209名分提出

1・19　椎名千恵子さん、あとりえとおのさん加古川講演会　2年目の3・11を迎える思いを語る。被災地から見えたデタラメの国。しかしあきらめるわけにはいかない、意思表示の手を緩めはしない。今まさに苦悩の只中に放置された被災者として、未来を生きる人のためにも。

1・26　放射線被曝の恐ろしさとは？内部被曝の真実…子どもたちを守るために　守田敏也さん講演会　命を守る情報のいっぱい詰まった講演会でした。3・11以降変わってしまった私たちの世界で、私たちはどう生き抜いていけばいいのでしょう？生きた勉強、人とつながること、未来を守ること。私たちの日常にそんな意識がいる。インターネット左のアドレスで視聴可能。私のはぎし思い司会姿が…http://www.ustream.tv/recorded/28816519

1・31　本山第6回　原子力問題に関する公開研修会
井戸謙一氏（ふくしま集団疎開裁判弁護団）講演「放射能汚染の現状と避難の必要性」、福島から佐々木るりさん、京都へ移住した中村純さんのお話　東本願寺Hpで視聴できます。

2・1～2　大谷派の女性差別を考えるおんなたちの会（京都）佐々木るりさん、中村純さんのお話、あとりえとおさんの絵語り
「今　いのちがあなたを生きている」という私たちの御遠忌テーマは、見えないいのちの世界に思いを馳せることに違いない。まさにそうする　とき…そのいのち

今春みすみすまた過ごす

松田妙子

2013.3

　摂食障害の渦中にいる私を、誤解する人がよくいます。多いのが、「それだけ客観的に自分を観察して状況を把握できているんだから、大丈夫よ」といった類の意見。私に言わせれば、十六才の時から分析好きなカウンセラーに振り回されてきたため、つまらない分析癖が身についてしまっただけのことです。

　それから多いのが、私がやみくもに歩き回ったりして体を動かしまくるのを、克己心や向上心の表われだとして、妙に感心する人たち。「過食症を治すために、自分を実験台にして夜道を歩くなんて、普通の人にはできないことよ。自分と闘うことを知った人のすごさです」などと言われては、笑止千万です。私が、体力の限界に挑むような運動をしまくるのは、過活動といって、症状の一つなのです。近頃の過食症の人が、異常な量を食べるのに太らないのは、吐いたり、過剰な運動をしてカロリーを消費したりしているからであって、私もその症状に流されているにすぎません。「自分と闘う」どころか、摂食障害に身も心も支配されている証拠なのです。

　摂食障害の自助グループでは、毎回、「回復のための十のステップ」という文章の読み合せをします。ステップの三が、「今までの生き方を支えてきた意志の力への信仰をやめ、他人の評価を恐れることなく、あるがままの自分の心と身体を受け容れようと決心した」です。こんなことが明文化されるくらい、摂食障害者は「意志の力が強い」のです。

　私たちは、頑張ることが大得意です。私も頑張って頑張って、真冬でも夜八時過ぎまで家に帰らず歩き回り、その間は決して食べ物を口にしない努力を続けてきました。そうやって頑張りすぎたため、せっかく春が来ても私の心は少しも弾みません。過度の運動のため、腰も膝も痛めて、体中が悲鳴を上げているのに、なおもその疲れ果てた体に鞭打って、今日も歩き回るのです。鉄鎖を引きずるような労働。そう、これは「労働」なのです。一銭の特にもならない、何ものをも生み出さない、非生産的な労働。私は獄につながれた囚人のようです。四十年来の摂食障害が、乳がんの手術という試練を経て、私の身も心も乗っ取ろうとしています。

　「意思の力に頼りすぎて、頑張りすぎてしまう自分」を実感していると、ふと「他力」という言葉が頭に浮かびました。そう、私のような者にこそ、他力の救いが必要なのではないか。食欲という、生物にとって最も根源的な本能さえ、意志の力でコントロールしようとしてきた私だもの。自助グループでは、自分の病気は自分一人ではどうにもならないことに気づいて、ハイヤーパワーにゆだねるのだ、と言います。ハイヤーパワー、より高みにある力。それが仏様なのかもしれない。でもゆだねるって、どういうこと?「全てを仏様におまかせしては」という手紙をくれた人もいましたが、具体的に何をどうすればいいのかがわかりません。念仏しろってこと?でも真宗門徒でもない私が、中身のない念仏を百万回唱えたって、何にもならないんじゃないの?

　・・・などと思いながら、由美子さんが送って下さった同朋新聞の一月号を読んでいて、志慶真延子さんという方のインタビュー記事に、何か心がひかれました。「迷いの中でしか生きられない。そういう自分を、如来のまなざしで照らされた。」「どんな困難でも乗り越えられると勘違いしうねぼれていた自分」「今までわかったと思っていたが、本当は何一つわかっていなかった自分に気づかされ」「善人意識を持っているのが私だということがわかったと、その〝わかった"に満足し収まろうとしている自分」・・・等々。何だか私のことを言われているようだ、と感じました。

四十数年の摂食障害の病歴の中で、初めて過食が起きた十七才の頃が一番つらかった、その時期を乗り越えてきたのだから、もう大抵のことには耐えられる、と思いこんでいた私。摂食障害の症状こそなくならないものの、社会復帰した時点で私は回復した、この病気と仲良くつきあっていくすべを身につけて、「先行く仲間」と呼ばれるような存在になったのだ、とうぬぼれていた私。それが実はまだステップの一つにとどまっていることがわかった、その「わかった」所から一歩も進めない私。私の「迷い」は摂食障害の症状そのもの、症状の只中でこの記事を読み、そしてこの原稿を書いている。そういう中でしか生きられない私が、「如来のまなざしに照らされる」ことなどあるのだろうか？

白木蓮が町のあちこちで淡いクリーム色の花を開き、桜もちらほら咲き始めました。今春みすみすまた過ぐ。いつの日か是へ帰年ならん。私はいつ、帰るべき所へ帰れるのでしょうか。

２０１３・３・２３・１０:４５ＰＭ＊

すべての未来の人々のために　**こども検診医療基金　関西**　ご案内

震災・原発事故により、京都府内には福島県など公的受け入れの避難者が1000名、関東からも自主避難移住者が多数存在します。チェルノブイリ事故の汚染基準にあてはまれば、福島のみならず、南東北から関東首都圏に至るまで、放射線管理区域と移住権利区域が多くあります。西日本への避難者のほとんどが、小さな子どもの健康を懸念した母子避難です。原発事故から2年。チェルノブイリの子どもたちを診てきたヘレン・カルデコット医学博士によれば、子どもたちは半年に一度の検診が必要です。二重生活の避難移住者には、自費検診の費用や受け入れ病院の問題があり、未だに検診を受けていない子どもたちがほとんどです。子どもたちのいのちと未来を守りたいという願いで、「こども検診医療基金・関西」を設立いたします。　今を生きるこども、未来の子どもたちが健やかにともに生きあえる社会を願って、みなさまとこの小さな基金を設立し、ともに育ててまいりたいと願っています。

基金の目的…東日本全域から西日本に原発事故により避難移住している子どもたちの被曝の影響を考慮に入れた検診が必要です（甲状腺エコー・血液検査・心電図などを当面の検診項目とする）。避難者、被曝者の側に立った検診、医療、情報公開がなされていない現状があります。自費診療の甲状腺エコーや血液検査の受診を可能にするために基金の創設をいたします。

助成について…2013年の目標は、京都府下の避難・移住者のお子さんで、経済的事情により、まだ一度も甲状腺エコーや血液検査を受診されていない方です。　甲状腺エコー検査、血液検査など、被曝を懸念する受診に対しての医療助成。

基金にご協力を！

避難移住者たちの手記　・詩集300～500円の売り上げを基金に。（注文はinfo@kodomokenshin.comへ。または光円寺へどうぞ）

原発事故で避難移住しているこどもたちの検診と医療を支える基金にご賛同いただければ幸いです。下記に振込先にて受付いたしますので、よろしくお願いします。

ゆうちょ銀行　振込口座　00970　2　302138
他行から　〇九九　当座　0302138
口座名　子ども検診医療基金・関西

雨恋（あまごい）

松田妙子

2013.5/6.

雨、雨、雨。雨さえ降れば、私は少しは幸せになれるのに。生きて行くのがつらい。でも死にたくない。死にたくないけど、生きていくということはこんなにも苦しみの連続なのか。そう思い続けた四週間でした。特に最後の一週間は、発狂しそうなほどの苦しみにのたうち回っていました。朝目を覚まして、人間の小ざかしい知恵などあざ笑うかのように（天気予報がことごとくはずれるから）、ギラギラと照りつける太陽を見ては、「今日一日、どうやって生きて行こう」と絶望的になりました。灼熱地獄の一日が暮れて、一片の雲もない星空を見上げては、「また一つ希望が遠のいた」と打ちのめされていました。

私の苦しみは、誰にもどうしてもらうこともできない。そして誰とも分かち合えない。そう思い続けてきました。「梅雨時だというのに、こんなに雨が降らないのは変でしょ」と私が言うと、周囲の人は、皆一応はうなずきます。でも誰も、私ほどには苦悩していないのです。「私はあなたみたいに、お天気の心配なんかしている暇はないのよ。家族やペットの世話もしなくちゃならないし」と言われて、よけいに傷ついたりもしました。

楼蘭のことを考えました。かつて栄華を誇りながら、「さまよえる湖」ロプ湖に去られたために、砂漠の中に滅亡した古代都市。その楼蘭の民の運命が、現代日本に生きる私たちに重なります。こんなことまで考える私は、異常なのか？なぜみんな、選挙だの株価だのと、他のことで騒いでいられるんだ。四週間雨が降らなかったからといって、気も狂わんばかりに苦悩する私は、病的なのか？

そしてついに雨が降りました。実に四週間ぶりの、雨らしい雨。怖れていた雷も鳴らず、強い風も吹かず、災害になるほどの豪雨でもなく、でも涸れた川がよみがえり、乾き切った大地をうるおすには充分な雨。まさに慈雨と呼ぶにふさわしい、恵みの雨。そうだ、木々よ草花よ、大地にしみこむ天の恵みを、しっかりと受け止めるがいい。そしてまた渇く日のために、その根で水を守っておくれ。

私もこれでまたしばらくは生きて行こう。日傘ではなく、雨傘をさして歩ける幸せ。中までぬれたレインシューズに、新聞紙をつめこむ幸せ。

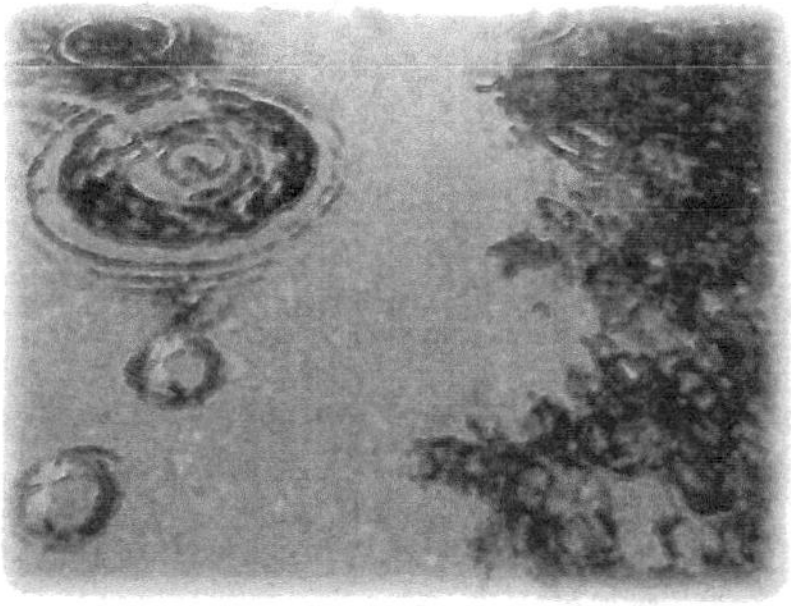

傘に当たる雨粒の音を聞く幸せ。夜にはやんでしまって、明日はまた晴れだとラジオが言っているけど、欲はかくまい。今日、雨が降った。いい雨だった。それでいいじゃないか、と自分に言い聞かせます。その日は一日中、雨のことばかり考えていました。まるで恋をしているようだ！「雨乞い」ならぬ「雨恋」。でも、遠距離恋愛かなあ？

生きていれば、地震にも雷にも台風にも日照りにも逢うし、肉体と精神を持っている以上、病気にもなります。その一つ一つに、こんなにもおびえ続ける私のような人間は、そりゃあ生きて行くのがつらいでしょう。

この世は苦しみに満ちている。それらすべてに感受性を全開にしていれば、とうてい生きて行けない。だから人は自衛手段として、心に覆いをかけているのでしょう。生身の肉を皮膚が覆っているようね。私は今、心がすりむけて、身が出ているのだと思います。だからそこにいろんなものがしみこんで痛いのです。他の人には平気な刺激も、心の皮膚が破れて傷を負っている私には、耐え難い苦しみとなるのです。

皮膚は再生されるもの。私の破れた心の皮膚も、いつか再生する時が来るかしら。心の抵抗力が弱っている時には、あまり大きな試練には逢わせないでほしい。誰しも、いつかは「その時」を迎えるのです。

愛するものの死や、自分自身の死に直面せねばならない時が来るのです。せめてそれを真正面から受けとめるだけの抵抗力がついてからにしてほしい。それが今の私の願いです。

今日は私の誕生日です。五十ウン才になりました。五十ウン年も生きていれば、少しは人生とのつきあい方を学んだかと思えば、全然。むしろ年々、生きて行くのがつらくなります。多分、年を取って、抵抗力がどんどん落ちて行っているのだと思います。或いは、若い時には若い時特有の苦しみを生きていて、年と共にその方向が変わるのかも。

ただ今日、雨が降りました。前日から豪雨災害の恐れにおびえ、殆ど眠れませんでしたが、今は静かな雨音を聞いています。そのことに感謝!!

諸行は無常。無常の中の一瞬に。

２０１３、６、１９、１０ＰＭ＊

アレン・ネルソン半生紹介DVD

9条は道示す　元米兵の叫び　どんな兵器より強い

制作グループ代表の寺住職「日本人が意義再認識を」

ベトナム戦争の従軍経験をもとに平和の大切さを訴え続け、二〇〇九年に六十一歳で亡くなった米国人アレン・ネルソンさんの半生やメッセージを紹介するDVDが完成した。全国の有志でつくるグループ「アレン・ネルソン平和プロジェクト」が二年がかりで作った。完成試写会が二十六日午後一時半から、プロジェクト代表の佐野明弘さん(55)が住職を務める石川県加賀市山田町の浄土真宗寺院光闡坊(こうせんぼう)で開かれる。

ネルソンさんは十八歳で米海兵隊に入隊し、ベトナム戦争を経験。戦地での体験が原因で心的外傷後ストレス障害(PTSD)に苦しみ、長期の治療を経て回復した。一九九六年に初来日した際、日本国憲法の英文冊子で「戦争の放棄」などを掲げる九条を読み「私たちの生きるべき道を示している」と衝撃を受けた。以来、国内で千回以上講演し、平和や憲法九条の重要性を訴えた。

DVD「9条を抱きしめて―元米海兵隊員アレン・ネルソンが語る戦争と平和」は、ネルソンさんが講演会で語る様子や、政治学者ダグラス・ラミスさんとの対談などで構成。ネルソンさんの体験を描いた漫画「ネルソンさん、あなたは人を殺しましたか?」のコマを交え、半生をたどっている。「憲法九条はいかなる核兵器よりもいかなる軍隊よりも強力だ」「平和は国や国連がつくるものではない。この部屋にいる私たち一人一人から始まる」。DVDのネルソンさんは呼び掛ける。

佐野さんは、二〇〇四年にネルソンさんと出会って以来、親交を深め、ネルソンさんが「心の師」と仰いだ。生前のネルソンさんの希望で遺骨は光闡坊に納められ、ゆかりの地でのDVDのお披露目となった。

佐野さんは「戦争の苦しみも悲しみも知っているからこそ、彼は憲法九条の本当の意味を理解していた。私たちも再認識するべきだ」と話す。一枚千円(制作支援金)で配布する。試写会は無料。問い合わせは光闡坊=電0761(74)0508=へ。

中日新聞2013.5.25

憲法は「悲しみ」からできたのだと思う。　佐野明弘

苦しみよこんにちは

松田妙子

2013,10

「異常気象」という言葉が使われるようになって久しいですが、年々その「異常」さの度合いを増していくようです。それには地球温暖化が深く関わっていて、そしてその原因は９５％の確率で人間活動によるものだと考えられるそうです。つまり人間が一刻も早く手を打たなければいけないのに、世人の関心は薄いそうです。世論調査をしても、地球温暖化やそれに伴う異常気象を最大の関心事と考える人は、極めて少ないとのこと。私はその、「極めて少ない」人間の一人だったのです。

私が「天気予報がこわい」と言っても、周囲の人にはあきれた顔をされるか、「私はあんたみたいにお天気の心配なんかしている暇はないのよ！」と言われるだけ。「お天気の心配」が、そんなにつまらないことでしょうか？人の生死にも関わる場合もあるのに。皆が「お天気の心配なんかしている暇はない」ほど人間活動にいそしんでいるから、温暖化はますます深刻化し、自然災害は狂暴化して、犠牲が増えるばかりなのではないでしょうか。

ちょっと風が吹くとすぐ傘が壊れるので、傘の修理屋の料金表を見て、愕然としました。新しい傘を買う方が安いのです。家電製品なども、修理して大事に使うより、新品を買った方が安くつくと聞きます。ボールペンのインクが切れたので替芯を買おうとしても、丸ごと新しいペンを買う方が安上がりだったりもします。

いつからこんな社会になったのでしょう。大量生産、大量消費、大量廃棄で社会は回っていて、それが「経済の活性化」だと言います。人々は「景気が良くなる」ことを望んでいるが、それは「消費拡大」すること、つまり私たちが物をどんどん使い捨てることを意味しているらしい。「経済が活性化」すればするほど、結果的に地球のメカニズムはどんどん狂って、さらにいのちが失われていく……。

原発の問題だって、人間がこんなにも大量の電気を必要とするようになったから起こったのです。何かがおかしい。何かが狂っている。暴徒する原発のように、おかしいと感じながらも、走り出したら止まらない、人間の営み。

私自身も同じです。自分がいかに歪んでいるかを充分自覚しながら、今の生き方を変えることができないのです。大量のジャンクフードを食べては吐き、添加物だらけのノンカロリー飲料を飲み、煙草の煙に巻かれながら、睡眠導入剤を四種類も飲んでもなお眠れず、そうやって毎日が過ぎてゆきます。肥田舜太郎さんの提唱する「放射能に負けない生き方」とは正反対です。

私は病んでいる。この世界も病んでいる。病んだ世界に病んで生き続ける私の苦悩は尽きません。この世は苦しみに満ちている。愛別離苦、怨憎会苦、求不得苦…愛する者とは別れ、憎い者とは出逢わねばならず、求めるものは得られない。人生とはそうした「苦」そのものであると思い定めて、そこからの解脱をはかるように説いたのが仏陀である、と、昔読んだ「仏教」という新書に書いてあったっけ。…などと思っていると、友人から葉書が来ました。いわく「松田さんの苦悩でもあり、優れた所でもあるのが、恐怖や悲しみや苦痛を感じ取り、わがものにする力です。克服することは、苦しみから解放されると同時に、自分でなくなることかもしれません。」

――そうか。いつも何かに苦悩しているのが私なのか。この苦しみを離れることは、私が私でなくなるということか。

「私」という字の中に「仏」という字が隠れていることに気づいたのは三年前。あの時も私は日照りに苦しみ続け、こんな時、宗教に救いは見いだせないのか、と光円寺報をじっと見ているうち、「私」という字と「仏」という字がよく似ているのに気づいたのです。「私」の中に「仏」がいる。三本の線が邪魔をして、「私」は「仏」なれないけれど、「私」が「私」である限り、「仏」を内包しつつ生きてゆくのだということ。あれから三年。その間に3・11があり、私は乳がんになり、異常気象はますます異常になり、私の苦悩は深まるばかり。それは、友人の言葉を借りれば、私がますます私になってゆくということか。私の中におわす仏よ。あなたは私に、何に気づけよとおっしゃっているのですか？

２０１３、１０、１７、１０ＰＭ＊

松田妙子さんに見出された「私」の中の「仏」。誰の中にも仏性ありということが漢字に表されているのですね。しかも三本線で仏になれないとは、まさに根本煩悩「貪・瞋・癡」の三毒でしょうか。末法五濁における「私」の姿が漢字に表されていることに驚きます。

苦しい病状の中で、「はるかのなやみ」という小冊子をかきあげられました。高校生の女の子がいろんな人に出会い、悩み、エネルギーのことを考えて行く漫画です。冷静に、様々な立場が描かれて、問題のとっかかりを持つことができます。一冊　１００円１５ページ（芦屋Ｎ２Ｐ２文庫）光円寺にあります。ぜひお買い求めください。

首相「不戦」なき式辞　改憲憂う戦没者遺族

2013.8.16 東京新聞

十五日に開かれた政府主催の全国戦没者追悼式で、安倍晋三首相の式辞から、近年の歴代首相が繰り返し表明していた「不戦の誓い」が消えた。戦争の多大な犠牲と引き換えに築かれた、平和主義の土台が揺らぐ。政府は、集団的自衛権行使容認に向けた解釈改憲の動きを加速させる。六十八回目の終戦記念日に、戦争体験者や遺族は何を思う―。

炎暑の中、東京大空襲・戦災資料センター（東京都江東区）では戦争を語り継ぐ集いが開かれていた。二瓶（にへい）治代さん（77）は「今、改憲や国防軍とか言っている政治家は、本当の戦争の姿を知らないからこそ、そんなことが軽々に言えるのだと思う」と目を潤ませた。一九四五年三月の東京大空襲の時は八歳。家族五人で逃げた。途中で意識を失い目が覚めたときには折り重なる遺体の下だった。安倍首相が全国戦没者追悼式で、歴代首相が踏襲してきたアジア諸国に対する加害と反省に触れなかったことについて「なぜ、きちんと語れないのか。言葉が出ないほどショックです」と言う。

終戦から時がたち、社会から戦争の記憶が薄らいでいく。大空襲で父を亡くした村田弥一さん（77）は「戦争で体験したつらさを、生きているうちに遺（のこ）したい。死んでしまったら語れないから」とこの日、車いすに乗り、初めてセンターを訪れた。「改憲すれば今の安倍さんは何をやりだすか分からない」

全国戦没者追悼式が開かれた日本武道館。鹿児島県垂水（たるみず）市の弓削光知（ゆげみつのり）さん（70）は、硫黄島で激戦の末に父親が戦死。「父が生きていれば別の人生もあったと思う。私の年代では父を亡くした人がたくさんいる。同じ思いをする人が出るのは悲しい。自国を守る武力は必要だが、憲法は今のままでいい」

せみ時雨（しぐれ）が響く東京・九段北の靖国神社。江東区の稲垣一雄さん（94）は毎年参拝し、戦友たちの冥福を祈る。尖閣諸島や竹島をめぐる中韓との関係悪化に「日本も外国から文句を言われない

私の中のサファイア

松田妙子

最近、あまりに体調が悪いので、私に残された時間はもう幾らもないような気がして、焦っていました。描ける体でいるうちに、渾身の力を込めた作品を残したいのに、そのエネルギーを全部病気に奪われていること。でも、暮れに摂食障害の当事者としてA新聞の取材を受けてから、私の中に小さな灯りがともりました。残された時間を数え上げておろおろするより、これまで積み重ねてきた時間を誇りに思っていればいい、そんな気がしてきたのです。

相手は23才の女性記者でした。私に摂食障害の大きなシンポジュウムが神戸で開かれたのを機に、この病気が社会問題化しているということで、自助グループに記者が派遣されたのです。私は取材に協力するというより、自分の話を聞いてくれる人がほしかったので、個別のインタビューに応じました。でも、何も期待するな、と自分に言い聞かせていました。新聞の取材如きで自分の痛みをわかってもらおうなどと望むな。私はあまた居る摂食障害者のサンプルの一つに過ぎない・・・・・。

私は最初に、「自助グループの効用についての記事を書きたいとお望みなら、私の話は参考になりませんよ。私は自助グループにあまり恩恵を感じていませんから。」と、釘をさしておきました。それから、自分の中に積もり積もったルサンチマンを語り始めました。私が最も苦しく、それを分かち合える仲間を最も必要としていた時、私には何ひとつ与えられなかったこと。自助グループどころか、摂食障害という病気の概念すら社会には存在せず、私はたった一人で闘わねばならなかったこと。病気の苦しみとは、症状そのものの苦しみの他に、周囲の無理解や偏見で傷つけられる苦しみもある、と知ったこと。ゴッホの伝記を繰り返し読んで、私も彼のように、誰にも理解されず絶望と孤独のうちに死んだとしても、後世に残るような作品を描き残したい、それまでは死ねない、と強く願ったこと、等々・・・・・。

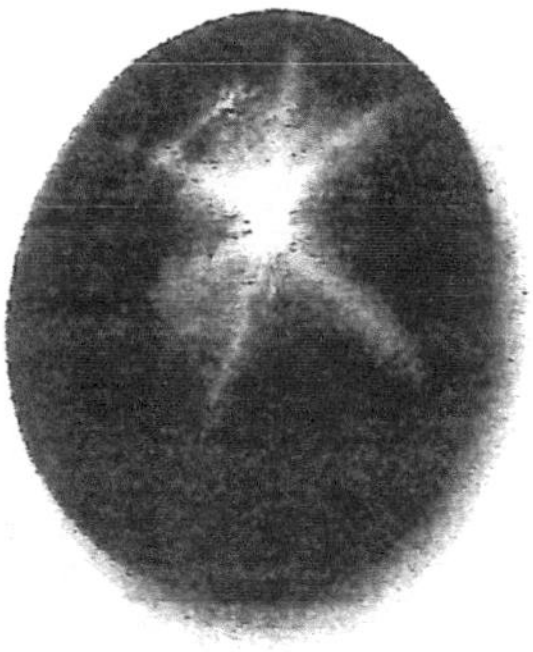

記者は片っ端からメモを取りながら、私の話を真剣に聞いていました。そして話が、私が子どもの時に受けた性暴力のことに及んだ時、両手を差し出してこう言ったのです。「手が急に、こんなに冷たくなりました。あんまりショックな話を聞いたから。」

——私は自分の話に、こんな風に反応してくれる人があるとは思いませんでした。この人の誠実さと感受性に、心を打たれたのです。

「もし摂食障害についての知識やケアが、もっと早くに社会に行き渡っていたら、別の人生があったと思いますか?」と記者に聞かれました。そう、そんな風に考えてこともあったっけ。「でも今は、自分にはこういう生き方しかできなかったのだと思っています。」そう答えてから、私は言いました。「一回目の取材がすんだ後(取材は二日間に渡りました)、思ったんですよ。23才の若い記者の目に、この老摂食障害の姿はどう映ったろうか、と。」

すると記者は答えました。「摂食障害であることは、松田さんの一部です。私は、松田さんの人生全体についてのお話を伺ったんですから。色々とつらい思いをしてこられて、もしもっと早くに充分なケアが受けられていたら、もっと幸せになれていただろうに、と思いました。幸せという言い方は少し乱暴ですけど。」

――――ああ、そんな風に言ってくれる人があるだけで、私は充分幸せだ。私はきっと、「つらかっただろう。よく頑張って生きてきたね。」と、誰かに言ってほしかったのだ。今、表現は違えど、この人からその言葉をもらえた。私が44年間も摂食障害に苦しんでいることにも、きっと意味があるのだ――――。

取材を受ける前日のA新聞の夕刊のトップは、イタイイタイ病患者の救済についての記事でした。それにも意味があるように思えたのです。イタイイタイ病にしろ水俣病にしろハンセン病にしろ、早くに発病した方々は、何の救済も受けられずに、苦しんで苦しんで亡くなっていったのです。私如き者が言うのはおこがましすぎるのですが、私も「早く生まれすぎた者の悲劇」を味わった、と思いました。「性暴力」「摂食障害」といった言葉すらなかった時代から。私の使命はきっと、そんな風にして社会の片隅で踏みにじられている人々の心に寄り添い、それを表現して伝えることだ。もし私に幾ばくかの才能があるとすれば、このことのためにこそ、それは天から与えられたのだ――――。

こんな高揚感は久しぶりです。記者と別れた後、私はなぜだか人間というものがとてもいとおしく思えて、この寒空に戸外で一日中年賀はがきを売っている人に声をかけたりしました。吹きすさぶ木枯らしの中、私の心には小さな灯りがともったのです。

私はこの出会いに感謝し、この若い記者の成長を楽しみにしています。どうかそのまままっすぐに育って、もっともっと大きな人間になってほしいと。知的でカッコいい彼女のイメージは、ブルー。彼女と交わした会話の一つ一つを、私は心の中の宝石箱でいつくしんでいます。青く輝く宝石、サファイアのように。

２０１４、１、３１、９：４５ＰＭ＊

汚染水に厳しい世界の視線

ピアニスト
デットパイラー　扶美（ドイツ　43）

最近、ドイツでは毎日のようにトップニュースで、日本の福島第一原発の汚染水漏れが「世界最大のスキャンダル」として報道されています。日本に一時帰国していますが、日本政府の反応の鈍さに愕然としています。

2年半前の東日本大震災の時には、ドイツ人や隣国のスイス人の見知らぬ人からも、励ましの言葉をかけられ、募金をしてもらいました。そして、日本国民の震災後の対応に感動している、とニュースでも報じられました。

ところが、今では原発再稼働、推進、諸外国への売り込みなど、被害に苦しむ国民を抱え、同原発周辺を放射能で汚染している国とは思えない無責任な決断をしている日本政府とそれを許している国民は、ドイツでは理解されません。

日本が地球と人間、生物を放射能で汚染していることに世界中が注視し、恐怖を抱いています。日本政府は有効な対策を取り、脱原発に向け信用を取り戻さねば、世界は日本を同等の相手としては見てくれないでしょう。一日本人として、心配でたまりません。

大雪の中の救助　ツイッターより

扉をノックする音。またまた自衛隊員の方が…今日も安否確認。戦争行って死んじゃ駄目だよと声を掛ければ、命令されれば行くしか…。大事な時に天ぷら喰ってる奴の命令でか？複雑な表情に…。

なぜ祈るのか

松田妙子

私が心身共に疲弊しきってどんづまり状態にあるのを心配して、由美子さんが、桐山岳大さんとお会いできるようとりはからってくれました。台風8号が和歌山に上陸する前日のことで、私にとってはベストのタイミングでした。台風のことで心もちぎれそうなほどおののいていたので、私としてはどうしても台風が来る前に、心に筋肉をつけとく必要があったのです。2時間近く桐山さんとお話しているうち、何となく心が軽くなり、元気が出たように感じました。

ところが、そうやって「命の洗濯」をして少しきれいになったのも束の間、日が経つにつれ、私の心は日々の生活に疲れてまた汚れてきました。台風の直撃は免れたものの、雨が降らないのが辛いのです。暴風雨や雷を私は恐れますが、日照りも同じくらい恐れているのです。神戸の降水量は平年の40％しかないという状態で、梅雨が明けてしまいました。これからまた、雨を求めて私の苦悩は延々と続くのです。

天候などという、この上なく定めなきものに感受性を全開にして、そのことで七転八到しているなんて、愚かさの極みではないかと思いました。気分の変わりやすい人を「お天気屋」と言うくらい、昔から変わりやすいもののたとえなのに。私がどれほど苦悩したって雨は降らないし、台風も止められない。それはわかっているのに、苦しくてたまらないのです。こんな私に、どんな救いがあるというのでしょう。

宗教とは何のためにあるのか、と時々考えます。去年の夏、アフガニスタンで井戸を掘る中村哲医師のドキュメンタリーDVDを見ました。あの時も私は日照りに苦しんでいて、だから干ばつにあえぐ

2014.7

アフガニスタンの様子を日本の明日の姿のように感じていました。あの辺りの人々は、皆敬虔なイスラム教徒で、日に何度もアッラーの神に礼拝をする。でも、それでも雨は降らなかった。神は何のためにおわすのだろうと、そう考えながらＤＶＤを見ていました。

神や仏というものは、日照りの時に雨を降らせたり、地震や津波を止めたりして下さるものではないらしい。では、一体なぜ人々は祈ったり、願ったりするのか。私にはどうしてもわからないのです。

数年前、私がまだ今よりずっと活力にあふれていたころ、中東でイスラム原理主義者が無差別テロを行った、というニュースをきいて、「神は間違わない。人間が間違うのだ」と思いました。遠くは十字軍なども含めた、宗教間の対立や戦争もしかり。イスラムやユダヤやキリスト教の神が、流血の惨事を望んでおられるわけではない。神の名を持ち出して殺りくを繰り返す、それは人間の問題なのだと。日本の仏教にも、例えば戦争やハンセン病差別に加担したという経緯があります。「神や仏は間違わない。間違うのはいつも人間だ」。基本的には、私は今もこの考えです。

ただ、人の身の悲しさ、人を介してしか神や仏には触れられないのか、と思います。例えば私が出家なり洗礼なりを決意したとしても、その出家得度や洗礼の儀式を行うのは人間です。何宗だとか何派だとかいった、人間社会の決まりからも無関係ではいられません。

そういったことを超えた、自分と仏との直接の対話ができたらなあ、と夢想したりするのですが、私には直接仏の声を聞くことなど、できそうにありません。

活力にあふれていた頃の私は、自分を共感能力の高い人間だと考え、何となくそれを得意に思っていました。「他人の痛みをわがことのように感じる」、つまり私は人の痛みがわかる人間だ、とうぬぼれていたのです。でも、生命力の衰えた今となっては、それは他者の苦しみをも同時にしょってしまうことであって、本人は少しも心の休まる暇がないではないか、と思います。例えば、雨が降らないことが私につらいのは、山の草木が渇きにあえいでいると想像してしまうからです。人間が水をやれる範囲に生えている植物はいいけど、そうでない植物は降雨に頼るしかありません。だから雨が降ると、山の木々が喜んでいるだろうと想像して、ほんの少し幸せになるのです。でも、天はそう簡単には幸せをくれません。

拉致被害者の横田めぐみさんの母、早紀江さんが洗礼を受けて、「もう祈るしかありません」と言って教会で祈っている所をテレビで見ました。祈ったところで拉致問題が解決するとは思えないのに、人はなぜ祈るのか、と考えました。なぜ祈るのか、それがわからないままに、私はお地蔵様の前を通るたびに手を合わせます。「私たちみんなをお守り下さいませ。我等を試みに合わせず、どうかお守り下さいませ。耐えられる力をお授け下さいませ」と、いつも心の中で唱えながら。

２０１４、７、２３、１０：３０ＰＭ＊

冬枯れの心

松田妙子

2015.1

今の私の心と生活は、冬枯れの荒野のように寒々として不毛です。どんなに寒くても、どんなに体調が悪くても、毎日必ず1時間以上歩き回り、夜9時までは家には帰ってはいけないルール。疲れ果てて帰宅しても、12時までは暖房をつけてはいけないルール。

そんな「自分ルール」でがんじがらめに自分を縛り上げ、心も体も悲鳴を上げているのに身動きがとれません。何が楽しみで生きているんだろう、と常に自問しては、摂食障害という病気に身も心も支配されている現実におののくのです。

元々は、長年にわたる摂食障害の経緯から、私が自分を守るために体験的にあみ出した自衛策のはずでした。地獄のような過食期を経て、人目がある所では過食をしないことに気づき、ならば自分の家以外の所で、ずっと人目にさらされていれば食べなくてすむ、と思ったのです。そこで「自分に食べることを許す時間」までは家に帰らないことに決めて、その「逆門限」が夜9時なのです。その「自分ルール」が暴走し、私を拘束し苦しめ続けます。あたかも外敵から身を守るための免疫細胞が誤って自己の肉体を攻撃し傷付ける、アレルギー反応のように。

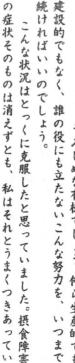

先日も雨の中を1時間歩き回り、ぬれた服のまま夜9時まで外で我慢していたので、寒気が止まりませんでした。それをある人に話すと、彼は大声で、ゲラゲラと笑いだしました。私が冗談を言っているとでも思ったのでしょうか。私が傷ついたような顔をして見せても、まだゲラゲラと笑い続けているので、私はこの人物に憎しみを覚えました。でも、それはおかどちがいなのかもしれません。私のやってることは、他人から見れば笑止千万のことには違いないのでしょうから。

文学をやっている友人が、こんなことを書いていました。「現実にはいろいろなことがあって、それらをなんとかこなしつつ、頭や体は小説を考えて生きています。他の小説を読んでも、絵や映画を観ても、すべて自分の小説への刺激として理解してしまうのです。」――私は頭を抱えてうめきたくなりました。今の私の現実と、なんとかけ離れていることか！かつては私にもそんな時期があったのに。いつもいつもマンガのことを考え、何を見ても何を聞いても、即座に自分のマンガに取り入れてしまうほど、創作への意欲がみなぎっていたこともあったのに。今の私はただ、押し寄せる毎日を「いかに夜9時まで食べないで時間をつぶすか」に腐心し、そのごほうびとして自分に与える食べ物のことばかりを考えて1日が終るのです。夜12時を過ぎて、ようやく暖房をつけ、生の食パンを水に浸して頬ばりつつ、パンの絵を描きパンの名前を書きつらねてゆく。それが「1日中がんばった自分への最大のごほうび」なのです。創作者として、表現者として、何というみじめな有様でしょう。何ら生産的でも建設的でもなく、誰の役にも立たないこんな努力を、いつまで続ければいいのでしょう。

こんな状況はとっくに克服したと思っていました。摂食障害の症状そのものは消えずとも、私はそれとうまくつきあっているつもりだったのです。摂食障害は、長年馴じみのお友達。私の主人は私なのだ。つい数年前まではそう思っていました。しかし気がつけば、私は摂食障害の魔のループにはまりこんでいました。今や摂食障害は私の人格を侵略し支配し、私はその奴隷になり下がっています。この傾向は乳癌の手術を受けて以降、一層強くなりました。地震や異常気象などの天変地異に過剰なまでにおびえるようになったのも、この頃からです。やはりあの時、片方の乳房と共に、私の中の何かは死んでしまったのかもしれません。

由美子さんからまた1週間以内に光円寺報の原稿が書けないかと打診があり、光円寺報に私の文章が載っていないのは淋しいので原稿用紙に向かってみましたが、こんなことしか書けません。私は生きている。だが私は病んでいる。その事実があるばかりです。

今日また別の友人と電話で話していて、「手紙ボランティアをしてはどうか」と言われました。例えば東北の被災地で、孤独な生活を送っているお年寄りに手紙を書く。「松田さんのきれいな絵入りの手紙をもらえば、きっと喜ばれるわよ」と友人に言われ、少し心が動きました。1日のうち私が机に向かえる時間はたった1時間しかないけど、私は手紙を書くのは好きです。睡眠と食事に問題がありすぎるので旅行というものができず、東日本大震災の被災地に行くこともかなわぬ私ですが、手紙という形で東北の人とつながることはできるかも。雪と氷におおわれたかの地に、新しいお友達ができることを夢見て、ほんの少し心が慰められた私です。

２０１５、１、２６、１０：２５ＰＭ＊

真宗大谷派山陽教区へお伝えしました。

山陽教務所
木曽修所長さま

新しい年が厳しい寒さとともに始まりましたが、本年も何とぞよろしくお願い申し上げます。平素山陽教区に関するさまざまなご尽力、誠にありがとうございます。

今年は戦後70年という年を迎えます。新たな国家の武力行使への道が作られつつあるかのような昨今、宗教者として何をすべきかが問われています。様々な形で戦争を経験された方もずいぶんと減ってしまった今、その悲惨な経験を二度と繰り返さないためには「相続」ということが大きな課題と考えられます。

私たちは昨年8月22，23日姫路市民会館にて、山本宗補写真展「戦後はまだ…」を開催（実行委員会）しました。この写真展は同写真集「戦後はまだ…刻まれた加害と被害の記憶」（2013年刊）を作者が70点のパネルにされたものです。戦争が個々人の上にどのような形で影響を及ぼしたのか、日本の国内外に渡る70人の様々な立場の戦争体験者を丁寧に取材した内容と写真で構成され、まさに戦争というものがどういうものであるかが浮かび上がって来るすぐれた写真集です。

写真展では姫路空襲での被害を展示するコーナーを作り、姫路市平和資料館から当時の写真パネルをお借りし、その中には船場御坊の焼けた境内を映したものもありました。姫路空襲被害者遺族会の会長である黒田権大さんには貴重な当時の物品もお借りし展示するとともに、ご経験をお話していただきました。

姫路には全国の空襲被害の慰霊塔があり、毎年式典も開かれていますが、広島長崎のように全国放映もなく注目されているとは言えません。

空襲は敗戦の年の3月から6月の間、全国200か所以上の都市を焼き、民間人の死者は40～60万人と言われ

病んだ女の残したものは

松田妙子

2015.6

Yさんがたまごを送って下さいました。芦屋九条の会で会った時、「3年前よりやせたね」と言っていたので、やせ細った私の体を見かねて、少しでも栄養がとれるようにと心配してのことでしょう。超忙しい生活の中から、私の体を気遣って下さるYさんに感謝です。

思い出すのは母のこと。私がもっと若い頃、拒食症がひどくて布団から起き上がれないほど衰弱していた時、母は1日中台所に立っていました。そして私に、「お母ちゃん1日中野菜コトコトたいたんや。この汁だけでも飲んでや」と言ったのです。それなのに私は、その野菜の煮汁すら受けつけなかったのです。母が亡くなった今、それは胸をしめつけるほど切ない思い出です。そして、「ああ、愛が病んでるな」と思うのです。

摂食障害とは愛の病だ。何だかそんな気がします。母が、やせ衰えた私の体を気づかって、1日中台所に立って野菜をコトコト煮るのも愛。その母の気持ちを充分に察しながら、それにこたえられない自分がつらいのも愛。愛が歪んで、すれ違って、病んでいる。そもそも私が摂食障害になったのも、愛の歪みからだ。それが摂食障害というものだ。そう感じるのです。

摂食障害である私が求める究極の食べ物は、離乳食です。ミルクや乳製品、半熟たまご、お豆腐などの、白っぽくてやわらかでふわふわしていてとろりとして、刺激的な味じゃなくてまろやかでやさしいもの。それを例の新聞記者の彼女に言ったら、「松田さんはさすが表現者だけあって、言葉の使い方が独特ですね。私も半熟たまごが食べたくなりました」と言っていたっけ。まあとにかく、求める究極の食べ物が離乳食だというのは、いかにも暗示的ではありませんか。無心で母の腕に抱かれて守られていた、赤ちゃんの頃に戻りたいのです。

生の食パンを水にひたしてとろとろにして口に含む。長年私がそういう食べ方に固執してきたのも、「離乳食」の1つです。私はこの行為をしながらでなければ、原稿も手紙も書けません。今もそうしています。そして眠る前には毎晩必ず、生の食パンを口に含みながら、チラシ広告の裏にパンの絵とパンの名前を書きつらねてゆきます。それが「1日中がんばった自分への最大のごほうび」であることは、前回のこの連載に書きました。毎晩毎晩、必ず同じパンの絵と名前を書かねば眠れないので、パンの絵がずいぶんたまりました。そこで考えるのは、アンパンマンのことです。

先日私は、初めてアンパンマンのアニメを見ました。その前日には、神戸にある「アンパンマンこどもミュージアム」に立ち寄っていたので、それでやっとアンパンマンの世界の一端を理解しました。そして帰りのバスの中で考えました。

あんパンやメロンパンやクリームパンや食パンが、次々とヒーローになって子どもたちを魅了している。ならば私がこれだけパンに執着して、夜な夜なパンの絵と名前を書きつらねる生活の中からも、何か意味のあることが生まれてくれはしないか。ただのあんパンをアンパンマンというヒーローに変えた「命の星」が、私の描くパンの絵にも宿ってはくれないものか。私は心からそれを望みます。

「花は花は咲く／わたしは何を残しただろう」――

8

――私の残したものは、やせ衰えた老いた体と、チラシ広告の裏にびっしりと書きこまれたパンの絵。それだけか？

　それだけじゃない。「負の遺産」がいっぱい。事情があって、今住んでいるアパートを出なければならなくなり、引っ越しに向けて部屋の整理に着手したのですが、私の部屋は、恥ずかしくて大家さんにも見せられないほど、物があふれています。これらはみんな私の「生活の贅肉」なのだと思いました。「自分ルール」によって、毎晩9時すぎまで「食べないための時間つぶし」に奔走している間に、これだけの物がたまったのです。参加した集会のレジュメや資料、次々と送られてくる郵便物、それらを整理する気力も体力も、「食べないための時間つぶし」で使い果たしているから。もし私がどこで倒れて死んだら、この汚ない部屋が残るだけです。

　だから、これは「終活」も兼ねているのだ、と思いながら、毎日少しずつ不要な物を捨てていっているのですが、何を捨てて何を残すか、その選択にも私という人間の価値観や生き方が表われているのだと思います。そして今夜も私は、「不要」と判断した書類の裏に、びっしりとパンの絵と名前を書きつらねてゆくのです。

２０１５、６、１６、１０：２５ＰＭ＊

紛争解決の心理学

アーノルド・ミンデル

世界の紛争地域に入り、現地の様々な立場の人々と共に集団討論をする「ワールドワーク」を70年代末から行っています。これまで、イスラエルやアイルランド、ロシア、アフリカ、オーストリアなど30カ国以上を訪れました。討論は、互いの偏見を批判し、戦うためのものではありません。すべての立場の声を聞くことで、一人ひとりの自覚を高め、その対立や衝突の炎の熱を活用してコミュニティーを作るのが目的です。

最近、イスラエル人とパレスチナ人の集まりに参加しました。最初はパレスチナ人が口々に自分の土地に帰れない怒りや痛み、無視され続ける悲しみを話し、なぜ暴力に訴えなければならないかを話していました。

その時、ひとりのイスラエル人女性が話し始めました。彼女は苦しんでいて、自分たちの土地がなく、追い出されることを怖れていました。彼女に、その苦しみをもっと表現してもらおうとしましたが、できませんでした。そこで私は、その苦しみや歴史そのものが、実はあなたではなく「敵」でもない、文化を無意識のうちに支配する「亡霊」的なものなのではないかと思い、こう言いました。

「ユダヤの歴史そのもの、強制収容所やガス室のこと、そこで殺されそうになったことを思ってみて下さい。いまあなたが感じている怖れやパニックは、そういう歴史的な体験を味わい、言葉にし、理解し尽くしていないから起こるのではないか」と。

実は人類はほとんど誰も、第2次大戦の心理的な結果について、深く理解してはいないのです。

「あなたは自分が歴史の被害者だと感じているかもしれないし、実際に被害者なのだが、自分の痛みにとらわれるあまり、望んでもいないのに誰かを直接あるいは間接的に苦しめているかもしれない」

そう話すと、イスラエル人女性は泣き出しました。そして、抑圧された歴史は私たちに共通の体験だったのだと、自分でも思ってもみなかったような感情を出し始めました。しばらくパレスチナとイスラエルの戦いはやんで、両者がお互いの話を聞き始めました。

一瞬に過ぎませんが、こういう瞬間はめったに

9

著者　松田妙子（まつだ　たえこ）

1955 年、山口県下関市生まれ。「森永ヒ素ミルク事件」で問題になった粉ミルクを口にし、病院通いを強いられた。父の転勤で 2 歳から神戸へ。8 歳の時、見知らぬ人から性暴力を受けたことが心身に深い傷を残す。中学、高校生の頃から拒食と過食を繰り返し、引きこもりがちになった。一方、幼い頃から絵を描くのが好きで、高校時代に少女漫画誌 2 誌への投稿で入賞した。

アルバイトなどを経て、本格的に漫画を描き始めたのは 40 代後半。家にいると手当たり次第に食べてしまうからと、毎夜遅くまで図書館など公共施設を巡り、市民講座に参加して学んだことが下地になった。（朝日新聞 2022 年 7 月 31 日より）

作品に、『日本人的一少女』（2003 年～04 年）、『貧困さんいらっしゃい』（2019 年）、な『貧困さんいらっしゃい 増補改訂版』（2020 年）など。2022 年 4 月 12 日死亡。

松田妙子エッセイ集　いつか真珠の輝き<改訂版>

２０２３年４月８日 発行
２０２３年４月２４日 改訂版発行
著者　松田妙子
編集　西本千恵子、飛田雄一
発行　神戸学生青年センター出版部
〒657-0051 神戸市灘区八幡町 4-9-22
TEL 078-891-3018 FAX 078-891-3019
URL　https://ksyc.jp/　e-mail　info@ksyc.jp

ISBN978-4-906460-67-0 C0036 ¥800E

日新聞　2023. 4. 24 夕刊　第3種郵便物認可

平和憲法 戦争防ぐ「石」の重し

摂食障害で急逝の漫画家 紙芝居に託す

当たり前のようにあるためありがたさを忘れているが、人々を災いから守る重しだった――。摂食障害と生涯闘い、昨年急逝した漫画家の故・松田妙子さん＝神戸市東灘区＝が憲法の大切さをユーモアを交えて描いた紙芝居が遺品から見つかった。「憲法を学ぶ場などで活用されるように」とゆかりのあった人たちがDVD化などを検討している。

紙芝居「まるで ころがる 石のように」の一場面。石に何か書いてあるが、子どもに尋ねられた大人は「めんどくさくて読んだことねえや」＝西本千恵子さん提供

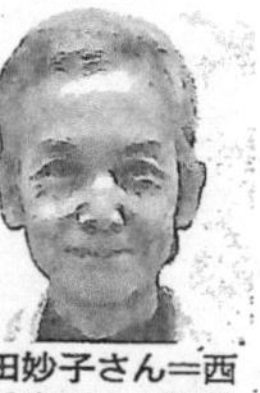

松田妙子さん＝西本千恵子さん提供

――ある村に大きな石があった。何か書いてあるが、汚れて読みとれない。大人たちが動かそうとした。石が浮き上がるときな臭い煙が立ち上り、血生臭いにおいもした。

長老が慌てて説いた。むかし、化け物が一帯をあらし、人の心を狂わせた。鬼となった人間は人や動物を殺し、ものを奪った。村人は化け物をとりおさえて地面に埋め、石を置いた。

松田妙子さんの回顧展では、松田さんが憲法をテーマにつくった紙芝居が再演された＝神戸市灘区

ゆかりの人ら「学ぶ場で活用を」

「この石がある限り、化け物は出てこれん……」

子どもが長老にたずねた。「この石の名前は何というん？」「その名を、日本国憲法という」。人々はいつまでも仲よく平和に暮らしましたとさ――。

戦争を化け物に、その歯止めとなる憲法を石にたとえた紙芝居「まるで ころがる 石のように」。作者の松田さんは昨年4月、摂食障害による栄養失調で他界した。66歳だった。

8歳の時に性暴力に遭い、終生、拒食と過食を繰り返した。一方、社会的弱者の支援や非核平和に取り組む団体の会報などに漫画やイラストを寄せ続けた。

紙芝居は、遺品を整理していた姉の西本千恵子さん(72)が見つけた。

憲法9条を守ろうと、作家の故・大江健三郎さんらが2004年、「九条の会」を立ち上げたことを受け、翌年5月に芦屋「九条の会」ができた。松田さんは発足した頃から参加し、毎年の記念集会で憲法をテーマにした自作の紙芝居を披露した。大きな石の紙芝居は07年5月の記念集会などで披露され、松田さんによる上演を収めたDVDもあった。

「私は敵という言葉が大嫌いです。相手に対する理解とか、共感とか、関心とか、そういうものが一切ないということ（中略）そういうことがおそらく戦争や暴力というのを生み出す」

肉声のあいさつには互いに仮想敵をつくる世界への憂いが込められていた。

遺品には他の数作の紙芝居や10年の集会時の松田さんの肉声も残っていた。

「日本人の多くがまだ戦争のことを忘れていなかった時代に育ったものとして、次の世代に何を伝えていくかをいつも考えています。そのために私は漫画を描いたり、こうやって紙芝居をしたりしているんです」

遺品にあった紙芝居は今月8～9日、姉の西本さんや生前ゆかりのあった人々が神戸市灘区で開いた回顧展「まつだたえこの世界」で紹介された。

芦屋「九条の会」事務局長の片岡隆さん(73)は「絶妙な言葉遣いや斬新なアイデアは天性のもので、今なお胸に訴えるものがある。集会や学校で上映できないだろうかという要望もあり、世話人会で相談していきたい」としている。

（中野晃）

9784906460670

1920036008001

ISBN978-4-906460-67-0

C0036 ¥800E

定価：本体８００円＋税